Leila erlebt ihren ganz persönlichen Alptraum: Sie kann sich
nicht an die Nacht erinnern, in der ihr Musikproduzent getötet
wurde. Weder ihre Familie noch die Polizei glauben ihr, dass
sie sich an nichts erinnert. Ganz plötzlich fällt Leila aus ihrem
normalen Leben heraus. Sie versteht immer weniger, was wirklich
passiert ist und was sich nur in ihrem Kopf abspielt.
Mit Hilfe einer Psychiaterin versucht Leila, ihren verschütteten
Erinnerungen auf die Spur zu kommen. Was hat sie getan?
Je näher die beiden Leilas Erinnerungen kommen, umso mehr
häufen sich bedrohliche Zwischenfälle auf der Akutstation
der Psychiatrie, in der Leila behandelt wird. Zufall? Oder hat
es einer der Mitpatienten auf Leila abgesehen? Nach und nach
erkennt Leila Zusammenhänge, die ihr große Angst machen.
Wenn sie recht hat, wenn diese Alpträume nun ein Teil
ihrer Erinnerungen sind, dann muss sie sich und ihr Leben
schützen – um jeden Preis…

ANGÉLIQUE MUNDT wurde 1966 in Hamburg geboren.
Nach ihrem Studium der Psychologie arbeitete sie lange in
der Psychiatrie, bevor sie sich 2005 als Psychotherapeutin mit
einer eigenen Praxis selbstständig machte. Sie arbeitete 12 Jahre
ehrenamtlich im Kriseninterventionsteam des Deutschen Roten
Kreuz, das Menschen bei potentiell traumatisierenden Ereignissen
»Erste Hilfe für die Seele« leistet. »Trauma« ist nach »Nacht ohne
Angst«, »Denn es wird kein Morgen geben« und »Stille Wasser«
ihr vierter Roman bei btb. Angélique Mundt lebt in Hamburg.

ANGÉLIQUE MUNDT

TRAUMA

WENN SIE SICH ERINNERT, WIRD SIE ZUR MÖRDERIN

Thriller

btb

 Dieses Buch ist auch als E-Book erhältlich.

MIX
Papier aus verantwor-
tungsvollen Quellen
FSC® C014496

Penguin Random House Verlagsgruppe FSC® N001967

1. Auflage
Originalausgabe Mai 2021
Copyright © 2021 by btb Verlag
in der Penguin Random House Verlagsgruppe GmbH,
Neumarkter Str. 28, 81673 München
Umschlaggestaltung: semper smile, München
Umschlagmotiv: © Arcangel Images/Hayden Verry
Satz: Uhl + Massopust, Aalen
Druck und Einband: GGP Media GmbH, Pößneck
mb · Herstellung: sc
Printed in Germany
ISBN 978-3-442-71810-8

www.btb-verlag.de
www.facebook.com/btbverlag

Prolog

Eine Mörderin zu sein ist leicht.

Ich steche zu.

Immer wieder hebe ich meine rechte Hand und lasse sie herunterfahren. Die Schere dringt in den weichen Körper ein.

Wenn man erst einmal den Entschluss gefasst hat, ist es ganz einfach. Die innere Haltung entscheidet.

Wenn man keinen Zweifel mehr hat, dass man töten will, kein Zögern einen bremst, dann ist es leicht.

Kurz durchzuckt mich der Gedanke, ob ich Grund genug habe, den Mann auf dem Boden vor mir zu töten? Aber wie viel Grund ist genug, um einen Mord zu begehen?

Ich sehe Blut auf dem weißen T-Shirt, es breitet sich aus, ich sehe meine Hand und die Schere, eine Wunde, einen Körper, ich höre Dave Brubecks Saxophonklänge von *Take Five*. Ich sehe noch mehr Blut.

Ich habe aufgehört zu zählen, wie oft ich zugestochen habe. Der Körper auf dem Boden liegt jetzt ganz still. Ich habe ihn besiegt.

Er macht mir keine Angst mehr. Er nicht.

Plötzlich stottert die Musik. Schauer jagen mir über den Rücken. Misstöne. Quietschen. Die Musik bricht ab.

Ich halte inne. Ich bin durcheinander. Aber ich darf jetzt nicht aufhören, auf keinen Fall. Dieser Mann darf nie wieder lügen, dafür muss ich sorgen.

Hinter mir ein Geräusch. Ich blicke mich um. Da ist niemand, keiner sieht mich hier. Doch plötzlich ist sie da, eine Taube schlägt mit den Flügeln, pickt nur wenige Meter entfernt etwas vom Boden auf. Ich starre sie an.

Ihre kleinen Knopfaugen sehen mich unverwandt an, sie begreift nicht, was hier passiert.

Ich versuche wegzuschauen, ich darf jetzt nicht durchdrehen, nicht wegen einer erbärmlichen Taube, aber sie kommt auf mich zu, sie gurrt, grinst, sie schnalzt, als finge sie gleich an, höhnisch zu lachen. Sie kommt weiter auf mich zu, fast kann ich sie berühren mit meiner blutigen Hand, sie nickt mit dem Kopf, sie widert mich an, und dann höre ich es. Sie spricht. Diese verdammte Kreatur spricht zu mir.

Ginseng Abu Lasemir. Ginseng. Sie hat keine Scheu, schaut mich direkt an, kommt ganz nahe, streift mein Bein entlang, ich kann mich nicht bewegen, mir wird schlecht. Mit einem Sprung flattert sie auf den Bauch des leblosen Körpers.

Sie schaut mich an und gurrt Ginseng. Sie wird immer lauter, schreit buchstäblich auf mich ein.

Ich ertrage es nicht mehr, rucke meinen Kopf nach vorn, um sie zu vertreiben, stoße einen furchtbaren Laut aus.

Sie flattert auf und fliegt davon.

Ich schwitze, bin völlig außer Atem, mein Herz pocht, ich habe Angst, ich fühle mich leer. Jetzt, da sie weg ist, fehlt sie mir.

Traurigkeit überschwemmt mich. Wegen einer Taube?

Ich weine, rieche den metallischen Geruch von Blut und wische mir den Schweiß von der Stirn.

1.

Ich erwache mit dem Gefühl, dass etwas Entsetzliches passiert ist. Ich atme flach und versuche, mich zu konzentrieren. Mir ist kalt. Gänsehaut überzieht meine Arme.

Wo bin ich?

Ich liege in einem Bett. Es ist nicht meins. Die Matratze ist viel zu weich. Ein Wecker tickt, und ich höre jemanden schnarchen. Ich bin nicht allein. Weißes Licht brennt, ich sehe eine helle Decke, einen großen Raum, der nicht unser Schlafzimmer ist. Ich traue mich nicht, den Kopf zu drehen, schließe lieber wieder die Augen. Von irgendwo hinter mir höre ich das gedämpfte Piepen eines rückwärtsfahrenden LKWs. Wo bin ich, und warum bin ich hier?

Es riecht nach Desinfektionsmittel oder Bleiche.

Ein Krankenhaus?

Trotz meiner geschlossenen Augen merke ich, wie sich Tränen hinter den Lidern sammeln. Ich öffne die Augen wieder und blinzle die Tränen weg. Über mir sehe ich Neonröhren an der Decke. Ich wende den Kopf endlich langsam und schaue mich um. Nur wenige Schritte entfernt steht ein weiteres Bett. Darin liegt eine Frau unter weißer Bettwäsche. Mehr kann ich nicht erkennen.

Mein Blick streift durch das Zimmer mit Linoleumboden in Holzoptik, einem Kleiderschrank und zwei roten Sesseln vor einem Fenster. Keine Geräte, Schläuche, Infusionsständer. Neben meinem Bett steht nur ein Wasserglas, es hängt keine Kleidung über der Sessellehne. Wo sind meine Sachen? Warum bin ich hier? Panik steigt in mir auf.

Ich habe Mühe, meine Gedanken zu sortieren. Was ist passiert? Bin ich verletzt? Ich bewege mich vorsichtig und spüre einen reißenden Schmerz im Bauch. Dieses Stechen bringt die Erinnerung zurück. Wie Blitze schießen mir Bilder durch den Kopf. Das Blut. Der Kommissar, der mich gehalten hat. Ich schnappe nach Luft.

»Du bist aufgewacht.« Das Zittern in der fremden Stimme ist nicht zu überhören. »Du bist also die Neue. Willkommen auf der Akutstation.«

Ich drehe mich zu der Frau um und versuche, meine Atmung unter Kontrolle zu bekommen, denn ich atme immer schneller. Ich weiß, was passiert ist. Gestern Abend im Polizeipräsidium. Angst kriecht in mir hoch und drückt mir auf die Brust.

Die Frau schlägt die Bettdecke zurück, setzt sich auf die Bettkante. Sie hängt sich umständlich eine Brille an einer Kette um den Hals. Ihre grauen Haare reichen ihr fast bis zur Hüfte. Falten durchziehen ihr Gesicht, die von einem langen Leben erzählen. Ihr Blick flattert unruhig hin und her. Altersflecken haben braune Sprenkel in die leichenblasse Haut getupft. Ihre Beine sind erschreckend mager. Sie greift nach einem Rollator, der neben ihrem Bett steht und stemmt sich mühsam hoch. Ihre knotigen Finger umklammern die Griffe so fest, dass ihre Knöchel weiß werden.

Ich reagiere nicht auf ihr Lächeln. Ich bemühe mich, nicht einmal zu zwinkern. Keine Angriffsfläche zu bieten. Ich bin wie erstarrt. Aus den Augenwinkeln beobachte ich jede Bewegung der Alten.

»Du bist in der geschlossenen Psychiatrie. Sie sagen, du willst Selbstmord begehen.« Kurz bevor sie mich erreicht, dreht sie ab und führt ihre Wanderung durchs Zimmer fort. »Die lassen dich nicht mehr raus, so viel ist sicher.« Sie sieht mich aus ihren braunen Augen mitleidig an, als sie vor der Tür wendet und zurückkommt. Sie schüttelt den Kopf.

Woher weiß sie das alles? Die Frau nähert sich schlurfend dem Fenster. Direkt davor befindet sich eine Baustelle. Ich kann erkennen, dass das Zimmer im Erdgeschoss liegt. Man kann durch die Scheiben einen Bagger sehen, der Erde aushebt. Die Zähne fahren in die Erde, und quietschend hebt sich die Schaufel an. Das Piepen des Baggers beim Rückwärtsfahren ist durch die geschlossenen Fenster zu hören. Ich hasse Baustellen. Darüber ein wolkig-weißer Himmel. Regen peitscht kahle Äste gegen die Scheibe. Herbstkälte. Die Frau beobachtet mich.

Wie lange bin ich schon hier? Mein Blick fliegt zum Handgelenk der Frau. Sie trägt keine Uhr.

»Ich bin Hanne. Ich wohne in diesem Zimmer. Leila. Leila, ich mag deinen Namen.«

Ich muss Maya anrufen. Sie muss mich hier rausholen. Ich will nach Hause zu meiner Tochter. Zu Luna.

»Die anderen sagen, du hättest einen Mann erstochen. War er dein Ehemann? Hat er dir was getan?« Die Alte nickt in Richtung meines Eherings.

Ich schaue auf meine rechte Hand. Mein Ehering ist breit. Gold. Mit winzigen Diamanten. Nicolai wollte keinen schmalen, bescheidenen Ring. Er bestand darauf, allen zu zeigen: Schaut her, sie ist vergeben, sie gehört mir.

»Ich bin vielen Mördern begegnet«, fährt sie fort. »Kriegsgeneration. Aber eine Frau war nicht dabei.« Sie schaut mich mit durchdringendem Blick an.

Ich halte den Atem an. Ich liege in der Psychiatrie, und die fremde Frau hält mich für eine Mörderin. Wie zum Teufel ist mein Leben so aus den Fugen geraten? Ich möchte wieder einschlafen und in meinem eigenen Bett aufwachen. Die Uhr zurückdrehen. Um ein paar Stunden. Um eine ganze Woche. Da war noch alles in Ordnung.

Klapsmühle. Endstation. Soll ich schreien? Ist das nicht der richtige Ort, um alle Hemmungen fallen zu lassen? Einmal im Leben auf niemanden mehr Rücksicht nehmen. Sich gehen lassen. Nein, ich kann mich nicht noch einmal gehen lassen. Das kann ich Luna nicht antun.

Ich muss zurück zu ihr. Koste es, was es wolle.

Warum habe ich gestern nicht an sie gedacht? Im Polizeipräsidium. Warum habe ich da nicht an meine Familie gedacht? Dann wäre ich heute nicht hier, oder?

Gestern.

Der schwärzeste Tag meines Lebens.

Es begann mit dem Alptraum. Dem Alptraum, aus dem ich nicht wieder aufgewacht bin. Es war derselbe wie heute Nacht.

Damit fing es an.

2.

Alles, woran ich mich erinnere, verschwindet immer wieder im Nebel, nur einzelne Bruchstücke tauchen auf, nicht zu fassen, keinen Sinn ergebend. Wie ich gestern abrupt aufgeschreckt bin, mir die Bettdecke vom Körper reiße, die mich zu ersticken drohte. Nach Luft giere. Nicht weiß, was passiert ist.

Wie überrascht ich bin, in meinem Schlafzimmer zu sein. Der Radiowecker auf meinem Nachttisch piepst und zeigt sechs Uhr dreißig an. Zeit zum Aufstehen, ich komme zu mir und drücke ihn aus, endlich ist Ruhe. Mein Atem beruhigt sich langsam, meine Kehle ist trocken, als ich versuche zu schlucken.

Mein Mund brennt. Und ich schmecke Blut, ich habe mir auf die Zunge gebissen. Kein Wunder, bei diesem fürchterlichen Alptraum. So einen Traum hatte ich in meinem ganzen Leben noch nicht. Ich möchte den Schlaf abschütteln, den Horror, der mich umklammert hält.

Und da ist Luna. Mein Augenstern, meine Tochter, die sich an mir festkrallt. Ich mache mich vorsichtig von ihr los und schleiche barfuß ins Bad. Mein Nachthemd ist nass geschwitzt. Was für ein Traum, ich erinnere mich fast gar nicht, aber zittere noch immer vor Angst, die durch meinen Körper wabert.

Es war nur ein Traum, flüstere ich und muss fast lächeln über meinen Zustand.

Die Badezimmertür lässt sich lautlos ins Schloss drücken. Für einen Moment lehne ich mich von innen dagegen. Ich muss mich beruhigen und schließe die Augen. Sofort sehe ich den blutenden Bauch des Mannes und reiße die Augen wieder auf. Mit einem Satz bin ich bei der Toilette, ich würge gelbgrünlichen Gallensaft.

Ich atme tief in den Bauch. Ein und aus. Vorsichtshalber lasse ich die Augen auf und fixiere die blau-grünen Glas-Mosaikfliesen der Wand. Die Handtuchheizung. Den weißen hohen Badezimmerschrank, das Regal mit den blauen und grünen Handtüchern, den Bastkorb für die Schmutzwäsche. Die Dusch- und Shampooflaschen auf dem Badewannenrand. Ich stehe auf, öffne das Fenster, um die kühle Herbstluft hereinzulassen und stütze mich mit beiden Armen auf das Waschbecken. Der Blick in den Spiegel lässt mich erschauern. Ich habe es befürchtet. Mein Gesicht ist kalkweiß und bildet einen verstörenden Kontrast zu meinem schwarzen Haar. Krank sehe ich aus. Fahl und ungesund. Meine Augen glanzlos, und wenn ich den tiefen Augenringen glaube, bin ich über Nacht zehn Jahre gealtert.

Ich brauche Energie.

An diesem wichtigen Tag in meinem Leben.

Niemand weiß davon.

Es ist mein Geheimnis.

Jeder normale Mensch würde vor Freude zerspringen und auf der Straße wildfremden Menschen das Glück ins Gesicht rufen. Und was tue ich? Ich schweige, aus Sorge ausgelacht zu werden, schäme mich beinahe und lasse stattdessen Horrorfilme meine Nacht bestimmen. Ich wende meinen Blick vom Spiegel ab, lasse mir Wasser über die

Hände laufen und klatsche mir eine ordentliche Ladung ins Gesicht.

Nachdem ich ein paar Schlucke davon getrunken habe, wage ich einen zweiten Blick in den Spiegel. Nicht viel besser. Ich ziehe mir eine bequeme Jogginghose, ein T-Shirt und meine warme Strickjacke über, die noch von gestern Abend über dem Badewannenrand hängen. Heiß duschen kann ich auch später noch, jetzt mache ich erst mal Frühstück für die Familie und plane den Tag, eins nach dem anderen. Heute werde ich mir etwas wirklich Schickes anziehen, ich werde mein Vorhaben in die Tat umsetzen, und danach … danach werde ich einkaufen, Luna von der Kita abholen und mit ihr auf den Spielplatz gehen und anschließend … mal sehen, worauf die kleine Maus Lust hat. Nicolai wird sicher lange arbeiten, und wenn Luna im Bett ist, habe ich Zeit, mich ans Klavier zu setzen. Und wenn er heimkommt, erzähle ich ihm, dass ich unterschrieben habe. Ja, das klingt nach einem Plan. Ich muss nur den heutigen Tag überstehen.

In dem gleichen Augenblick, in dem ich mir einzureden versuche, ein Ziel zu haben, schäme ich mich. Ich versuche, mich abzulenken. Durchschaubar und hilflos, das bin ich, ich mache mir etwas vor. Heute ist kein normaler Tag. Nach heute gibt es kein normales Leben mehr. Sosehr ich auch versuche, es mir einzureden. Wenn ich dieses Badezimmer verlasse, muss ich mich der Realität stellen. Ich muss mich entscheiden.

Als ich bemerke, dass ich wieder anfange zu zittern, binde ich mir die Haare mit meinem roten Haarband aus dem Gesicht. Meine Haare sind das Schönste an mir. Lang, tiefschwarz und seidig. Das Brummen der elektrischen

Zahnbürste hat einen beruhigenden Klang für meine angespannten Nerven. Ich öffne den Badezimmerschrank, um doch noch nach einer Gesichtsmaske zu suchen. Meine Hand erstarrt mitten in der Bewegung. Ich lasse die surrende Zahnbürste sinken. Wieder kommt mein Atem aus dem Rhythmus.

Das kann nicht sein. Es ist unmöglich.

Ich schließe die Schranktür. Ruhig. Mechanisch.

Meine Finger umgreifen die Zahnbürste fest, und ich drücke auf den Aus-Knopf.

Das ist nicht wahr. Es war nur ein Traum. Ein verdammter Traum.

Mir steigen Tränen in die Augen. Träume sind keine Realität. Und dieser Traum schon gar nicht. Ich schüttele den Kopf. Ich werde die Tür nicht noch einmal öffnen. Es war nur ein Traum.

Ich erinnere mich jetzt, wie ich die Zahnpasta in das Waschbecken gespuckt, mir die Tränen aus dem Gesicht gewischt habe.

Zurück ins Schlafzimmer gegangen bin.

Zu meiner Familie.

In Sicherheit.

Denn im Badezimmerschrank lag unmöglich eine Schere.

Nicht diese Schere. Die mit dem blauen Griff.

Eine blutverschmierte Schere.

Die Schere aus meinem Traum.

3.

Hier in diesem Krankenhausbett ist es plötzlich wieder da, dieses Zittern, mit dem ich in die Küche gegangen bin, Schüssel, Löffel, Cornflakes und Milch für Luna auf den Tisch gestellt habe. Wie ich wieder nach oben gegangen bin, in unser Schlafzimmer, in dem Nicolai vor dem Kleiderschrank stand, aus dem er ein frisches Hemd holte.

Sein Rücken breit und durchtrainiert. Ich fange an zu sprechen, auf der Türschwelle stehend, mich am Türrahmen festhaltend.

»Ich habe ... heute Nacht ... da liegt eine blutige Schere in ... unserem Schrank. Das viele Blut ...« Ich stottere unzusammenhängendes Zeug und merke, ich weiß nicht, wie ich es ihm sagen soll.

Nicolai zieht fragend eine Augenbraue hoch.

Hilf mir, flehe ich innerlich. Ich ziehe ihn zurück ins Bad und vor den Badezimmerschrank.

Halte die Luft an. Mein Herz rast.

Ich öffne die Tür und trete einen Schritt zurück.

Nicolai reagiert nicht.

Ich schaue ihn an. Hoffe, in seinem Gesicht Antworten auf meine Fragen zu finden.

»Leila, beruhige dich. Du bist total hysterisch.«

Ich wage einen Blick in den Schrank.

Keine Schere.

Erst recht keine blutige Schere.

Nichts.

Mir wird schwindelig, ich halte mich an Nicolai fest.

Hat er die Schere verschwinden lassen?

Warum?

4.

Ich liege in diesem weichen Krankenhausbett, und es tauchen immer mehr Bilder in meinem Kopf auf, sie dringen in mich ein, ich drohe zwischen ihnen unterzugehen, in ihnen zu ertrinken, ich kralle mich am Laken des Bettes fest, ich zwinge mich zu atmen, ich erinnere mich an diesen Morgen, daran, wie Maya und Dorian, Nicolais Bruder, Luna abholen, wie ich ihr über die Haare streiche.

Wie genervt Nicolai ist, warum sein Bruder Luna schon wieder abholt, wie er sich Sorgen macht.

Und plötzlich fällt es mir wieder ein: Er ist tot. Der Mann, der mein Leben verändert hat, mit dem ich so viel vorhatte, ist tot. Ich kralle mich noch tiefer in die Matratze, kann kaum noch atmen und spüre die Trauer in meinem Bauch, in meinem Kopf, in meinem Herzen immer größer werden. Ich drifte wieder ab in die Erinnerung an diesen Tag danach, als ich Nicolai fragte, ob er schon Neuigkeiten habe, und er antwortete, dass es keine neuen Hinweise gebe, er weiß von nichts, ich wollte es ihm sagen, aber ich konnte nicht, und dann war auf einmal alles ganz anders. Ich erinnere mich, wie ich um Fassung ringe an diesem Morgen, wie ich versuche, mich zu konzentrieren, die Kontrolle zu behalten über diesen Tag. Und wie ich auf einmal beschließe, mitten in unserer Küche, dass ich das tun will, was wir gemeinsam tun wollten.

Ich rede unverständliche Dinge, etwas von dem Termin,

aber ich kann es Nicolai nicht sagen, unmöglich, nicht jetzt, nicht so kurz vor dem Ziel. Nicolai schaut mich fragend an, fragt, was das für ein Termin sein solle, hält mich wahrscheinlich einfach für zu durcheinander und sagt nur, gut, dann zieh ein hübsches Kleid an, schmink dich, und du wirst dich besser fühlen.

Er hört mir nicht zu. Aber ich tue ihm den Gefallen und bemühe mich auch um ein normales Gespräch, sage, er habe vielleicht recht und dass das rote Kleid vielleicht eine gute Idee sei. Und ich erinnere mich an seinen Blick. Er glaubt, ich bin durchgedreht. Er fragt mich, welches rote Kleid ich meine.

Es ist Donnerstagmorgen. Acht Uhr. Ich fühle mich nicht in der Lage, ein normales Gespräch mit meinem Mann zu führen.

Ich weiß nur, ich habe dreiunddreißig Stunden ohne *ihn* überlebt.

Dreiunddreißig Stunden vom Rest meines Lebens.

5.

In meinem Gehirn geben Löcher in den Schwaden der Dunstwolken winzige Informationen preis.

Wie ich ihn das erste Mal traf.

How can I explain the unexplainable? Deep within, everything is clear.

Wie der Fremde neben mir das Lied plötzlich mitsummte.

Wie ich meinen Blick nicht mehr von seinem Mund wenden konnte, aus dem Bewunderung über meinen Gesang sprach.

Wie ich den Blick gesenkt hielt. Die Scham versteckend. Den Stolz. Die unausgesprochene Einladung, die ich annahm.

Wie er mir zusah, als ich das Mikro in die Hand nahm und sang. Wie er geheimnisvoll lächelte und sich meine Stimme in ungeahnte Höhen erhob.

Wie ich mich ans Klavier setzte und in eine neue Welt eintrat.

Ich erinnere, wie wir auf dem Terrassenboden lagen und Texte schrieben. Wein tranken und uns anschauten. Wie der Wind meine Haare zerzauste und die Zärtlichkeit, mit der er sie mir hinter das Ohr strich, mich erschauern ließ.

Die Panik, die ich spürte, als ich zum ersten Mal mit den Musikern im Tonstudio stand. Sein Blick, der mir Sicherheit gab. Meine Hände, die über die Klaviatur streichelten. Der Beifall der Musiker, der mich schwindlig machte.

Ich erinnere mich an den brennenden Wunsch, Sängerin zu werden.

An den Traum, der uns beide verband.

Wie er strahlte. In die Hände klatschte. Die Welt uns in diesem Moment zu Füßen lag.

Mein Leben eine neue Richtung nahm.

An den Traum, den wir lebten.

Ich erinnere mich.

Ich kann nicht mehr.

Ich will mich nicht erinnern.

Marius.

Komm zurück. Ich brauche dich.

6.

Stattdessen kamen sie. Die Polizisten.

Als ich die Spülmaschine einräume, klingelt es, alles geht ganz schnell. Sie sind in der Wohnung, sie fragen, ich habe keine Antworten. Sie wollen den Schlüssel zu seiner Wohnung. Sie wollen alles durchsuchen. In unserem Haus. Sie wollen, dass Nicolai nach Hause kommt und den Safe öffnet. Und dann finden sie es. Mein rotes Kleid. Es ist voller Blut.

Ich drifte weg. Ins Rot.

Um mich herum ist überall Blut. Ein dunkler See umringt von einzelnen kleineren Tropfen, die wie Satelliten um die Lache kreisen. Die Pfütze ist frisch. Dabei ist die Flüssigkeit nicht hellrot. Eher schimmernd schwarz. Ich rieche das Blut. Es ist kein unangenehmer Geruch. Etwas süßlich. Metallisch.

Ich bin aus Versehen in den Blutsee geraten. Die Spuren verwischen sich, verlieren sich im Grau des Untergrundes.

Ich habe Blut an meinen Fingern.

Blute *ich*? Oder ist es *sein* Blut?

Ich schaue mir meinen Finger mit dem Blut genau an.

Ein Tropfen fällt darauf. Kein Blut diesmal. Eine Träne. Noch eine. Viele.

Meine Tränen vermischen sich mit seinem Blut.

Ich rieche an dem Finger. Riecht es nach ihm?

Es riecht nach Eisen. Warum rieche ich ihn nicht?

Ich atme hektisch und fühle nichts mehr.

Ich betrachte den See aus Blut auf dem Asphalt.

Verändert er seine Farbe? Es wäre logisch, dass sich mit dem Auseinanderlaufen des Blutes dessen Farbe ändert, oder? Der Geruch?

Ich höre einen Schrei.

Er kommt aus mir. Von tief drinnen. Rollt durch meinen Körper, aus dem Mund und bricht sich in der Nacht.

Hallt in mir wider.

Unvermittelt ist es vorbei.

Absolute Stille breitet sich aus.

7.

Ich starre in die Neonröhre, bis mir die Augen wehtun. Ich will den Schmerz spüren, ich will, dass alles andere in mir ruhig ist, ich will vergessen, nichts mehr verstehen. Ich habe Angst. Denn ich kann mich nicht erinnern, was nach der Verabredung mit Marius am Abend seines Todes passiert ist. Ich war die Letzte, die ihn lebend gesehen hat. Das behauptet die Polizei. Ich weiß es nicht. Der Tag verschwindet im Nebel.

Alles, was ich habe, sind diese furchtbaren Alpträume. Mein Körper zittert. Ich traue mich nicht, den Gedanken wirklich zu fassen. Ich starre mit weit offenen Augen in das grelle Licht. Was, wenn es kein Alptraum ist? Was, wenn ich mich erinnere? Die Schere. Das Kleid. Ich habe solche Angst. Angst, die mich erdrückt, zerquetscht in der Stille der unbeantworteten Frage: Was habe ich getan?

Die letzten Stunden waren eine einzige Wolke aus Grübeleien, Fragen ohne Antworten und Selbstvorwürfen. Ich habe an mein Leben gedacht und an den Schaden, den ich angerichtet habe. Was habe ich in jener Nacht getan? Ich spüre wieder genau, wie der Kommissar mir nicht glaubt, dass ich mich nicht erinnere. An den Abend, an dem Marius starb.

An den Abend, an dem Marius getötet wurde.

An den Abend, an dem meine Träume zerbrachen.

Seither ist es still um mich herum. Als ob alle Töne mit ihm gestorben seien.

Was ist, wenn der Kommissar recht hat?

Was ist, wenn meine Erinnerung mir zeigt, dass ich eine Mörderin bin?

8.

Marius und ich hatten keine Liebesbeziehung im eigentlichen Sinne. Wir waren verbunden durch die Musik. Und er hat mich gesehen, natürlich, das hat mich verändert.

Mit ihm fand ich meinen Traum vom Glück. Ich legte meine unerfüllten Wünsche und ungesagten Hoffnungen in ihn, in die Musik. Ausdruck all dessen, was mich beschäftigte. Es hätte alles perfekt sein können.

Nur Nicolai interessierte sich nicht für mein neues Leben. Ich war gekränkt. Für Nicolai war ich nur die Mutter seiner Tochter, sonst nichts. Ich bräuchte nicht arbeiten, sagte er. Das hätten wir nicht nötig. Ich sollte erneut schwanger werden. Er wünschte sich einen Jungen.

Ich träumte von einem anderen Leben. Nur traute ich mich nicht, das zu sagen. Und bis ich Marius kennenlernte, traute ich mich nicht, irgendetwas für meine Träume zu tun.

Ich habe mit dem Gedanken gespielt, einen Brief an Nicolai zu schreiben. Mir alles von der Seele zu schreiben. Mir hilft es, meine Gedanken auf diese Art zu äußern. Es kommen andere Worte dabei heraus, wenn man die Ansichten aus dem Kopf heraus und zu Papier zu bringen versucht. In meinen Songs ist es genauso. Ich habe eine Idee, eine Geschichte im Kopf. Wenn ich am Klavier sitze und die Melodie spiele, sprudeln andere Begriffe aus meinem Mund. Kraftvoller und eleganter. Ich wollte ihm alles erzählen. Davon, dass ich meinem Traum so nahe war, dass Marius und ich unser Demoband an eine Plattenfirma geschickt hatten. Dass ich es erst für einen Witz gehalten hatte, eine Art Mutprobe, die aber auf einmal Wirklichkeit geworden war: Wir hatten den Termin. Wir sollten an diesem Tag wirklich einen Plattenvertrag unterschreiben. Der wichtigste Tag in meinem Leben.

Zu dem Brief ist es nie gekommen. Ich habe versagt. Ich habe nicht mehr um sein Vertrauen gekämpft, nachdem Marius da war. Ich habe mich in der Musik verloren. In dem Gefühl der Freiheit. Ich liebte diese Welt. Sie berauschte mich.

Deshalb habe ich meinen Mann angelogen. Ich erzählte ihm weder von den Studioaufnahmen noch von einer Reise nach London. Ich sagte, ich sei mit den Müttern aus der Kita-Gruppe unterwegs. Ich erklärte mein Strahlen und die glückliche Erregung nach einem Tag im Tonstudio mit Shoppingerfolgen.

Absurd, lächerlich! Und sofort zu durchschauen.

Aber Nicolai merkte nichts.

Und ich wollte Marius und dieses Leben mit ihm nicht mehr aufgeben. Ich wollte glücklich sein.

Ich bin nicht stolz auf meine Lügen.

Ich schäme mich. Und ich bin wütend auf mich.

Aber hat mich das etwas tun lassen, was niemals jemand von mir gedacht hätte, am wenigsten ich selbst?

9.

Inzwischen hat sich das Licht im Zimmer verändert. Die Rollos sind halb nach unten gefahren, der Baulärm ist gerade nicht zu hören. Hanne liegt reglos auf ihrem Bett. Ich muss eingeschlafen sein. Ich bin so unendlich müde und erschöpft. Ich vermisse Luna, mein kleines Baby, ich sehne mich danach, an ihren Haaren zu riechen, sie im Arm zu halten. Sofort laufen mir Tränen über das Gesicht. Was hat Nicolai ihr erzählt? Was hat sie von all dem mitbekommen? Sie war mit ihrer Tante und ihrem Onkel im Tierpark, als die Polizei da war. Und als sie mich mitgenommen haben. Ich kriege das Kleid nicht aus meinem Kopf. Das Blut. Ich erinnere mich an das Büro des Polizisten. Keine Zelle, kein dunkler Verhörraum, einfach ein ganz normales Büro, zwei Computer auf Schreibtischen voller Akten stehen sich gegenüber. Jetzt fällt mir auch sein Name wieder ein: Thomsen. Ich sehe ihn vor mir, wie er eine Stehlampe auf einen sanften Lichtschein herunterdimmt, so dass es beinahe behaglich wird. Er bedeutet mit der Hand, dass ich mich an den Tisch setzen soll. Ungefragt schenkt er zwei Gläser mit Wasser ein und schiebt mir eines herüber. Ich bin nicht durstig. Ich bin schwer. Die Last, die ich auf mir spüre, erdrückt mich. Die Schmerzen wüten in meinem Kopf.

Auf dem Gang sind streitende Stimmen zu hören. Ich ertrage die Geräusche dieser Welt nicht länger. Thomsen steht auf und schließt die Tür. Wohltuende Ruhe setzt ein. Ich atme angestrengt ein und aus.

Er sagt mir, er vernehme mich als Zeugin, müsse ein paar Dinge verstehen, sagt mir aber auch, dass es nicht gut für mich aussehe, sollte das Blut auf meinem Kleid von Marius sein.

Er greift nach einem Aktendeckel und einem Diktiergerät und legt beides auf den Tisch zwischen uns. Er mustert mich.

Er startet die Aufnahme und nennt das Datum, Uhrzeit und unsere beiden Namen. Es ist wie in einem Film.

»Warum, glauben Sie, musste Marius Hofer sterben?«, fragt er. »Ich werde Ihnen zeigen, was mit Marius Hofer passiert ist. Ich möchte, dass Sie verstehen, warum ich Sie nicht in Ruhe lassen kann. Ich bin ihm verpflichtet. Ich werde herausfinden, wer ihm das angetan hat. Und ich möchte verstehen, wie es dazu kommen konnte. Können Sie mir helfen?«

Ich weiß es nicht. Ich bin benommen. Ich will nicht mehr.

»Frau Galayan, wir haben bislang nicht gefunden, was wir bei Ihnen gesucht haben. Keine Tatwaffe, kein Handy, keinen Schlüssel zu seiner Wohnung. Dafür ein blutbeflecktes Kleid.«

Er lässt mir Zeit.

»Die Tat ist außergewöhnlich brutal gewesen. Die Tötungsart spricht aus meiner Erfahrung nicht unbedingt für eine Frau als Täterin. Andererseits können Frauen, die in die Enge getrieben werden, gnadenlos sein. Sie hatten eine Affäre mit dem Opfer, und Sie haben kein Alibi. Hatten Sie Streit?«

Er wartet.

»Sie müssen verstehen, dass ich mir von Ihnen Antworten erhoffe.«

Was soll ich sagen?

»Wie viele Schlüssel hatte Herr Hofer zu seiner Wohnung?«

Ich kneife die Lippen zusammen. Ich weiß es nicht.

»Die Wohnung von Herrn Hofer war nicht aufgebrochen. Der Täter muss einen Schlüssel gehabt haben. Nach Auskunft des Vermieters hatte Herr Hofer zwei Schlüssel. Seine Tür ist mit einem Sicherheitsschloss versehen, so dass er die Schlüsselkarte vom Vermieter hätte anfordern müssen, hätte er sich weitere Schlüssel nachmachen lassen wollen. Einen Schlüssel haben wir in der Wohnung an seinem Schlüsselbund gefunden. Herr Hofer hatte nach Auskunft der Nachbarn keine Putzfrau. Es ist außer Ihnen nie jemand mit ihm in der Wohnung gesehen worden. Ich vermute, dass Sie den anderen Schlüssel haben. An Ihrem Schlüsselbund war er nicht. Bei der Hausdurchsuchung haben wir ihn bisher nicht gefunden, aber die Kollegen sind noch nicht fertig. Wo ist der Schlüssel?«

Ich höre die Ungeduld in seiner Stimme. Er möchte, dass ich ihm Antworten gebe. Ihm erkläre, was in der Tatnacht geschehen ist. Aber wie könnte ich das? Ich kann ihm nicht helfen. Ich kann mir nicht einmal selbst helfen.

»Wenn wir den Schlüssel in Ihrem Haus finden … Sind Sie zu ihm gefahren?«

Ich weiß es nicht.

»Die Wohnung war spartanisch eingerichtet, als ob er noch nicht lange dort wohnen würde. Wann ist er dort eingezogen?«

Das weiß ich nicht. Ich kenne ihn doch erst seit einem Jahr. War schon ein Jahr vergangen?

Jemand hat ihn getötet. Dort, wo er sich sicher gefühlt hat. Wo niemand hereinkommen konnte … außer mir?

»Woher stammt das Blut auf Ihrem Kleid?«

Er bringt mich mit seinen sprunghaften Fragen ganz durcheinander. Ich weiß nichts. Ich erinnere mich nicht. Er macht mir Angst.

Ich erschrecke, als ich Thomsens Hand auf meinem Arm fühle.

»Wo sind Sie mit Ihren Gedanken? Hören Sie mir zu?«

Nein, ich habe nicht zugehört.

»Beschreiben Sie mir Ihre Beziehung zu Herrn Hofer.«

Er seufzt.

Marius war ein sanfter Mensch. Ein Mann voller Fantasie, Ideen und Träume. Er war … Es stimmt, ich hatte eine Beziehung zu Marius. Er war mein Musikproduzent. Mein Mentor. Mein Freund. Nicht mein Feind. Warum sollte ich ihn töten?

»Auf dem hinteren Parkplatz gibt es zwei Ausgänge. Welchen Ausgang nehmen Sie normalerweise? Den Seiteneingang Richtung Hauptstraße oder den Richtung Kirche? Und Dienstagnacht? Wo haben Sie geparkt?«

Habe ich meinen Freund im Streit getötet? Und erinnere mich nicht daran? Oder will ich mich nicht erinnern? Gibt es so etwas?

Das ist Unsinn. Flucht. Vermeidung. Verdrängung.

Ich war nicht da.

Erstmals ließ ich einen anderen Gedanken zu.

Ich war nicht da.

Aber ich habe ihn getötet.

10.

Kommissar Thomsen tritt an die Kaffeemaschine, und ich stehe auf. Ich kann nicht still sitzen. Eine innere Unruhe treibt mich an. Ich stelle mich an seinen Schreibtisch und bemerke dort Fotos, die von ein paar Zetteln nur halb verdeckt werden. Marius. Es trifft mich wie ein elektrischer Schlag. Ich drehe mich zu Thomsen um. Er beobachtet mich. Registriert jede meiner Bewegungen. Aber er hält mich nicht zurück. Er steht da mit den zwei Espressotassen in der Hand und wartet.

Ich schiebe die Papiere zur Seite. Ich blicke nicht auf die Fotos. Ich fixiere Thomsen. Ich kann nicht lesen, was mir seine Augen sagen wollen, aber ich nehme sein Schweigen als Erlaubnis, mir die Fotos ansehen zu dürfen.

Ich hole Luft und senke meinen Kopf. Blicke auf die Abzüge.

Marius.

Ich nehme die Fotos in die Hand. Eine Ganzkörperaufnahme und eine Detailaufnahme seines Kopfes. Mein Körper reagiert. Die Schwäche kriecht meine Beine hinauf, und ich habe einen bitteren Geschmack im Mund.

Marius liegt in einer obszön großen Blutlache. Seine Arme dicht am Körper. Er hat aufgegeben. Er hatte keine Kraft mehr zu kämpfen, als er in seinem Schlafanzug im Hinterhof ankam. Was hat er in dem Hinterhof gemacht? Warum haben ihm die Nachbarn nicht geholfen?

In meinem Kopf explodiert der Schmerz. Oder ist es Marius' Schmerz?

Das rote Kleid. Die Schere. Die Taube. Ich kann nicht mehr. Mir wird so schwindlig, dass ich mich an der Tischkante festhalten muss. Ich weine.

Thomsen stellt klirrend die Espressotassen ab.

Es ist alles wie in meinem Traum, es ist erschreckend.

Habe ich meine Tat geträumt? Ich halte es nicht mehr aus, die Welt bricht über mir zusammen, ich schreie.

Thomsen kommt um den Tisch herum.

Ich lasse die Fotos fallen und greife zu. Brülle immer weiter. Den ganzen Schmerz aus mir heraus. Die Angst. Alles.

Thomsen ruft. Packt mich von hinten. Krallt sich in meine Arme.

»Oh Gott, was tun Sie?«

Der Brieföffner in meiner rechten Hand lässt sich nicht mehr bewegen. Thomsen umklammert meine Hand mit Gewalt.

Ich hätte den Brieföffner gerne tiefer in meinen Bauch gestoßen.

Urplötzlich setzt der Schmerz ein. Einen solchen Schmerz habe ich noch nie erlebt. Er dringt mir bis in die Knochen. Höhlt sie aus. Schabt sie auf. Ich schreie. Diesmal sind es Schmerzensschreie.

Die Tür fliegt auf. Menschen rufen. Thomsen ächzt.

Der Schmerz ist infernalisch. Als ob der Brieföffner aus glühend heißem Stahl wäre und Thomsen ihn nicht festhielte, sondern in meinem Bauch herumdrehte.

Und doch ist er gut. Denn er überschreibt alles andere.

Meine Knie knicken ein, ich beuge mich vornüber, was

die Schmerzen verstärkt. Ich hätte nie für möglich gehalten, dass es einen solch wellenartigen Schmerz gibt. Blut rinnt durch meine und Thomsens Hände. Ich erkenne nicht, ob das Blut bis auf den Boden tropft, denn mir wird schwarz vor Augen, eine dunkle Wand rast von beiden Seiten meines Sichtfeldes auf mich zu.

Die Töne werden leiser. Es wird dunkel.

Ich lasse los. Und plötzlich bin ich Marius wieder ganz nah.

11.

Meine Glieder sind schwer, und mein Bauch schmerzt. Es ist dieser Schmerz, der mir die Erkenntnis gebracht hat.

Ich habe es nicht geschafft. Der Kommissar hat mich umklammert, bis die Rettungssanitäter kamen. Ich lebe. Mein Versuch, dem unfassbaren Schrecken zu entkommen, ist gescheitert.

Marius ist tot. Ermordet. Die Schere im Badezimmerschrank. Mein blutiges Kleid. Die Hausdurchsuchung. Das Polizeipräsidium.

Resigniert lasse ich meine Augen geschlossen. Ich habe etwas schrecklich Dummes getan. Gänsehaut überzieht meine Arme bei dem Gedanken an die Konsequenzen, die nun auf mich zukommen. Was ist mit Luna? Was wird aus meiner Familie? Was bin ich für eine Mutter? Meine Tochter. Was denkt sie von mir?

Wie konnte das alles passieren?

Ein Wecker tickt und dieses schwere Atmen. Ich harre bewegungslos, um noch ein paar Sekunden mit mir zu haben, bevor das Leben und die Menschen mich wieder in den Würgegriff nehmen. Einen kurzen Moment, damit ich mir überlegen kann, was ich tun soll.

Ich will hier nicht bleiben. Ich muss nach Hause.

Ich öffne die Augen. Ich schaue Hanne an, sie sieht mich an. Wir sagen kein Wort.

Energisches Klopfen an der Tür unterbricht uns. Sie

wird aufgerissen, und ein Mann mit kurzen grauen Haaren und weißem Kittel tritt ein, er strahlt mich an. Ihm folgen weitere Ärzte und eine Krankenschwester. Visite.

»Frau Galayan, guten Morgen.«

Er setzt sich auf mein Bett. Er ist mir unangenehm nah, und ich ziehe die Knie etwas an. Meine Bauchwunde tut höllisch weh, aber das ist egal. Ich fixiere den Blick des Arztes.

»Ich bin Professor Langara, der Chefarzt der psychiatrischen Klinik. Sie sind hier in der geschlossenen Akutstation. Haben Sie schlafen können?«

Er ist mir von der ersten Sekunde an unsympathisch. Sein Kittel hat goldene Knöpfe, er trägt eine dicke Armbanduhr. Seine Haare sind etwas zu lang und seine Zähne etwas zu weiß für sein Alter. Ich schätze ihn auf knapp sechzig. Seine Stimme klingt nasal mit einem seltsam hölzernen Klang. Ich weiß nicht, wie dieser Mann mir helfen soll.

Offenbar erwartet er keine Antwort von mir, denn er nickt einem der Ärzte zu. Der schaut auf sein Klemmbrett und referiert: »Leila Galayan ist die erste Aufnahme im Haus und insgesamt. Der Rettungswagen brachte sie gestern in Begleitung der Kriminalpolizei in die Notaufnahme. Frau Galayan hat sich im Polizeipräsidium während einer Befragung in suizidaler Absicht einen spitzen Gegenstand in den Bauchraum gestoßen. Die chirurgische Versorgung der Wunde verlief komplikationslos. Eine Operation war nicht nötig, es handelt sich um eine tiefe Fleischwunde ohne Organbeteiligung. Frau Galayan ist anschließend zu uns verlegt worden, da sie in einer ersten Kontaktaufnahme das Sprechen verweigert hat und sich deshalb nicht glaubhaft von Suizidwünschen distanzieren konnte. Die aufnehmende Ärztin hat einen Unterbringungsbeschluss nach dem Hamburger PsychKG erwirkt. Von einer Untersuchungshaft nimmt die Staatsanwaltschaft Abstand, solange Frau Galayan bei uns geschlossen untergebracht ist. Wir denken zunächst an eine Behandlung mit 50 mg Quetiapin zur Nacht.«

Der Ärztetross starrt mich an wie ein ekelhaftes Insekt. Gewalttätig, renitent und ein Fall für das Gefängnis. Nur die einzige Frau in der Entourage des Chefarztes beäugt konsequent den Linoleumboden.

Warum helfen sie mir nicht?

»Frau Galayan, Sie sind Hauptverdächtige in einem Tötungsdelikt«, sagt der Chefarzt. »Das ist eine dramatische Situation. Sie brauchen Ruhe, um sich von Ihren Suizidgedanken zu distanzieren. Die Schwester wird Ihnen gleich ein Schmerzmedikament bringen, was Ihnen guttun wird.«

Ich brauche keine Ruhe. Ich brauche ein neues Leben.

»Der richterliche Unterbringungsbeschluss gilt für mindestens eine Woche. Diese Woche sollten Sie nutzen. Sie werden sofort mit Gesprächen bei Frau Dr. Freytag beginnen«, sagt er.

Diese Hiobsbotschaft lässt mich nach Luft schnappen. Ich darf nicht nach Hause? Und sein Grinsen stört mich. Die Ärztin meldet sich zu Wort. »Warten Sie, Herr Professor ... das ist keine gute Idee. Die Patientin ist noch nicht in der Verfassung für diese Art der Auseinandersetzung mit der Tat. Sie ist verletzt und ...«

»Sprechen Sie täglich miteinander«, unterbricht er. »Das wird schon. Es ist ihr erster Tag heute, Frau Dr. Freytag, und ich beglückwünsche Sie zu Ihrer ersten Patientin in unserem Hause. Frau Galayan braucht eine Chance. Sie sind ihre Chance.« Dabei springt er auf und strahlt in die Runde, als hätte er einen Hauptgewinn verteilt. Niemand klatscht Beifall.

Ich bin die erste Patientin der Frau? Wie kann das sein? Ich brauche gar keine Therapie, ich möchte nur nach Hause.

Die angesprochene Therapeutin verzieht keine Miene. Sie wendet sich an eine Krankenschwester. »Bringen Sie Frau Galayan nach der Visite in mein Büro.«

»Aber ... sie ist verletzt ...«, widerspricht die Schwester zaghaft, »vielleicht besser am Bett ...?«

»Frau Galayan wird ein paar Meter gehen können«, erwidert die Ärztin.

Mir verschlägt es die Sprache. Was hat die Frau gegen mich?

»Na prima, läuft doch«, sagt der Chefarzt und eilt aus dem Zimmer.

So schnell, wie sie gekommen sind und mein Leben noch komplizierter gemacht haben, so schnell sind sie wieder verschwunden.

Hanne liegt auf ihrem Bett und starrt Löcher in die Luft. Sie hat sich die ganze Zeit über nicht gerührt. Und die Ärzte haben sich keine Sekunde mit ihr beschäftigt. Keine einzige Frage gestellt. Warum nicht?

Ich seufze und strecke mich wieder aus. Etwas knistert auf meiner Decke. Ich ertaste einen zusammengefalteten Zettel. Wo kommt der her? Hat der Arzt ihn vergessen?

Neugierig falte ich das Blatt auseinander.

Ich weiß, was du getan hast. Ich werde dich bestrafen.

Ich kann einen Aufschrei nicht unterdrücken. Die Feindseligkeit, die die Worte ausstoßen, spüre ich im ganzen Körper.

Hanne richtet sich im Bett auf und guckt mich aus schreckgeweiteten Augen an. Fast so, als ob sie mich jetzt erst wahrnimmt.

»Wer sind Sie?«, schreit sie. »Was machen Sie in meinem Zimmer?«

12.

Ich halte den verdammten Zettel in Händen und lese ihn immer wieder. Als ob seine Worte eine neue Bedeutung geben könnten, wenn ich nur lange genug darauf starre. Ich schaffe das nicht. Ich will endlich aus dem Alptraum aufwachen, der mein Leben ist. Hanne ist aus dem Zimmer verschwunden.

Ich weiß, was du getan hast. Ich werde dich bestrafen.

Ich bemerke, wie ich mich mit jeder Stunde, die verstreicht, weiter auflöse. Mein Selbst zerfällt. Ich bin nicht der Mensch, für den ich mich immer gehalten habe. Ich weiß plötzlich nicht mehr, wer ich bin. Das hier, das darf doch alles nicht wahr sein ...

Ich sitze auf dem roten Sessel, starre aus dem Fenster und versuche mir zu überlegen, wie es weitergeht. Ich muss auf das Gespräch mit der Ärztin warten, um zu fragen, wann ich hier rausdarf.

Die Sirene eines Rettungswagens durchschneidet meinen Gedanken, und ich gehe zum Fenster, um zu sehen, wohin er fährt. Ich kann von hier aus nur die Baustelle sehen. Vermutlich entsteht hier ein neues Klinikgebäude. Die grauen Betonwände und die Stahlträger wirken im Nieselregen deprimierend. Inzwischen sind eine ganze Menge Bauarbeiter auf dem Gelände, doch vor allem eine Person fällt mir ins Auge. Es ist eine Frau mit langen blonden Haaren, die unter dem Schutzhelm herausfließen. Die

Frau steht dicht neben einem Anzugträger mit gelbem Helm. Wenn sie nicht einen riesigen Plan in der Hand halten würden, könnte man denken, sie flüsterten miteinander. Doch sie beugen nur ihre Köpfe über den Bauplan.

Ich fühle mich genauso, wie diese Baustelle aussieht. Nur dass ich niemanden habe, mit dem ich mich beraten könnte. Und ich habe auch keinen Plan. Gott sei Dank kann ich mein Gesicht in der Fensterscheibe nur schemenhaft erkennen. Es sieht trotzdem erbärmlich aus. Wie konnte es passieren, dass ich von heute auf morgen in einer Psychiatrie gefangen bin?

Ich war noch nie an so einem Ort. Nicht einmal, um jemanden zu besuchen. Ich habe nur Klischees im Kopf. Ich habe Angst, mein Zimmer zu verlassen und herauszufinden, was von diesen Vorurteilen stimmt. Geschlossene Station. Was bedeutet das? Wie ein Gefängnis? Komme ich nicht mehr heraus, wenn ich es will? Ich bin selbst schuld. Aber ich will mir nicht mehr das Leben nehmen. Das werde ich der Ärztin sagen. Ich werde ihr versprechen, mir nichts anzutun. Ich bin nicht durchgedreht. Ich gehöre nicht hierher.

Meine Gedanken werden durch ein Klopfen unterbrochen. Eine Krankenschwester trägt ein Tablett mit einer Tasse Kaffee und zwei Brötchenhälften mit Marmelade herein. Frühstück.

»Das ist eine Ausnahme«, sagt sie. »Die Patienten essen im Aufenthaltsraum. Aber Sie sollen gleich zur Frau Doktor kommen.« Sie zögert. »Ihre Kleidung ist in einer Plastiktüte aus der Chirurgie gekommen.« Sie zeigt auf den Kleiderschrank. »Es ist alles blutig, das können Sie nicht mehr anziehen.« Sie öffnet eine Schranktür und inspiziert den Inhalt. »Vielleicht können Sie sich Hannes Bademantel leihen, bis Ihr Mann Ihnen Sachen bringt? Wir müssen ein wenig durch das Gebäude laufen, um zu Frau Dr. Freytag zu kommen. Es ist aber nicht weit.«

Kleidung interessiert mich nicht, aber ich brauche mein Handy, um Maya anzurufen. Hoffentlich ist es in der Plastiktüte.

»Ehe ich es vergesse: Die Tablette in der Box ist ein Schmerzmittel. Das haben die Chirurgen empfohlen. Nehmen Sie es.« Sie zeigt mit dem Finger auf das Tablett.

Ich folge ihrem Blick und starre auf die Tablettenbox.

»Alles in Ordnung?«, fragt sie.

Nein. Nichts ist in Ordnung. Was für eine Frage an diesem Ort.

»Eine Kollegin oder ich selbst kommen Sie holen, sobald die Visite zu Ende ist. Halten Sie sich bereit, ja?«

Als ich stumm bleibe, zuckt sie mit den Schultern, dreht sich um und geht.

Der Anblick des Tellers mit dem Brötchen bestätigt mir, dass ich keinen Hunger habe. Ich kann kein Marmeladenbrötchen essen, während Marius im selben Krankenhaus, nur ein paar Meter entfernt, tot in der Rechtsmedizin liegt. Ich werde nie wieder etwas essen. Ich kann mein Leben nicht weiterleben, als ob nichts passiert wäre. Ausgeschlossen. Meine Welt ist verheddert. Meine Erinnerungen verschwommen.

Was ist Traum? Was Wirklichkeit? Ist es möglich, dass der eigene Verstand in so kurzer Zeit einfach aufhört zu funktionieren?

Ich bin Hauptverdächtige in einem Tötungsdelikt. Nicht an irgendjemandem, sondern an meinem Freund und Mentor. Und ich kann mich nicht an die Tatnacht erinnern.

Ich kann rekonstruieren, was ich am Tag davor getan habe. Und ich weiß, was gestern passiert ist. Dazwischen wabert der Nebel.

Ich bin sicher, dass ich niemals in der Lage wäre, einen Menschen zu töten. Die Vorstellung ist absurd. Nur, wenn ich etwas länger darüber nachdenke, frage ich mich, ob nicht in jedem von uns ein Mörder steckt? Sind wir nicht alle in der Lage, aggressiv zu werden, wenn man uns in die Enge treibt? Würde ich mich nicht verteidigen, wenn es um das Wohl meines Kindes oder mein eigenes ginge?

Habe ich mich womöglich von Marius in eine ausweglose Situation gedrängt gefühlt? Haben wir uns gestritten? Haben wir uns über unseren großen Traum überworfen?

Habe ich die Kontrolle verloren?

Ich stütze mich auf den Fenstersims. Draußen schleichen die Bauarbeiter im Regen herum. Der Anblick ist kein Trost, sondern lässt mich vor Kälte und Jammer erschauern.

Ich fliehe ins Badezimmer und lasse mir heißes Wasser über die Hände laufen. Ein Blick in den Spiegel zeigt, dass mir die Verzweiflung ins Gesicht geschrieben steht. Ich sehe übernächtigt aus, mit tiefliegenden Augen und misstrauischem Blick. Sieht so eine Mörderin aus?

Was soll dieser Traum? Hat mir mein Unbewusstes einen bizarren Film geschickt, damit ich erkenne, was ich getan habe?

Schau dich an, Leila. Sieh genau hin. Hast du die Kontrolle verloren? Kannst du in deinen Augen erkennen, was du getan hast? Sind sie der Spiegel deiner Seele?

Ich erkenne nichts. Oder alles. Ich kann hineininterpretieren, was ich will. Ob es stimmt, weiß ich nicht. Es ist frustrierend. Es ist ungerecht.

Marius hat einmal zu mir gesagt, meine Stimme lüge nicht. Er höre am Klang meiner Stimme, in welcher Verfassung ich sei.

Sprich, Leila. Wie geht es dir? Was hast du getan?

Ich komme mir albern vor. Ich kann nicht mit mir selber sprechen. Laut. Im Badezimmer einer Psychiatrie. Wenn jetzt jemand reinkommt, hält er mich wirklich für verrückt.

Es kommt kein Wort aus mir heraus.

Ich ziehe ein paar Grimassen. Aber es hilft nichts. Keine Worte. Nur stummes Verzweifeln. Ich strecke mir die Zunge raus und möchte mir am liebsten den Ausdruck aus dem Gesicht schlagen. Meine Hand trifft den Spiegel. Irgendwie.

Mit einem grellen Scheppern kracht der Spiegel in sich zusammen, und die Scherben donnern in das Waschbecken.

Was zum Teufel …

Ich habe doch kraftlos dagegen gehauen, oder? Wie kann der Spiegel dabei zerspringen? Entsetzt starre ich auf die Scherben. Es ist ein einziges Chaos. Ich inspiziere meine Hand. Nichts. Ich begreife nicht, was mit meinem Leben geschieht. Gestern wollte ich es beenden, heute will ich es zurück. Jedenfalls das Leben von vor ein paar Wochen. Da war alles noch in Ordnung.

Das kann nicht stimmen. Es war nicht in Ordnung. Sonst stünde ich nicht hier vor diesem Scherbenhaufen.

Aber was habe ich übersehen?

Ich kann die Tränen nicht mehr zurückhalten. Sie fließen mir über die Wangen, und ihre Nässe ist das erste vertraute Gefühl, seit ich heute Morgen aufgewacht bin.

Ich lasse mich fallen.

13.

Eine andere Krankenschwester, die sich als Schwester Pernille vorstellt, steht neben mir im Badezimmer und blickt stirnrunzelnd auf die Scherben im Waschbecken.

Wie wird sie reagieren? Werde ich in Ketten gelegt? Ich kauere auf dem Boden und versuche, meine Tränen abzuwischen. Es tut mir ehrlich leid.

»Haben Sie sich verletzt?«

Ich schüttele den Kopf und zeige meine Hände und Unterarme vor. Gott sei Dank habe ich nur einen winzigen Kratzer an der Außenseite meiner rechten Hand. Den kann sie nicht sehen.

»Sind das alle Scherben?«

Ich verstehe ihre Frage nicht gleich. Dann dämmert es mir. Ich nicke.

»Ich lasse das gleich entsorgen. Aber einen neuen Spiegel kann ich nicht so zackig herzaubern. Da müssen Sie schon ein Weilchen ohne auskommen.«

Erleichterung durchflutet mich. Einen neuen Spiegel brauche ich nicht. Ich will sowieso nicht bleiben.

Schwester Pernille ist in ihrer Gelassenheit ein winziger Lichtstrahl an diesem düsteren Tag. Sie trägt keinen Arztkittel oder Schwesternkleidung. Nur ihr Namensschild weist sie als Mitarbeiterin aus. Sie soll mich zu Frau Dr. Freytag führen, denn es ist mir nicht gestattet, die Station allein zu verlassen. Mir ist es recht, denn Pernille ist weder böse auf mich noch gibt sie mir das Gefühl, von ihr verurteilt und in eine Schublade gesteckt zu werden. Sie nimmt die Situation gefasst. Sie vertraut mir.

Ich nicke ihr zu. Ich bin bereit.

»In diesem Aufzug?«, fragt sie.

Ich stehe mit zusammengekniffenen Lippen und im Krankenhaushemdchen der Chirurgie vor ihr und gebe ein klägliches Bild ab. Ich will eigentlich nur in Ruhe gelassen werden. Ich will keinen fremden Bademantel. Ich will nicht sprechen. Ich will nicht therapiert werden. Ich will nur nach Hause.

Ich bin von mir überrascht. Ich beginne meine Sätze nie mit »ich will«. Meist bin ich damit beschäftigt, die Wünsche anderer zu erfüllen. Nur das Bedürfnis, zu singen, kommt direkt aus meinem Herzen. Singen … das war noch vor wenigen Tagen mein Leben. Jetzt spreche ich nicht einmal mehr und stehe im wahrsten Sinne des Wortes vor den Trümmern meines Lebens.

Pernille seufzt und zuckt mit den Schultern. Vermutlich ist sie skurriles Verhalten gewohnt. Sie öffnet die Zimmertür und bittet mich höflich hinaus.

»Ich zeige Ihnen später die Station. Das Wichtigste ist der Aufenthaltsraum. Hier nehmen die Patienten ihre Mahlzeiten ein und können sich tagsüber beschäftigen, spielen, lesen und so. Abends läuft der Fernseher. Die Station ist mit 20 Patienten voll belegt. Das ist meistens so.« Sie zeigt mit der Hand schräg hinter sich. »Da vorn ist unser Dienstzimmer. Ich erkläre Ihnen später, wie die Medikamentenausgabe funktioniert. Und das schwarze Brett mit ein paar organisatorischen Details. Rauchen können Sie im Innenhof, am Ende des Ganges. Rauchen Sie?«

Ich bereue bereits nach wenigen Schritten, dass ich Hannes Bademantel verschmäht habe. Nicht nur, dass es außerhalb des Bettes empfindlich kühl ist, stehen im Gang der Station zahlreiche Patienten, die mich unverhohlen anglotzen. Warum starren sie so? Haben sie noch nie jemanden barfuß und im Krankenhauskittel gesehen? Sie selbst tragen Straßenkleidung und Schuhe. Dagegen fühle ich mich nackt.

Eine junge Rothaarige wankt mit ausgestrecktem Finger und Unverständliches murmelnd auf mich zu. Ich mag sie. Zwar irritieren mich ihre aufgerissenen Augen und der Speichelfaden, der ihr aus dem Mund hängt, aber sie trägt einen Schlafanzug mit Schäfchen darauf und Plüschpantoffeln. Sie sieht ebenso verrückt aus wie ich. Und das gefällt mir.

»Hat sie versucht, sich umzubringen? Hat sie es nicht geschafft? Warum ist sie hier, die Intrigantin, die Zerstörerin, die Mörderin?«, fragt das Schäfchenhemd und stößt mit dem Zeigefinger in meine Richtung.

Was sie sagt, finde ich nicht lustig. Es raubt mir den Atem. Wissen schon alle Bescheid? Bin ich das Gesprächsthema der Station?

Ein Typ mit Jeans, Sweatshirt und schwarzer Hornbrille lächelt mich ermunternd an. Wenigstens hält er seinen Mund und gibt keine blöden Kommentare ab.

Ich ignoriere die Patienten und blicke mich um. Der Gang sieht aus wie in jedem anderen Krankenhaus auch. Kahl, trist und mit haufenweise Türen rechts und links. Wenn nur diese merkwürdige Menschenansammlung nicht wäre. An der gegenüberliegenden Wand lehnt Hanne und fixiert mich mit zusammengekniffenen Augen. »Pass bloß auf, was du sagst«, flüstert sie und kichert. »Red keinen Quatsch, die nehmen hier alles viel zu ernst.«

Ich nicke. Was immer die Alte damit meint.

Das Schäfchenhemd wirft mir einen vernichtenden Blick zu und schreit mich an: »Geht sie jetzt mit den Hexen tanzen? Sie wird ihrer Strafe nicht entkommen!« Dann fängt sie an zu singen: »Stille Nacht, Mörder Nacht...«

Ihre krächzende Stimme hallt durch die Station.

Mir geht die Tonhöhe auf die Nerven, und ich bin froh, dass Schwester Pernille nach meinem Arm greift und mich weiterzieht. Sie ist von dem Auftritt der Patientin unbeeindruckt.

Unter dem Gezeter und Gejammer der Rothaarigen schiebt sie mich durch eine Milchglastür. Pernille tippt hinter vorgehaltener Hand eine Zahlenkombination auf ein Tastenfeld, und nach einem sanften Surren steckt sie einen Schlüssel ins Schloss, um die Tür aufzuziehen.

»Die Tür ist abgeschlossen. Sie dürfen sich überall auf der Station frei bewegen, aber die Station nicht verlassen, klar?«, fragt Pernille.

Ich glaube nicht, dass sie eine Antwort erwartet.

Die Tür hat keine Klinke. Ich drehe mich um, nachdem ich hindurchgegangen bin. Auch von der anderen Seite hat die Tür keine Klinke. Wow. Das meint dann wohl »geschlossene« Psychiatrie.

Wir stehen in einer Art Windfang. Hinter uns ist die Tür zugefallen. Vor uns eine weitere Tür. Die öffnet Pernille ebenfalls mit einem Schlüssel. Diesmal kein Zahlenschloss. Krass. Ich schaue an die Decke, auf der Suche nach Überwachungskameras, aber da sind keine. Es gibt nur die beiden verschlossenen Türen.

»Unsere Schleuse. Sie gewöhnen sich dran. Beeilen Sie sich, die Frau Doktor soll nicht warten müssen.«

Wir eilen durch die Korridore, endlich kommen wir vor einer Tür an. Pernille klopft und öffnet, ohne auf eine Antwort zu warten. Sie schubst mich in den Raum.

»Frau Galayan hat den Spiegel in ihrem Badezimmer zerschlagen«, ruft Pernille der Ärztin zu, bevor sie die Tür von draußen schließt.

Petze, denke ich. Blöde Petze.

Die Ärztin sitzt hinter einem Schreibtisch und zuckt nicht mit der Wimper, weder über Pernilles Indiskretion noch über meinen Aufzug. Sie mustert mich in aller Ruhe von oben nach unten. Ich hätte mir definitiv Hannes Bademantel ausleihen sollen. Ich fühle mich unwohl. Es gefällt mir aber, dass sie unbeeindruckt darüber hinwegsieht und mir einen ihrer schicken Ledersessel anbietet. Sogar ein kleines Sofa hat sie in das Büro gequetscht. Ansonsten herrscht ein Grad der Unordnung auf dem Schreibtisch und in den Regalen, der das Zimmer gemütlich macht. Dafür, dass sie angeblich genauso neu hier in der Klinik ist wie ich, finde ich das eine reife Leistung.

Sie nimmt lächelnd mir gegenüber Platz und schweigt. Offenbar soll ich den Anfang machen. Den Gefallen tue ich ihr nicht.

Stattdessen blicke ich mich um und nehme einen Hauch von Parfum wahr. Frisch. Zitronig? Unfreiwillig schürt die Ärztin meine Neugier. Sie hat ihr blondes Haar aus dem Gesicht gekämmt und zu einem Knoten hochgesteckt. Ihr braunes Kostüm unter dem weißen Kittel sitzt akkurat, und ihre langen schlanken Beine enden in Schuhen mit wenig Absatz. Drei Zentimeter. Nicht zu viel, nicht zu wenig. Allerdings hat sie ein übles Hämatom am Schienbein. Sie gibt sich Mühe, optisch den Eindruck einer erfolgreichen und toughen Frau zu vermitteln. Die sie vermutlich auch ist. Aber ich frage mich, ob sich das in der Psychiatrie lohnt. Wer sieht sie hier schon, außer denen, die nicht richtig ticken oder keinen Lebenswillen mehr haben?

»Frau Galayan. Wie geht es Ihrer Bauchwunde? Haben Sie Schmerzen?«

Ich reagiere nicht. Will sie nett sein oder muss sie meinen Zustand dokumentieren?

»Ich bin Dr. Valentina Freytag. Sie haben den Chefarzt gehört, er möchte, dass ich Sie behandele.«

Aha. Sie will mich nicht behandeln? Prima, dann sind wir schon zwei.

Sie greift auf dem Schreibtisch nach meiner Patientenakte. Die sind ja flink. Gerade angekommen, schon gibt es eine Akte über mich. Etwas, was die nächsten Jahrzehnte schriftlich verwahrt wird. Über mich und mein Leben.

32 Jahre, verheiratet, eine vierjährige Tochter, Hausfrau und Jazzsängerin. Wie sie es so aufzählt, hört es sich gar nicht mal schlecht an. Jedenfalls, bis sie weiterspricht.

»Sie sind eingeliefert worden, nachdem Sie sich im Polizeipräsidium einen Brieföffner in den Bauch gestoßen haben?«, liest sie mit einer Stimme, die präzises Sprechen gewohnt ist. »Die Polizei hat Sie vernommen, weil Ihr Musikproduzent getötet wurde?« Ich höre hinter jedem Satz ein Fragezeichen. »Wie passt das in Ihr Leben?«

Ihre Stimme wechselt die Spannung. Mein Gehör ist so trainiert, dass mir keine Nuance entgeht. In welche Richtung wandern die Gedanken der Ärztin, dass ihre Stimme Alarm schlägt?

Sie fixiert mich über die Akte hinweg. »Möchten Sie nicht auch mal etwas sagen?«

Meine Augenbraue zuckt. Was erwartet sie? Dass ich über einen Mord plaudere? Ich bin widerwillig fasziniert. Weil sie sich etwas traut, was ich nie wagen würde.

»Was ist geschehen?«, fragt sie mit versöhnlicher Stimme. »Was ist so grauenhaft, dass es einer Sängerin die Stimme raubt?«

Ich bekomme kaum Luft in dem stickigen Büro. Ich möchte sie bitten, ein Fenster zu öffnen. Mir ist heiß, obwohl ich nur dieses dünne Leinenhemdchen trage und draußen der Herbst stürmt.

»Mord? Das passt nicht in Ihr Leben. Warum hält die Mordkommission Sie für verdächtig? Das verstehe ich nicht.«

Sie wartet eine Weile darauf, ob ich ihr antworte, aber selbst wenn ich sprechen wollte, wüsste ich nicht, was ich sagen soll. Ich verstehe ja selbst nicht, was mit meinem Leben passiert ist.

»Als Sie gestern bei uns eingeliefert wurden, waren Sie nicht ansprechbar. Der aufnehmende Arzt hat notiert, dass Sie sich klaglos haben behandeln lassen. Sie schienen keinen Schmerz zu spüren. Waren in einer Art Schockstarre.« Sie blättert ein paar Seiten um. »Ihr Mann hat angegeben, dass Sie seit der Ermordung Ihres Produzenten durcheinander und verwirrt seien. Er erkenne Sie kaum wieder. Er macht sich Sorgen um Sie.«

Das hat Nicolai gesagt?

Wieder mustert mich die Ärztin. Es macht mir nichts mehr aus.

Sie legt die Akte zwischen uns auf das Tischchen. »Wie fühlt es sich an, von einem Verbrechen aus dem Leben gerissen zu werden?«

Wie es sich anfühlt? Genau so, wie sie es sagt: Jemand hat mich aus dem Leben gerissen. Es in Fetzen zerrissen. Mein Herz klopft bis in den Hals. Ich bin zu früh aus dem Bett aufgestanden. Meine Wunde schmerzt. Ich ziehe mich in mir zurück. Schließe die Welt mit ihren Fragen und Klängen aus.

»Sprechen Sie bitte mit mir.«

Ich versuche aufzustehen, aber schaffe es kaum, in dem Sessel nach vorn zu rutschen.

»Frau Galayan, beruhigen Sie sich.«

Mein Gesichtsfeld engt sich ein. Mir ist schwindlig.

»Atmen Sie langsamer, Sie hyperventilieren. Ich will Ihnen helfen. Was immer Sie getan haben. Ohne meine Zustimmung kommt die Mordkommission nicht an Sie heran.«

Ich hebe die Hand, um auf mich aufmerksam zu machen. Will sie bitten … In meinen Ohren rauschen ihre Worte.

14.

Es ist alles schwarz. Nacht.

Es ist alles rot. Blut.

Der blutende Hals des Mannes auf dem Boden.

Ich bin schuld.

Der Schrei ist verklungen, und ich knie ratlos in dem Blut.

Ich stehe auf.

Starre auf meine blutigen Hände und habe keine Idee, was ich mit ihnen machen soll. Ich lasse sie seitlich an meinem Körper hinunterfallen.

Höre die Stille um mich herum.

Mir ist flau in der Magengrube. Es schmerzt.

Was soll ich tun?

Wohin kann ich gehen?

Ich stehe stocksteif da. Bin vor Angst wie gelähmt.

Eine Schuldige. Eine gottverdammte Mörderin.

Ich beiße die Zähne zusammen.

Balle die Fäuste.

Erlaube mir einen einzigen Schluchzer.

Dann laufe ich los.

Ich renne durch die Nacht.

Sie schmeckt gallebitter.

Ich renne aus meinem Leben.

Es existiert nicht mehr.

15.

Jemand klatscht in die Hände. Der Lärm überschreibt die Bilder.

»Frau Galayan? Hallo! Hier bin ich!« Die Ärztin schreit mich an.

Durch das Fenster sehe ich in den grauen Himmel. Es stürmt immer noch. Selbst der Himmel kommt nicht zur Ruhe.

Da war es wieder, dieses grausame Kopfkino! In meinem Kopf ist alles durcheinander. Wo kommen diese horrenden Bilder her? Habe ich Halluzinationen? Was ist los mit mir? Ich glaube, ich werde verrückt. Deshalb bin ich in dieser Anstalt. Ich bin wie gelähmt. In meinen Ohren rauscht es.

Wer bin ich? Ich versinke in einem tiefen See des Vergessens, auf einmal bin ich wieder an der Oberfläche, ich will nicht zurück, und doch sehe ich ihr wieder mitten ins Gesicht.

»Seit wann driften Sie so weg? Kennen Sie das schon länger?«

Wegdriften? Meint sie die Monsterwellen von Gefühlen, Bildern und Tönen, die mich in eine blutige Welt eintauchen und das Hier und Jetzt vergessen lassen? Wenn der Film abläuft, gibt es keine Logik mehr, die Bilder flackern wild durcheinander, und Töne und Gerüche ängstigen mich zu Tode. Aus Sekunden werden Stunden, und mein Körper leistet Schwerstarbeit. Mir juckt der ganze Körper, ich habe Herzrasen, schwere Beine, bin furchtbar erschöpft.

Die Stimme der Ärztin dringt zu mir vor. Ich schüttele den Kopf. Meine Arme jucken, und ich muss mich kratzen.

»Können Sie mir folgen? Ich werde versuchen, Ihnen zu erklären, was mit Ihnen los ist.«

Sie versteht, was mit mir los ist? Woher will sie es wissen, wenn ich es nicht einmal selbst kapiere? Ich weiß nur so viel: Ich werde verrückt, und ich verliere die Kontrolle.

»Sie waren nicht ansprechbar, obwohl Sie bei Bewusstsein waren. Ihr Körper hat wie unter starkem Stress reagiert, und ich vermute, dass Sie sich jetzt erschöpft und ängstlich fühlen, richtig?«

Ahnt die Ärztin tatsächlich, was mit mir los ist?

»Ich vermute, dass Sie eine Art Notfallreaktion hatten. Schauen Sie, die Tötung eines nahestehenden Menschen kann uns alle im besten Fall verstören, im schlimmsten Fall traumatisieren. In jedem Fall sind Sie eine Betroffene und zeigen eine Hochstressreaktion.«

Plötzlich wünsche ich mir, dass sie fortfährt, mich doch nicht in Ruhe lässt.

»Sie haben eine akute Belastungsstörung nach einem Trauma. Haben Sie Flashbacks?«

Woher soll ich wissen, ob ich Flashbacks habe? Ich weiß ja nicht einmal genau, was das ist.

»Möchten Sie nicht auch mal etwas sagen? Ich habe noch nicht mal gehört, wie Ihre Stimme klingt.« Die Ärztin seufzt. »Na ja, Sie sind misstrauisch. Ich weiß, dass es Zeit braucht, Vertrauen aufzubauen.«

Hellsehen kann sie nicht, sonst wüsste sie, dass ich keine Worte mehr habe.

»Flashbacks sind Nachhallerinnerungen traumatischer Ereignisse«, erklärt sie. »Das kommt aus dem Englischen und heißt *blitzartig*. Plötzlich treten Szenen des traumatischen Geschehens wie in einem Horrorfilm wieder auf. Manchmal auch nur Bruchstücke wie Gerüche oder Geräusche. Es ist ein häufiges psychologisches Phänomen. Betroffene berichten über das plötzliche Wiedererleben von Gefühlszuständen, die dem Trauma gleichen. Alles spielt sich in Sekunden ab, dann ist es wieder vorbei.«

Das muss ich erst mal sacken lassen. Horrorfilm? Ja, das beschreibt es.

»Häufig gibt es Alpträume, Schweißausbrüche oder Konzentrationsstörungen. Kennen Sie das?«

Sie meint mein Kino im Kopf. Und den furchtbaren Alptraum von gestern und heute Morgen … war es wirklich erst gestern?

»Auch wenn Sie nicht antworten, ich sehe Ihnen an, dass Sie dieses plötzliche und unerwartete Aufflackern der Erinnerung kennen. Machen Sie sich keine Sorgen, das bekommen wir mit der Therapie in den Griff.«

Ich erinnere mich an nichts! Was meint sie mit Wiedererleben? Ich habe das, was ich träume, nicht erlebt. Ich habe nicht gemordet, Himmelsmusik gehört und auch keine Taube sprechen hören. So irre bin ich auch wieder nicht. Oder doch? Die Polizei ist überzeugt davon, und die kennt sich aus. Ich werde nervös. Welche Rolle spielt die Ärztin? Hat Hauptkommissar Thomsen sie instruiert, mich auszuhorchen?

»Flashbacks werden durch Schlüsselreize, wir nennen das Trigger, hervorgerufen. Unsere Gehirnakrobatik, unsere Fantasie, ist grenzenlos. Und manchmal wirbelt unser Gehirn Informationen und Einbildung durcheinander.«

Das muss ich langsam verarbeiten. Mein Gehirn ist also verwirrt. Das kann ich bestätigen. Flashbacks, Trigger … Davon habe ich sogar schon mal gehört. Egal wie sie es nennt, ich halte diese Bilder, die mich aus heiterem Himmel überfallen, nicht aus.

»Wir müssen herausfinden, welche Trigger bei Ihnen Flashbacks anstoßen, um sie abzubauen. Sie werden lernen, damit umzugehen.«

Sollte die Ärztin mir allen Ernstes helfen können? Die Überzeugung in ihrer Stimme macht mir Mut.

»Ich vermute, Sie haben sich nach der Tat nicht mehr aus dem Haus getraut?«

Stimmt.

»Sie empfinden nichts mehr? Sie sind wie betäubt?«

Am liebsten würde ich ihr ein »Ja, ja, ja!« entgegenrufen, aber mir fehlt die Kraft. Ich brauche alle Energie, um ihre Analyse zu verstehen. Ob das auch dazugehört, zu dieser Traumatisierung? Keine Kraft mehr zu haben, müde und erschöpft zu sein? Traumatisiert durch die Nachricht, dass mein Freund getötet wurde? Er war nicht krank, sondern wurde erstochen. Das ändert alles. Habe ich ihn erstochen? Bin ich eine Mörderin? Aber warum hätte ich das tun sollen? Welchen Grund hätte ich? Habe ich das auch vergessen?

»Ihr Mann hat dem Arzt erzählt, dass Sie sich an nichts erinnern. Wenn Sie mit mir sprechen, können wir herausfinden, ob Sie eine dissoziative Amnesie haben.« Sie hebt mahnend die Hand. »Ehrlich, das ist nur eine Hypothese. Unser Gehirn hat eine Löschfunktion und schiebt schon mal was in den Papierkorb, was zu schrecklich ist, um es abzulegen. Aber es ist nicht verloren. Man kann Erinnerungen aus dem Papierkorb auf die Festplatte zurückspielen.«

Sie lächelt mich hilflos an. Und ich merke, dass ich sprechen möchte. Ich will ihr wirklich antworten. Nur kommen keine Worte aus meinem Mund. Sie sind irgendwo auf dem Weg zwischen Gehirn und Zunge in einer Sackgasse gelandet.

»Sie wollten sich das Leben nehmen. Klar, es war impulsiv und nicht geplant, aber trotzdem haben Sie heftig auf die Fotos reagiert. Warum?«

Sie versteht mich doch nicht. Ich glaube eher, sie soll für die Polizei herausfinden, ob ich es war. Ob ich ihn umgebracht habe. Am liebsten möchte ich mich auf dem Sessel zusammenrollen. Ich ziehe mich wieder in mich zurück. Bringe mich vor ihr in Sicherheit.

»Bleiben Sie hier im Therapiezimmer. Nicht wegtreten, hören Sie ...«

Ihre Stimme dröhnt in meinem Kopf.

»Hören Sie mir zu. Das ist wichtig. Sie haben dissoziative Zustände entwickelt, die sie vor Ihren Erinnerungen schützen. Sie versuchen, nicht an den Mord Ihres Freundes erinnert zu werden, indem Sie sie aus dem Bewusstsein abspalten. Diese Vermeidung mag Ihnen kurzfristig Erleichterung verschaffen, aber es löst Ihre Probleme nicht. Sie werden immer frustrierter, glauben Sie mir. Schaffen Sie sich eine Zukunft. Für sich und für Ihr Kind.«

Sie meint, dass ich verrückt werde? Ich merke, wie der Ärger in mir hochkriecht. Das ist es, was alle aus mir machen wollen. Eine Geistesgestörte, die ihren Freund getötet hat und für den Rest ihres Lebens weggesperrt werden muss. Aber ich bin nicht durchgedreht. Ich bin ... ich weiß auch nicht. Traurig. Verzweifelt. Am Boden zerstört. Das bin ich. Ich verstehe die Welt nicht mehr. Mein Leben ist innerhalb weniger Tage total aus den Fugen geraten.

»Frau Galayan, Sie sind die nächsten Tage, vielleicht Wochen hier in der Klinik abgeschirmt. Wir werden an Ihrem inneren Sicherheitsbedürfnis arbeiten. Äußerlich sind Sie vollkommen sicher hier. Es geschieht Ihnen nichts. Sie können lernen, wieder einen Alltag zu führen. Schlafen, für sich sorgen, traumatische Erinnerungen reduzieren und Trigger abbauen. Mit Wut und Angst umgehen lernen, entspannen. All das ist möglich.« Sie hält inne. Dann setzt sie noch einmal an. »Sie können mir vertrauen. Ich werde Sie beschützen. Und ich möchte Ihnen helfen. Ich gebe es zu, ich war beunruhigt, direkt an meinem ersten Tag in der neuen Klinik die Therapie einer potentiellen Täterin zu übernehmen.«

Sie deutet meinen Blick richtig und spricht sofort weiter.

»Ich weiß, dass Sie das bemerkt haben. Es tut mir aufrichtig leid. Das war unprofessionell von mir. Ich hatte es mir vielleicht ... ich weiß auch nicht ... bequemer vorgestellt. Aber das ist Unsinn. Trauma ist Trauma. Und ich habe das Gefühl, dass Sie im Moment auf verlorenem Posten stehen. Ich helfe Ihnen, diese schwarzen Stunden zu überstehen. Glauben Sie mir das?«

Ich weiß zwar nicht warum, aber ich vertraue ihr. Ihre Entschuldigung hat mich beeindruckt. Oder ihre Stimmfärbung dabei. Sie hat mit sich gerungen und ihre Meinung geändert.

Ich lege meine linke Hand auf den Tisch. Öffne meine

Faust. Darin liegt der zusammengefaltete Zettel, den ich in meinem Bett gefunden habe. Ich lege ihn auf den Tisch zwischen uns.

Sie macht keine Anstalten, den Zettel zu nehmen, sondern sieht mich an, als könnte sie geradewegs in mich hineinsehen.

Auch ich ändere meine Meinung.

Ich überwinde mich und spreche meine ersten Worte. Heisere Worte mit bebender Stimme.

»Nennen Sie mich Leila.« Ich stocke. »Ich weiß nicht, ob ich eine Mörderin bin. Ich erinnere mich nicht. Aber ich bin nicht in Sicherheit. Im Gegenteil: Ich werde bedroht. Ich habe Angst.«

16.

»Leila, Sie haben Besuch. Ihre Familie ist da.«

Schwester Pernille strahlt, als sie mir die Neuigkeit verkündet. Ich liege zusammengerollt auf meinem Bett. Nach dem Gespräch mit der Ärztin habe ich mit den anderen Patienten im Aufenthaltsraum zu Mittag gegessen und will jetzt meine Ruhe haben. Es war das reinste Panoptikum. Ich habe nur zwei Löffel von dem Hühnerfrikassee probiert. Es schmeckte fad, und der Pudding zum Nachtisch roch, als käme er direkt aus einem Chemiewerk. Die anderen Patienten waren damit beschäftigt, ihre eigenen Vorstellungen, wie, wo und auf welche Weise ein Mensch essen sollte, durchzusetzen. Die Rothaarige hat mir eisige Blicke zugeworfen, Hanne hat so getan, als kenne sie mich nicht, und einer hat an hartgekochten Eiern vom Frühstück genuckelt. Als mir jemand erklärte, dass er daran küssen übe, habe ich es nicht länger ausgehalten, den mümmelnden und streitenden Verlorenen beim Essen zuzugucken, und bin geflüchtet. Der Lärm hat mich meine letzte Kraft gekostet. Hatte ich anfangs befürchtet, dass wir von Papptellern und mit Plastikbesteck essen müssen, hätte ich es mir ein paar Minuten später fast gewünscht. Der Tisch war mit Porzellan und richtigen Messern und Gabeln gedeckt. Ein wenig Normalität in der seltsamen Welt der Entrückten. Offenbar gibt es wenig Befürchtungen, dass die Patienten die Messer als Waffen missbrauchen können, und

»geschlossene Psychiatrie« bedeutet nicht zwangsläufig die totale Entmündigung. Es ist eigentlich alles nicht so schlimm, wie ich gedacht habe. Allerdings war mir nicht klar, welch unsäglichen Lärm ein paar Patienten mit ihrem Besteck produzieren können.

Vielleicht bin ich aber auch nur ungerecht. Ich bin einfach so erschöpft. Die Fragen der Ärztin nach dem Mord an Marius haben mich mehr getroffen als geahnt. Obwohl es keine neuen Fragen waren, war es entsetzlich, sie von einer fremden Frau gestellt zu bekommen. Alle wissen Bescheid. Jeder hat seine Theorie, was passiert ist – nur ich nicht. Ich finde keinen Weg zu meiner bewussten Erinnerung. Stattdessen spielt mein Kopf mir blutige Horrorszenarien vor. Flashbacks. Ein reizendes Wort für einen schrecklichen Zustand. Erleichtert habe ich gehört, dass meine Erinnerungslücke irgendwie normal ist. Das Gehirn macht so was manchmal, auch bei anderen. Und angeblich geht das irgendwann vorbei. Das ist doch schon mal was, oder? Das heißt, ich bin nicht verrückt. Die Ärztin hat auf meine Nachfrage, wann ich die Psychiatrie endlich verlassen kann, nur müde gelächelt. Gar nicht. Ich sei mit einem Unterbringungsbeschluss wegen akuter Suizidalität eingewiesen worden, und der Richter entscheide darüber, wie lange ich auf der Station bleiben muss. Auf meinen Einwand, ich sei nicht mehr selbstmordgefährdet, es sei eine Kurzschlussreaktion gewesen, hat sie mich gefragt, was mit dem Spiegel im Badezimmer sei.

Den hatte ich vergessen. Und bevor ich ihr erklären konnte, dass es ein Missgeschick war, eröffnete sie mir, dass ich, selbst wenn der Richter mich gehen ließe, vermutlich direkt ins Untersuchungsgefängnis überstellt würde.

Das hat mir den Rest gegeben.

Ich liege auf dem Bett und möchte allein sein. Aber Pernilles Ankündigung, dass meine Familie endlich da ist, elektrisiert mich. Warum kommen sie erst jetzt? Ich kann es nicht erwarten, Luna wiederzusehen. Ich freue mich unbändig und bin gleichzeitig beschämt und besorgt, wie sie auf mich reagiert. Ob Maya ihr schon etwas gesagt hat? Wie hat sie ihr erklärt, dass ich im Krankenhaus bin? Was versteht meine Tochter? Warum habe ich nicht früher darüber nachgedacht und mir eine Geschichte zurechtgelegt? Darf ich sie anlügen, um ihr das hier nicht zuzumuten? Nein, ich glaube, ich bin ihr die Wahrheit schuldig. Zumindest einen Teil davon.

Ich winde mich aus dem Bett und leihe mir nun doch Hannes Bademantel aus. Er riecht muffig und ist arg verschlissen, aber ich traue mich nicht noch einmal im Kittel über die Station. Hoffentlich bringt Nicolai mir meine Sachen mit.

»Sie warten im Aufenthaltsraum auf Sie. Beeilen Sie sich.«

Das muss sie mir nicht zweimal sagen. »Ich komme.«

Nach dem Therapiegespräch mit der Ärztin ist der Bann gebrochen, und ich antworte Pernille, statt mich zu verweigern. Pernille hat auch diese Wandlung gelassen und kommentarlos hingenommen.

Der Aufenthaltsraum liegt strategisch günstig in der Mitte der Station. Hier schwirren die meisten Patienten herum, und hier essen wir. Jetzt sage ich schon »wir«. So rasch bin ich ein Teil von alledem geworden. Ich stehe im Türrahmen und lasse meinen Blick über die Szenerie schweifen. Beginne, den Raum mit den Augen meiner Familie zu sehen.

Die Rothaarige im Schäfchenschlafanzug – inzwischen habe ich von Schwester Pernille erfahren, dass sie Friederike heißt – sitzt mit ihren Plüschpantoffeln am Tisch und spielt mit Benjamin Skip-Bo. Benjamin ist der gutaussehende Computernerd mit der großen Brille. Gerade gewinnt er das Kartenspiel, denn Friederike stößt merkwürdige Laute des Missfallens aus.

Mein Blick wandert über den langen Esstisch auf der einen Seite zu den sechs grünen Sesseln, die bessere Tage gesehen haben, auf der anderen Seite. Davor stehen kahle Plastiktischchen und als Umgrenzung braune Kübel mit Grünpflanzen. Der Fernseher ist an der Wand angebracht, und ein Klavier, welches ich beim Mittagessen sofort entdeckt habe, komplettiert die Sitzgruppe. Eine Ecke ist mit einem seltsam altmodischen Raumteiler abgetrennt. Dahinter lagern Wasserkisten, damit sich die Patienten selbst bedienen können. Plastikflaschen. Kein Glas.

Alles in allem ist der Raum entsetzlich zugestellt und wenig einladend. Vor dem Fernseher sitzen drei apathische Patienten auf den grünen Sesseln. Zwei starren mit offenem Mund auf den Bildschirm, über dessen Mattscheibe eine Sendung ohne Ton läuft.

Da sehe ich sie.

Meine kleine Maus. Luna drückt mit der einen Hand ihr rosa Kuscheltier an die Brust, und mit der anderen klammert sie sich an Nicolais Hosenbein. Sie starrt fasziniert auf einen Patienten, der eine Perücke aus schwarzen lockigen Haaren mit einem roten Bandana gebändigt hat und mit seinen Kreolen aussieht wie Jonny Depp, alias Captain Jack Sparrow, in »Fluch der Karibik«. Er sitzt am Tisch und liest eine Tageszeitung. Verkehrt herum.

Neben Luna und Nicolai stehen Maya und Dorian. Mein Schwager versucht, sich der Avancen einer Frau in zu engem Oberteil zu erwehren, die ihren Arm um ihn geschlungen hat. Sie teilt sich ein Zimmer mit dem Schäfchenhemd.

Ich beiße mir auf die Lippen. Wenn es nicht so traurig wäre, gäbe diese Ansammlung von Beschädigten eine komische Mischung ab. Und mit Hannes ollem Bademantel passe ich hervorragend dazu.

»Hey, da ist ja mein Mäuschen«, rufe ich und breite die Arme aus, damit Luna sich hineinstürzt.

Sie rennt auf mich zu und drückt mich so stürmisch, dass ich mich zusammenreißen muss, um nicht vor Schmerz aufzuschreien. Aber was ist schon der Wundschmerz meines Bauches gegen eine Umarmung voller Liebe? Wie ihre Ärmchen sich um meinen Hals schlingen und die Kraft, mit der sie zudrückt, treiben mir vor Rührung die Tränen in die Augen.

»Mami, warum hast du einen Bademantel an? Ist doch schon Nachmittag!«

Ich lache. »Stimmt. Ich hoffe, Papi hat mir ein paar Sachen zum Anziehen mitgebracht.« Ich ziehe sie erneut an mich und küsse sie noch einmal. Sie duftet so gut. »Wie habe ich dich vermisst.«

Ich blicke zu Nicolai, der eine Reisetasche in der Hand hält und sie kurz bestätigend anhebt. Sein Blick ist finster. Ich lächle ihm trotzdem dankbar zu.

Er erwidert meinen Gruß nicht. Er steht konsterniert zwischen den Patienten. Mein Anblick scheint ihn hoffnungslos zu überfordern. Es wird ein schweres Gespräch. Das habe ich befürchtet. Andererseits erfährt er jetzt am eigenen Leib, wie es ist, sich hilflos zu fühlen.

Trotzig gehe ich zu ihm und drücke ihm flüchtig einen Kuss auf die Wange. Dorian ist offenbar ebenso beeindruckt von den Patienten wie Luna. Auch er bekommt einen Kuss auf die Wange.

Nur Maya nimmt mich in den Arm und hält mich. »Du siehst... amüsant aus«, sagt sie und schiebt mich etwas von sich, um mein Outfit mit Kennermiene zu betrachten. Hannes Bademantel ist aus dem letzten Jahrhundert, und Maya sieht aus, als sei sie direkt einem Modemagazin entsprungen. Wir lachen zusammen. Balsam für die Seele.

Ich greife nach der Reisetasche, die Nicolai umklammert hält, als wären Goldmünzen darin. »Ich ziehe mich fix um. Luna, kommst du mit und siehst dir mein Zimmer an?«

Luna greift nach meiner Hand. Maya schließt sich uns an. Die Männer lassen wir zurück.

Auf dem Gang kommt uns Hanne entgegen. Ich bleibe stehen.

»Hallo, Hanne«, sage ich lahm. Ich weiß nicht so recht, wie ich der alten Dame erklären soll, dass ich mich ohne zu Fragen an ihren Sachen bedient habe. »Ich hoffe, du verzeihst mir, dass ich mir deinen Bademantel ausgeliehen habe? Meine Familie hat mir jetzt erst ein paar Sachen gebracht...« Ich breche mitten im Satz ab, weil ich das Gefühl habe, dass sie mir gar nicht zuhört. Ich bin ein wenig verlegen.

»Ich gehe rauchen«, sagt sie und schlurft ein paar Schritte voran. »Meine Tochter ist zu Besuch und wartet im Garten. Kommst du mit?«

Hat Hanne nicht bemerkt, dass ich Luna an der Hand halte? »Wie schön, dass deine Tochter dich besucht. Darf ich dir *meine* Tochter Luna vorstellen? Und meine Freundin Maya?«

Hanne stoppt und schaut schmunzelnd auf Luna herab. »Junge Dame, ich freue mich, dich und dein rosa Dingsbums kennenzulernen.« Sie beugt sich etwas herab und gibt Luna mit ernsthafter Miene die Hand.

Luna kichert und fragt: »Warum hältst du dich an einem Auto fest?«

»Das ist ein Gehwagen«, erkläre ich rasch. »Damit kann Hanne sicherer laufen.«

»Meine Schubkarre! Damit fahre ich in den Garten.«

Hanne wedelt Maya mit der Hand zu. »Ich hoffe, Sie haben Ihrer Freundin etwas Anständiges zum Anziehen mitgebracht. Dieser Bademantel ist erbärmlich.«

Ich lache, und für einen winzigen Moment bin ich von aller Last befreit. Maya stimmt Hanne zu, und die Stimmung ist gelöst, als würden wir uns auf einer Party treffen – und nicht auf dem Gang der geschlossenen Psychiatrie.

17.

Ich schiebe Luna vor mir her ins Zimmer, werfe die Tasche aufs Bett, ziehe den Reißverschluss auf. Obenauf liegt eine Zeichnung von Luna.

»Das hab ich gemalt. Nur für dich!«

Auf dem farbenfrohen Bild sind vier Kopffüßler gezeichnet, die vor einem Haus in der Sonne stehen.

»Das da in der Mitte bist du, oder?«, frage ich.

Luna nickt eifrig. »Und du und Tante Maya haltet meine Hand. Papa hält deine Hand.« Sie zögert. »Mehr Platz war nicht.«

»Es ist wunderschön, ich werde es mir direkt hier über mein Bett an die Wand kleben. Ich frage Schwester Pernille gleich nach Tesafilm.«

»Ein tolles Bild. So eines möchte ich auch haben«, ergänzt Maya.

Ich greife in die Tasche und suche Unterwäsche und eine Jeans heraus, ich ziehe sie gleich an.

»Mami, hast du da das Aua gemacht?« Luna zeigt auf meinen Verband. Schnell streife ich ein T-Shirt über und ziehe sie zu mir auf den Schoß. Maya sitzt gegenüber auf Hannes Bett und schaut sich um. Ich glaube, sie ist fassungslos. Die Psychiatrie ist eben kein Luxusetablissement, und Maya hält es sonst nur in Fünfsternehotels aus. Was sie wohl gerade denkt?

Und wie erkläre ich meiner Tochter, was zu komplex ist,

um für eine Vierjährige irgendeinen Sinn zu ergeben? »Ich habe mich verletzt. Die Ärzte haben sich um mich gekümmert. Das ist bald wieder verheilt.«

»Tut das weh?«, fragt sie.

»Ja, ein bisschen schon. Aber das halte ich aus.«

Luna nickt. »So war das auch, als ich meinen Arm gebrochen habe. Aber mein Krankenhaus war viel schöner. Und ich hatte Glubschi.« Sie hält mir ihr rosa Einhorn hin. »Willst du ihn haben?«

Vor vier Monaten war Luna beim Spielen unglücklich gestürzt. Sie war tapfer mit den Schmerzen umgegangen.

»Das ist lieb von dir. Ich glaube, ich schaffe es ohne Glubschi.« Die Vorstellung, dass Luna sich von ihrem Einhorn trennt, ist unvorstellbar. »Der gehört doch zu dir.« Ich muss mich anstrengen, ernst zu bleiben, so süß ist ihre sichtbare Erleichterung.

»Du kannst ihn dir mal ausleihen, wenn du wieder zu Hause bist. Vielleicht kann Abby bei dir bleiben?«

Abby ist unsere Border-Collie-Hündin, die ich sehr vermisse.

»Leider dürfen keine Hunde in das Krankenhaus.«

»Musst du denn noch lange in dem komischen Krankenhaus bleiben?«

Ich werfe einen Blick zu Maya. Was hat sie meiner Tochter erzählt? Sie hat Tränen in den Augen.

»Ich habe dir doch erzählt, dass deine Mami so furchtbar traurig ist, weil ein Freund von ihr gestorben ist«, flüstert Maya, als ob sie sich nicht traut, dieses Gespräch zu übernehmen.

»Hmm.«

»Ich bin krank an meiner Seele geworden«, ergänze

ich. Es ist verdammt schwer.»Da habe ich mir wehgetan. Aber...«

»Stirbst du jetzt?«, unterbricht Luna mich.

Oh mein Gott, was habe ich angerichtet?

»Aber nein! Das verspreche ich dir. Heute geht es mir besser, und ich bin froh, dass ich bald wieder gesund bin. Die Ärzte möchten, dass ich noch ein bisschen bleibe, damit sie mit mir sprechen können. Verstehst du?«

»Dann sollen die mal ganz schnell sprechen, damit du wieder nach Hause kommst.« Luna schlängelt sich von meinem Schoß herunter und gräbt in der Reisetasche. »Du musst dir deine Haare bürsten, die sind strubbelig.« Sie hält triumphierend meine Haarbürste in die Höhe. »Ich hab Papa geholfen beim Kofferpacken.«

Ich bin erleichtert. Offenbar ist sie mit meiner lausigen Erklärung zufrieden. Wie konnte ich jemals den Wunsch haben, zu sterben und mein Kind zurückzulassen?

Luna krabbelt mit meiner Hilfe wieder auf das Bett und kniet sich hinter mich. Sie rückt mich ein wenig zur Seite, damit sie besser an meine Haare herankommt, und bürstet sie mit langen Zügen.

»Habt ihr mir mein Handy mitgebracht? Ich konnte es nicht bei den Sachen finden, die ich aus der Chirurgie bekommen habe.«

Maya schüttelt den Kopf. Sie kommt zu mir und nimmt meine Hand. Sagt kein Wort. Meine Freundin. Sie sieht deplatziert aus mit ihrer eleganten Stoffhose und der cremefarbenen Seidenbluse. Und gleichzeitig passt sie sich sofort der Umgebung an, und es wirkt, als hätte sie nichts anderes erwartet. Große Ohrringe umschmeicheln ihr Gesicht. Sie sieht aus wie das blühende Leben. Vielleicht ist ihr Lächeln mit den Jahren weniger herzlich geworden. Ihr Leben ist auch nicht ohne Hindernisse verlaufen.

Was bin ich, gegen ihre Eleganz?

»Die Polizei hat gesagt, du hast Fotos vom Tatort gesehen und dann den Brieföffner genommen?«

Ich nicke.

»Nicolai ist gestern Abend vorbeigekommen, nachdem du im Krankenhaus versorgt warst. Dieser Hauptkommissar Thomsen hat ihn informiert. Wir waren geschockt! Was ist denn nur passiert? Stimmt es, was die uns erzählt haben?«

Ich schäme mich. Sie hat ja recht. Wie kann ich ihr die Intensität meiner Gefühle beschreiben? Dieser Sog der Verzweiflung, der mich trudeln lässt und mich in die Tiefe zieht. So lange, bis ich nichts mehr spüren will. Oder soll ich besser sagen: bis ich *seinen* Schmerz spüren will. Genauso leiden will wie Marius, damit ich ihm näher bin.

»Ich vermisse ihn. Ich komme ohne ihn nicht zurecht. Ich ...«

Maya unterbricht mich. »Das ist Unsinn. Du bist dein ganzes Leben ohne ihn zurechtgekommen. Du hast Luna und mich. Nicolai. Du hast Familie.« Sie holt Luft. »Süße, du bist durcheinander. Wir sind alle durcheinander. Ich bin verrückt vor Sorge.«

Ich lache auf. »Nein, die Verrückte bin ich – offiziell bestätigt.«

»Was ist verrückt?«, fragt Luna plötzlich.

Ich habe vergessen, dass sie hinter mir sitzt und uns zuhört. »Das meint, dass ich ein bisschen verwirrt und vergesslich bin. Das ist bald besser, keine Sorge.«

»So meinte ich das nicht. Es ist nur ... jetzt denken alle,

dass du dich schuldig fühlst ... ich meine, die vermuten, dass du das getan hast. Ich weiß, dass das nicht stimmt...« Sie schaut mich verunsichert an, fast fragend. »Kannst du dich denn an gar nichts erinnern?«

Mir steigen Tränen in die Augen. »Nein, es ist alles durcheinander in meinem Kopf. Das läuft alles aus dem Ruder, ich ... ich weiß es nicht ... ich versuche, mich zu erinnern, Maya, aber ... da ist etwas ... ich komme nicht darüber hinaus.« Wir schauen uns an. Ich habe wieder diese Angst, sie sieht es. »Was, wenn ich es war?«, flüstere ich.

Sie nimmt meine Hand, schüttelt den Kopf. »Nein. Nein, das darfst du nicht mal denken, das ist doch Quatsch. Aber ... ich meine, erinnerst du dich wirklich an gar nichts? Wirklich nichts? Das ist doch nicht normal, oder?«

»Ich weiß schon, dass ihr mir nicht glaubt. Du denkst, ich bin überempfindlich. Vielleicht hast du recht.«

»Das hab ich nie gesagt! Ich habe Nicolai und Dorian gesagt, dass sie Rücksicht nehmen sollen. Dass du dich an gar nichts erinnern musst. Sie versuchen, es zu verstehen. Aber es ist schwierig... Für uns alle ...« Ihr Gesichtsausdruck verändert sich. »Mein Gott, weißt du eigentlich, was dein Marius uns angetan hat? Die Polizei hat stundenlang mit Nicolai gesprochen. Er ist völlig fertig ...«, echauffiert sie sich plötzlich.

Ich nicke. Die Traurigkeit umspült mich, und ich möchte am liebsten in dem großen schwarzen Loch ertrinken. Aber ich reiße mich zusammen. Ich will herausfinden, wer Marius das angetan hat. Das bin ich ihm schuldig. Auch wenn es bedeutet, dass ich Schreckliches über mich herausfinde! Und wenn ich aufdecke, dass ich eine Mörderin bin, dann werde ich büßen. Umbringen kann ich mich immer noch. Aber was wird aus Luna?

»Wie geht es dir … mit dem … hier?« Maya deutet mit einer vagen Geste an, dass sie das Zimmer, die Psychiatrie, meine Mitpatienten meint. »Wenigstens hast du keine Gitter vor den Fenstern.«

Gitter? Das ist mir nicht aufgefallen. Warum sollten Gitter an den Fenstern sein? Ich bin doch nicht im Gefängnis. Noch nicht.

»Ich fühle mich beschissen. Mir schwirrt so viel durch den Kopf, dass ich nicht zur Ruhe komme. Ich erinnere mich nicht. Ich habe Angst, dass ich es gewesen bin, Maya. Ich fühle mich bedroht. Ich habe Angst davor, wie es weitergeht.« Mir geht die Puste aus.

»Du fühlst dich bedroht?«, flüstert sie. »Was soll das heißen?«

»Ich hatte einen Zettel auf dem Bett liegen.« Mit einem Augenaufschlag Richtung Luna gebe ich Maya zu verstehen, dass ich keine Details nennen kann. Für einen Moment empfinde ich wieder das diffuse Gefühl der Bedrohung, das ich gespürt habe, als ich den Zettel zum ersten Mal las.

Ich weiß, was du getan hast.

Maya runzelt die Stirn, schweigt aber.

»Fertig, Mami. Nun bist du wieder hübsch.« Luna ist mit ihrem Werk zufrieden. Meine langen Haare fließen seidig über meine Schultern.

Ich drücke sie. »Danke, meine Süße. Dann können wir ja jetzt zurück zu Papa gehen.«

Schweigend gehen wir in den Aufenthaltsraum. Die Atmosphäre zwischen Maya und mir ist seltsam gespannt.

Ich habe das Gefühl, sie gekränkt zu haben. Was habe ich Falsches gesagt?

Die Männer haben sich vorsichtig in zwei Sessel gesetzt und hocken auf der vordersten Kante, als wollten sie aufspringen, sollte ihnen einer der Patienten zu nahe kommen. Die sind jedoch mit sich selbst beschäftigt. Alle, bis auf Friederike. Sie unterbricht ihr Spiel mit Benjamin und kommt auf mich zu.

»Na, hat sie sich Unterstützung geholt? Wird ihr nichts helfen. Wird sie nicht schützen.« Sie sticht mit dem Finger in meine Richtung. »Nein, nein. Solche Weiber wie dich holt man von überall«, faucht sie und leckt sich die Lippen.

Ich winke ab. Die Plüschpantoffelträgerin nervt mit ihren albernen Attacken.

»Du bist eine schlechte Schauspielerin«, stößt Friederike hervor, bevor Benjamin sie wegzieht und sich wieder mit ihr an den Tisch setzt.

»Was war das denn?«, fragt Maya und sieht Friederike hinterher. Die Atmosphäre im Raum ist plötzlich angespannt. Friederikes aggressiver Tonfall macht alle nervös. Nicolai und Dorian sind sprungbereit.

»Ach nichts. Lass sie.«

»Die ist gruselig. Ist die gefährlich?« Maya wendet den Blick nicht von ihr.

»Nicht gefährlicher als ich«, nuschele ich.

»Findest du das witzig?«

Es sind die ersten Worte, die mein Mann an mich richtet. Ich weiß, wie verwirrt und hilflos er sich fühlt. Seine Frau hat versucht, sich das Leben zu nehmen. Klar, das ist eine Erschütterung. Ich wünschte nur, er könnte mal ein anderes Gefühl zum Ausdruck bringen als immer nur seinen Ärger. Auf die Welt, die anderen, und jetzt auf mich.

»Nein«, flüstere ich.

»Warum sagst du solche Dinge?«

»Danke für die Sachen.« Mich ärgert, dass ich gute Stimmung für Nicolai machen will. Wir müssen reden, das ist mir klar. Aber seine Wut macht es mir nicht leichter. Luna ist auf Dorians Beine geklettert und tuschelt mit ihm.

»Wolltest du dich ernsthaft umbringen? So melodramatisch? Denkst du gar nicht an Luna?«

Er zischt mich wütend an, und statt Sorge blitzt Feindseligkeit in seinem Blick. Und ich dachte, ich könnte mich nicht mieser fühlen. Es geht immer nur um ihn. Hätte ich mir denken können. Dass seine Ehefrau sich umbringen will, wirft kein gutes Licht auf ihn. Aber was beschwere ich mich. Ich kann nicht erwarten, dass er eine Mörderin liebt.

»Es tut mir leid. Es war eine Kurzschlussreaktion. Mir ist die Befragung zu viel geworden. Ich konnte nicht mehr klar denken.«

Dorian wirft Nicolai einen mahnenden Blick zu. Er will nicht, dass wir uns hier streiten. Vor Luna und in einem Raum mit einer Horde Patienten, die er nicht einschätzen kann. Mein umsichtiger Schwager. Und er hat verdammt noch mal recht. Luna gehört hier nicht her.

»Wie geht es ihr?«, flüstere ich. Ich klinge devot. Ich hasse mich.

»Ich habe versucht, ihr zu erklären, warum ihre Mutter im Krankenhaus ist und nicht zu Hause. Wie soll sie das verstehen? Ich verstehe es ja selbst nicht.«

Ich glaube, er erwartet keine Antwort, denn er fährt fort.

»Ich kann mich nicht den ganzen Tag um sie kümmern. Ich kann meine Geschäfte nicht liegen lassen.«

»Musst mich gar nicht liegen lassen«, piepst Luna. »Ich kann doch bei Mami mit wohnen. Als mein Arm gebrochen war, hat Mami auch bei mir im Krankenhaus geschlaft.«

Ich lächle Luna an. »Wie klug du bist.« Ich denke kurz nach. »Aber ich habe auch eine Idee: Vielleicht kannst du bei Tante Maya und Onkel Dorian unterschlüpfen, bis ich wieder da bin?«

»Au ja, ich mag Pfannkuchen zum Frühstück.«

Ich wende mich Dorian zu. Er lächelt mich an. Nickt. Wendet sich Nicolai zu. »Wir nehmen Luna liebend gerne.«

Nicolai kratzt sich die Nase.

Es ist abgemacht.

»Wie lange musst du hier drinbleiben?«, fragt Dorian. »Was machen sie mit dir?«

Ich zucke mit den Schultern. »Ich weiß es nicht. Ich erinnere mich an nichts, aber das glaubt mir niemand. Ich hab gehofft, ihr könntet mich mit nach Hause nehmen?«

»Die Polizei glaubt dir nicht. Sie wollen, dass du hierbleibst«, ereifert sich Nicolai. »Aber du kannst nicht in dieser ... Irrenanstalt bleiben«, schreit er. »Ich hole dich hier raus!«

Das hätte er besser bleiben lassen sollen. Einige Patienten wimmern erschrocken auf.

»Besser als U-Haft. Dann lieber Psychiatrie. Es ist gar nicht so übel«, flüstere ich.

»Wir werden alles für Luna tun. Bei uns ist sie in besten Händen«, versucht auch Dorian, seinen Bruder zu besänftigen. »Du kümmerst dich um Leila und versuchst, sie hier wegzuholen.«

Fast habe ich das Gefühl, dass Dorian seine Fürsorge betont, damit ich kein schlechtes Gewissen habe, des Mordes verdächtigt zu werden.

Verrückt.

18.

Meine Familie ist gegangen, und ich brauche frische Luft, um einen klaren Kopf zu bekommen. Drinnen riecht es nach Schweiß und Angst, abgestandenem Essen und Desinfektionsmittel.

Ich beschließe, Hanne zu folgen und mir den Garten anzusehen. Es ist mir egal, wie kühl es draußen ist.

Die Tür zum Innenhof quietscht, als ich sie aufdrücke. Es ist angeblich die einzige Tür der Station, die Tag und Nacht geöffnet ist, um den Rauchern ihre Sucht zu ermöglichen. Und so viel habe ich schon mitbekommen, geraucht wird hier verdammt viel.

Es ist kurz vor sechs, und es wird bereits dunkel draußen. Der Wind hat sich gelegt, aber der Himmel ist wolkenverhangen. Mein Atem bildet weiße Schwaden. Im Innenhof ist es friedlich. Balsam für meine Ohren, die sich von den Tönen der Station erholen. Das Gekreische, das Gemurmel, die Seufzer und das Jammern, das schmutzige Schlieren in meinem Gemüt hinterlässt. Die Arbeiter von der Baustelle vor meinem Fenster sind im Feierabend und die Maschinen endlich still.

Ich atme tief ein und stoße die Luft mit einem Seufzer aus.

Ich gehe ein paar Schritte in den Garten hinein und schaue mich in der beginnenden Dunkelheit um. Die rechteckige Wiese ist von einer mannshohen Mauer umgeben.

In der Mitte steht eine Tischtennisplatte aus Beton und am Rand vier Stühle um einen runden Tisch. Das war's.

Am Ende des Gartens glimmt Glut auf. Im Dämmerlicht hockt Hanne auf der Sitzfläche ihres Gehwagens, dicht an der Mauer, und raucht. Von ihrer Tochter ist weit und breit nichts zu sehen. Sie scheint gegangen zu sein.

Ich stelle mich zu ihr. Der Rasen ist nass. Es muss geregnet haben.

»Ist deine Tochter schon wieder weg?«, frage ich Hanne. Ob sie mich diesmal erkennt?

»Sie ist erkrankt.«

Ihr Tonfall bedeutet mir, dass sie nicht darüber sprechen möchte.

»Das tut mir leid.«

Wir schweigen gemeinsam, und das tut mir gut, denn mir schießen tausend Gedanken durch den Kopf. Ich fühle mich überfordert mit allem. Habe ich eben noch meiner Familie gute Laune vorgegaukelt, drängt sich die Verzweiflung wieder an die Oberfläche.

Die Tür öffnet sich, und im Licht der Station steht der Typ mit der schwarzen Brille. Benjamin. Er stellt sich zu uns und nestelt nach seinen Zigaretten. Zündet sich eine an und inhaliert. Er bietet mir eine an. Ich schüttele den Kopf.

In der zehnten Klasse habe ich mal auf dem Schulhof an einer Zigarette gezogen. Ich wollte zu der coolen Clique gehören, die sich in der Raucherecke traf. Aber außer dass mir der Rauch furchtbar im Hals kratzte und ich hustete, ist nichts passiert. Heute würde ich niemals rauchen, um meine Stimmbänder nicht zu strapazieren. Rauchen und Singen, das verträgt sich nicht.

»Nette Familie hast du«, sagt er und lächelt mir anerkennend zu. »Ich bin übrigens Benjamin.«

»Hab schon gehört«, murmele ich.

»Nur das Kind mit dem Dingsbums«, sagt Hanne.

»Magst du meinen Mann und meine Schwägerin nicht?«

»Nö.«

Ein klares Wort. Ich seufze. Mich strengt der Small-Talk an.

»Ich fand es nett von Maya – so heißt deine Schwägerin doch, oder? Ich fand es prima, dass sie sich mit Friederike unterhalten hat. Die sind ja richtige Freundinnen geworden.« Er lacht. »Ich konnte mich endlich vom Acker machen. Ich hasse Skip-Bo.«

Ja, so ist Maya eben. Sie hat ein Herz für jeden.

»Dein Mann wirkt wesentlich älter als du?«, fragt er durch einen Rauchschwall hindurch.

Für einen Moment bin ich unsicher, ob ich antworten soll. Vielleicht lenkt es mich ab? »Zehn Jahre. Ich war jung, als ich ihn auf einer Party kennengelernt habe. Er hat mich beeindruckt.« Kurz blitzt eine Erinnerung an damals auf. Es scheint mir Lichtjahre entfernt.

Benjamin lächelt mich fragend an und zieht an seiner Zigarette wie ein Ertrinkender. Ich mag sein verschmitztes Lächeln. Was will er wissen?

»Nicolai ist sehr charmant. Er ist erfolgreich, und er hat mir die Welt gezeigt.« Ich seufze, als ich an unsere erste gemeinsame Reise denke. Nicolai meinte, jeder Mann hätte mich nach Paris, in die Stadt der Liebe, entführt. Er aber wollte mir Rom, die Ewige Stadt, zeigen. Die Herrlichkeit Europas. Es war die erste Auslandsreise meines Lebens, und ich war überglücklich. »Er machte mir nach allen Regeln der Kunst den Hof und verwöhnte mich. Ich bin dann mit meiner Tochter Luna schwanger geworden, das war nicht geplant, aber sie ist mein größtes Geschenk.« Mein Gott, was rede ich denn da? Ich erzähle wildfremden Menschen von meiner Ehe. Bin ich total verrückt?

»Und jetzt ist die Party vorbei? Der Lack ab?«

»Es ist alles in Ordnung.«

»Deshalb bist du hier? Weil alles in Ordnung ist?«, erwidert er grinsend.

»Für meinen Mann kommt die Familie immer an erster Stelle. Wir haben sofort geheiratet. Es war nur so, dass ich … ich habe nicht einmal eine Ausbildung gemacht. Ich kann nur singen. Ich möchte gerne als Sängerin Karriere machen. Das ist ein Problem für ihn. Ich habe eben zwei Geschenke bekommen: eine wundervolle Tochter und ein Talent.« Ich kann mich nicht stoppen. Wieso erzähle ich einem Fremden so viele intime Gedanken über mich?

»Und du?« Ich versuche, den Spieß umzudrehen.

Vergeblich.

»Was macht dein Mann beruflich?«

»Finanzen. Er hilft Menschen, Kredite bei der Bank zu bekommen. Er hält mich aus seinen Geschäften raus. Das ist mir auch ganz recht so. Wir können ziemlich gut davon leben.« Ich beiße mir auf die Lippen. Ich verstehe mich nicht. Es reicht.

»Ach so, er bringt also das Geld nach Hause und verbietet dir zu singen?«

Wow. Das hat gesessen.

»Leila hat Angst vor dem Finanzheini«, ergänzt Hanne.

»Hört mal, bevor hier ein falscher Eindruck entsteht. Ich bin das Problem, nicht Nicolai. Ich bin impulsiv, und ich hab versucht... Ich hab vorschnell gehandelt. Deshalb bin ich hier. Es ist meine Schuld, er hat damit nichts zu tun.« Ich rede mich um Kopf und Kragen. Warum halte ich nicht meinen Mund?

»Dann stimmen die Gerüchte?«, fragt er.

»Gerüchte?«

»Sie sagen, du hättest deinen Liebhaber erstochen?«, sagt er und schmeißt die Zigarette auf die Erde. Tritt sie mit dem Schuh aus.

Krass. Mir ist schon aufgefallen, dass die Patienten sich nichts schenken. Dieser Fremde kommt ohne Umwege zum Punkt.

Ich werde ihm nicht antworten, das geht ihn gar nichts an, denke ich und tue das Gegenteil. »Die Polizei sagt das, aber ich kann mich nicht erinnern. Warum sollte ich so etwas tun? Ich bin hier, weil ich versucht habe... ich habe mich verletzt... ich wollte mich vielleicht umbringen. Die Ärztin sagt, ich habe Gedanken, die mich auflösen. Aber... ich meine, kann das passieren? Dass sich das Gehirn verändert, weil man jemanden umgebracht hat?«

Benjamin zuckt mit den Schultern. »Nicht meine Baustelle. Ich sorge selbst für mein Unglück.«

»Weswegen bist du hier?«, frage ich, um von mir abzulenken.

»Ich verzocke mein Geld in Kasinos. Mein eigenes Geld und das Geld, das ich mir von anderen geliehen habe. Frau und Kind haben die Flucht ergriffen, Freunde verklagen mich, und leider erinnere ich mich bestens an alles.«

Es imponiert mir, wie ehrlich er antwortet und wie cool er die katastrophalen Worte ausspricht. Dabei habe ich aufgeschnappt, dass Benjamin auch einen Suizidversuch überlebt hat. Spielen wir uns alle gegenseitig etwas vor? Tragen wir munter unsere verkrachten Lebensläufe zur Schau und verstecken uns hinter unserer Schnodderigkeit?

»Hast du Schulden?«

Benjamin nickt. Plötzlich sieht er traurig aus. Das habe ich nicht gewollt.

»Vielleicht kann mein Mann dir Geld leihen.«

Benjamin lächelt. »Bringt er mir auch meine Familie zurück?«

Nein, natürlich nicht. Ich fühle mich plötzlich dumm.

»Warum verspielst du dein Geld?«, frage ich und merke, dass diese Frage anmaßend ist. Wer weiß schon, warum er tut, was er tut.

Benjamin überlegt einen Moment.

»Ich habe schlechte Augen.« Er zeigt auf seine Brille. »Hatte ich schon als Kind. Ich bin immer gehänselt worden wegen meiner Brille. Kinder können grausam sein. Sie haben gesagt – was stehst du vorm Fenster, komm doch rein. Weil meine Brillengläser dick wie Flaschenböden waren.« Er seufzt und nimmt die Brille ab. »Mein Therapeut meint, ich sei ein Außenseiter gewesen, hätte mich zurückgezogen. Die Welt und die Menschen gehasst. Er hat recht. Als ich meine Frau kennenlernte, habe ich ihr im Grunde gar nicht geglaubt, dass sie mich meint. Mich liebt. Vielleicht will sie nur ein Kind von mir, dachte ich. Das Misstrauen machte mich nicht glücklich, sondern immer trauriger. Ich wollte ihr Luxus bieten, habe angefangen zu spielen, um mehr Geld zu verdienen. Das mit dem Geld hat nicht geklappt, aber etwas anderes.«

Er zögert ein paar Sekunden. Als ob das, was er jetzt aussprechen wird, alles verändert, wenn ich es erst gehört habe.

»Ich habe meine Traurigkeit, meine Selbstzweifel, meinen Hass auf die anderen vergessen, wenn ich gespielt habe. Dann war ich in einer Art Rausch. Dann ging es mir besser. Ich war mächtig. Mal habe ich Geld gewonnen, mal umso mehr verloren. Tja, irgendwann hat meine Frau erkannt, was für eine Lusche ich bin. Das hätte ich vielleicht noch verkraftet. Aber als sie weg war, ist mir klar geworden, dass ich ohne meinen Sohn nicht mehr weiterleben kann. Er ist zwei Jahre alt und bedeutet mir alles. Absolut alles. Seither finde ich, dass ich mich von der Anwesenheitsliste streichen sollte.«

»Hmm«, sage ich. Mehr gibt es zu seiner Geschichte nicht zu sagen. Jedenfalls nicht von mir. Mir wird zum ersten Mal deutlich, wie es ist, wenn jemand nicht mehr leben will. Es ist anders als mein Griff zum Brieföffner in Thomsens Büro. Ich glaube, Benjamin meint es ernst. Das macht mir Angst.

Auch Hanne schweigt, obwohl sie gebannt zugehört hat.

Wir drei hängen unseren Gedanken nach, und die beiden geben sich gegenseitig Feuer für eine neue Runde Zigaretten.

Als ich in Thomsens Büro nach dem Brieföffner gegriffen habe, dachte ich, ich wollte Marius in seinen Schmerzen nah sein. Was aber, wenn ich nur nicht mit meiner eigenen Tat konfrontiert werden wollte? Ich kann nicht mehr an ihn denken, ohne zu glauben, dass mein Leben gescheitert ist. Ich hatte mich so auf die gemeinsame Reise in den Erfolg gefreut. Er hat mir Facetten des Lebens gezeigt, die ich schmerzlich vermisst habe. Wertschätzung für meine Ideen, Bewunderung für meine Stimme, Leidenschaft für die Musik. Er war vielleicht nicht makellos. Aber er war mein Seelenverwandter. Er hat mir die Freiheit meiner Gefühle geschenkt.

Ich habe ihm das nie gesagt. Hätte er mich ausgelacht?

Oder habe ich es ihm gesagt, und er hat mich zurückgewiesen? Habe ich … Es ist müßig, über etwas nachzudenken, an das man sich nicht erinnern kann.

»Was ist mit Friederike los?«, frage ich, um auf andere Gedanken zu kommen.

»Unsere rote Lola? Sie ist 'ne arme Socke. Sie glaubt, sie sei gesund. Sie hält sich nicht für eine Patientin. Sie lebt mit ihrem Mann am Stadtrand und hat Postkarten in ihrem Briefkasten gefunden, die an ihren Mann adressiert waren und offensichtlich von einer verliebten Frau stammten. So nach dem Motto: Ich begehre dich, die Nacht war paradiesisch.«

Offenbar friert er. Er stampft von einem Fuß auf den anderen.

»Ihr Mann Anton weiß von nix. Er sagt, er hat kein Verhältnis. Na ja, Ehekrise und so. Dann kam eine Postkarte, in der die Frau von ihrer Schwangerschaft erzählt und Anton gebeten hat, sich endlich zu melden. Ehekrise hoch drei.« Benjamin zieht bedauernd die Schultern nach oben, steckt die Zigarette in den Mund, und reibt die Hände aneinander. »Tja, das Leben ist keine Lichterkette.«

Die Arme, denke ich. Warum schreibt die Geliebte ihres Mannes Postkarten und keine Briefe?

»Und dann?«

»Es eskalierte. Die anonyme Schreiberin hat schließlich auch Postkarten an Friederike geschrieben, dass sie ihrem Glück mit Anton im Wege steht und verschwinden soll. Hat ihr mit dem Tod gedroht.«

»Das ist furchtbar. Kein Wunder, dass sie …«

»Die Frage ist doch, wer ihr die Postkarten geschrieben hat«, sagt Hanne triumphierend.

»Was sagt ihr Mann dazu?«, frage ich. »Anton?«

»Der weiß von nichts. Mir fällt auch nichts dazu ein«, antwortet Hanne.

»Muss ja nicht stimmen«, sagt Benjamin.

»Aber wer schreibt denn Postkarten?« Ich finde, Hanne hat recht. »Das ist bekloppt. Wenn ihr Mann fremdgegangen ist, könnte er mit der Frau reden und sie stoppen. Mysteriös.«

»Es sei denn, sie ist psychotisch?«, grinst Benjamin.

»Wer?«

»Die Geliebte. Oder Friederike. Oder beide.«

Was für ein Durcheinander. »Das muss sich doch klären lassen.«

Benjamin nickt. »Dr. Freytag soll nicht nur dich behandeln. Auch Friederike ist an sie verklappt worden. Bis die Ärztin Licht ins Dunkel bringt, hält Friederike sich für eine gesunde Frau, die von ihrem Mann und seiner anonymen Freundin zu Unrecht hier eingesperrt wird. Sie wollen freie Bahn für ihr Liebesverhältnis.«

Meine Gedanken wandern zu der Ärztin. Ich habe gemischte Gefühle ihr gegenüber. Obwohl ich keine Therapie möchte und brauche, hat sie es geschafft, dass ich wieder spreche. Gestern dachte ich noch, ich hätte nichts mehr zu sagen.

Benjamin drückt seine Zigarette an der Mauer aus.

Offenbar gelingt es keinem von uns, mit unserem Leben zurechtzukommen.

»Was für ein Problem hat Jack Sparrow?«

»Wer?«, fragt Benjamin stirnrunzelnd.

»Na, der Typ mit der Perücke und dem roten Bandana. Der aussieht wie ein Pirat.«

Benjamin nickt wissend. »Du meinst Ole. Der ist ganz in Ordnung. Wir teilen uns ein Zimmer. Er hat eine Psychose und eine Körperdysmorphe Störung. Er verkleidet sich ständig. Ich glaube, er sucht seine Identität. Manchmal findet man eben erst auf Umwegen zu sich selbst.«

»Was um alles in der Welt ist eine Körperdysmorphe Störung? Hab ich noch nie gehört.« Ich lerne Vokabeln an diesem seltsamen Ort.

»Er glaubt, dass er von einem körperlichen Defekt betroffen ist. Er findet sein Gesicht so hässlich, dass er sich ständig verkleidet und schminkt. Er möchte sich nicht ausgestoßen fühlen und macht sich Sorgen um sein Aussehen. Er mag weder seine Haare noch seine Nase, seine Figur, nichts. Er versucht, sich zu verstecken, zu verändern, zu verbessern, um weniger auffällig zu sein. Zwar erreicht er damit das Gegenteil, aber er hält es anders nicht aus. Die Ärzte nennen das eine Körperschemastörung.«

Das muss ich erst mal verarbeiten. Körperlicher Makel. Extrem.

»Im Moment findet er sich gar nicht so schlecht und gibt Ruhe.«

Ich verstehe die Welt nicht mehr. Da ist mir das Verhalten von Friederike verständlicher. Sie ist giftig.

Aber wenn ich schon dabei bin, frage ich auch Hanne.

»Und du, Hanne, warum bist du hier?« Ich wende mich der alten Dame zu.

»Ich kümmere mich um meine Tochter. Sie ist elend. Sie hat schon als Kleinkind alle Kinderkrankheiten mitgenommen. Masern, Röteln, Windpocken, Mumps. Immerzu krank. Krebs.« Hanne schüttelt bedauernd den Kopf.

»Sie hat Krebs? Oh Hanne, das tut mir leid. Wie geht es ihr?«, frage ich und kann mir nicht so recht einen Reim auf ihre Aufzählung machen.

Bevor Hanne antworten kann, öffnet sich die Tür und Pernille lugt um die Ecke.

»Guten Abend, meine Damen und Herren. Das Abendessen ist angerichtet, wenn Sie bitte wieder reinkommen?«

»Lass uns in Ruhe, du freche Göre.«

Ich bin überrascht von Hannes aggressivem Tonfall. Ich habe sie noch nicht so abfällig sprechen hören. Erst recht nicht mit dem Pflegepersonal.

Pernille schnaubt beleidigt, dreht sich um und lässt die Tür hinter sich ins Schloss fallen.

»Es gibt haufenweise Schwachsinnige auf dieser Station«, sagt Hanne und schnalzt mit der Zunge.

»Das war eine Krankenschwester«, erwidere ich.

»Papperlapapp! Woher willst du das wissen?«

Ich setze zu einer Antwort an, als sie ihre Frage wiederholt.

»Hatte sie einen Dingsdakittel an? Nein. Siehst du.«

Warum bist du hier, stellte ich ihr in Gedanken die Gegenfrage, die mich beschäftigt. Eine Frau, die mir durch ihre sanften Augen und dem Wiederholen ihrer Fragen aufgefallen ist.

»Sie trägt ein Namensschild«, antworte ich.

»Und das soll reichen, um sie von Patienten zu unterscheiden?«

Ich sehe Benjamin fragend an. Dann … lachen wir schallend.

Das muss man Hanne lassen. Sie lässt sich nicht so leicht beeindrucken.

Ich spüre etwas, was ich dringend brauche. Ablenkung.

Und da ist noch etwas anderes. Ich brauche es, ehe ich es in Worte fassen kann: Verbundenheit.

Mit Fremden. Mit Psychiatriepatienten.

Keine Ahnung, was das über mich sagt.

19.

Im Aufenthaltsraum ist das Abendessen in vollem Gange. Ole, alias Captain Jack Sparrow, versucht, seine Mitpatienten in die »richtige« Reihenfolge um den Esstisch zu platzieren. Seine Bemühungen werden verärgert abgewehrt.

Mich stimmt dieses aggressive Klima wehmütig, und ich kann nichts essen. Es ist zu grell, zu hitzig, zu giftig.

Einem Impuls folgend setze ich mich ans Klavier. Ich lege die rechte Hand auf die weißen Tasten. Spiele einen ersten Lauf. Rücke mir den Schemel zurecht. Vorsichtig gleiten meine Finger über die Tastatur. Das Klavier ist lange nicht mehr gestimmt worden, aber es wird gehen. Die Finger meiner linken Hand folgen der Einladung der Klänge. Ich spiele einen meiner Songs. Etwas Friedliches. Ich spiele. Und singe. Meine Musik fliegt kitzelnd und kratzend durch den Raum. Ich schließe die Augen. Blende alles aus und versinke im Meer der Töne. Es ist das erste Mal, dass ich seit Marius' Tod Klavier spiele. Ein brennender Seelenschmerz setzt ein.

Als ich zu Ende gespielt habe, bleiben meine Hände auf der Klaviatur liegen. Ich öffne die Augen und… schaue in die Gesichter meiner Mitpatienten. Sie haben sich mit ihren belegten Broten in den Händen um das Klavier gestellt und beäugen mich wie eine Außerirdische. Sie stehen ohne Gerangel und Geschiebe nebeneinander. Alle Feindschaft von eben ist vergessen. Es ist mucksmäuschenstill.

Benjamin gibt mir nickend zu verstehen, dass ich weiterspielen soll.

Und das tue ich.

Ich weiß nicht warum, aber ich möchte diesen verwirrten und beschädigten Menschen, die mich in ihrer Mitte aufgenommen haben, etwas schenken. Diesen Wesen, die in diesem Moment in ihrem Leid getröstet werden und in deren Gesichtern sich Ruhe ausbreitet. Diesem seltsamen Haufen Menschen mit Käsebroten in den Händen.

Und deshalb spiele ich *das* Lied. Das eine Lied. Unser Lied.

Ich entsinne mich nicht mehr, wer zuerst die Idee zu diesem Song hatte. Marius oder ich? Was ich aber im Gedächtnis habe, ist, wie Marius mich aufgefordert hat, auf die Geräusche und Töne der Welt zu achten. Leila, hat er gesagt, die Musik liegt überall in der Luft, du musst nur zuhören. Die Geräusche in einem Café, auf der Straße, zwischen den Menschen... hörst du es? Er ist mit mir durch die Straßen gegangen, um den Tönen zu lauschen. So haben wir ein Lied über die Klänge der Straße komponiert.

In mir breitet sich Frieden aus. Und gleichzeitig ändert dieses Lied alles. Ich sitze in der geschlossenen Psychiatrie. Ich bin dringend tatverdächtig, Marius getötet zu haben. Sobald es die Ärztin zulässt, werde ich in Untersuchungshaft überstellt.

Ich muss mich entscheiden: aufgeben oder kämpfen?

Aufgeben kommt nicht in Frage. Ich habe Luna. Aber ich kann nicht kämpfen. Wofür? Es ist alles verloren. Für mich gibt es keine Zukunft mehr.

»Mein Mann möchte, dass ich Kreuzworträtsel löse«,

sagt Hanne plötzlich in die Stille hinein, nachdem ich fertig gespielt habe. Sie zieht umständlich ein schmales Heftchen aus ihrer Jackentasche hervor und hält es mir unter die Nase. »Er hat mir gestern ein neues gebracht.« Sie stützt sich schwer auf das Klavier.

»Mir will einfach nicht einfallen, was das soll.« In ihren Augen schwimmen Tränen und Angst. »Ich denke mir irgendwelche Buchstaben oder Zahlen für die leeren Kästchen aus. Dann sieht es ordentlich aus.«

Ich blicke mich ratlos um und sehe plötzlich die Ärztin, die sich vom Türrahmen löst. Wie lange steht sie schon da und hört uns zu?

Unsere Blicke treffen sich. Sie kommt näher und legt Hanne eine Hand auf die Schulter. In der anderen hält sie ein paar Papiere.

»Hanne, das ist Leila, Ihre Bettnachbarin. Sie teilen sich ein Zimmer«, sagt sie zu Hanne und streicht ihr beruhigend über den Arm.

»Ich muss Koffer packen, ich reise zu meiner Tochter. Sie ist bettlägerig.« Hanne dreht sich um und stampft aus dem Raum.

Ich verstehe nichts mehr.

»Hanne ist dement«, beantwortet die Ärztin meine unausgesprochene Frage. »Manchmal ist sie klar und dann verwirrt und orientierungslos. Das wechselt sich in rascher Folge ab. Aber sie ist ein wundervoller Mensch mit einer langen Lebensgeschichte.«

»Dement? Hanne? Das gibt es doch gar nicht.«

Die Ärztin nickt. »Es wird schlimmer werden. Leider gibt es keine Heilung.«

»Warum kümmert sich ihre Tochter nicht um sie? Kann

sie sie nicht zu sich nehmen? Hanne gehört nicht in eine geschlossene Psychiatrie!«

»Ihre Tochter ist schon länger tot. Sie ist vor einigen Jahren an Krebs verstorben. Seither geht es bergab mit Hanne. Ihr Mann schafft die Pflege zu Hause nicht mehr. Hanne ist in ein Pflegeheim gekommen, aber da hat sie sich nicht wohlgefühlt. Sie ist aggressiv geworden und hat nach den Pflegern geschlagen. Deshalb ist sie hier. Leider passiert es sehr oft, dass wir demente Patienten aufnehmen müssen. Hanne wird in die Gerontopsychiatrie verlegt, sowie dort ein Platz frei wird.«

Das verschlägt mir die Sprache. Ihre Tochter hat sie vorhin nicht besucht? Sie war nicht mit ihr im Garten? Wie traurig.

»Ihr Lied war melancholisch. Ein Lied über den unwiederbringlichen Verlust einer ersten Liebe?«

Ich wiegele ab. Ich will nicht darüber sprechen. »So ähnlich.«

Sie versteht den Wink.

»Ich gehe nach Hause und wollte noch einmal kurz auf den Zettel zurückkommen, den Sie bei mir gelassen haben. Er lässt mir keine Ruhe.« Die Ärztin lehnt sich an das Klavier. »Sie haben den Zettel mit der Drohung nicht selbst geschrieben?«

Ich schüttele den Kopf. Mir schwirrt der Kopf von den ganzen Eindrücken, Informationen und von meinen Gefühlen. Von den ewigen Vorwürfen und Beschuldigungen.

»Was glauben Sie, wer ihn geschrieben hat? Sind Sie sicher, dass Sie gemeint sind?«

»Er lag auf meinem Bett. Ich glaube ...« Ich zögere. Es gibt einen Hoffnungsschimmer. Die Ärztin nimmt mich ernst. Was, wenn ich dieses Fünkchen Hoffnung auspuste, indem ich ihr von meinem Verdacht erzähle?

»Es kann nur der Chefarzt gewesen sein. Bei der Visite hat er ihn mir auf das Bett gelegt.«

So, jetzt ist es heraus.

Sie reagiert so, wie ich es erwartet habe. Sie zieht eine Augenbraue nach oben und schaut skeptisch.

Ich bleibe dabei. Wer sonst? Er hat auf meinem Bett gesessen, bevor ich den Zettel gefunden habe.

»Na gut, Leila, ich will sehen, was ich herausfinde. Sie müssen auch etwas tun. Ich habe Ihnen Lektüre mitgebracht. Das wird Ihnen helfen zu verstehen, warum Sie wegdriften, wie Flashbacks funktionieren, was eine akute Belastungsstörung ist. Was Sie erinnern und was nicht, besprechen wir beim nächsten Termin. Ich möchte, dass Sie das bis zu unserer nächsten Therapiestunde am Montag durchlesen. Sie müssen sich damit auseinandersetzen.«

Sie legt mir den Stapel Papier in Klarsichtfolie auf das Klavier.

»Ich wünsche Ihnen ein gutes Wochenende. Und ... hier ist jemand, der mit Ihnen sprechen möchte. Ich denke, das sind Sie ihm schuldig.«

Sie dreht sich um, und ich folge ihrem Blick.

Entsetzt schnappe ich nach Luft.

20.

Mir fällt sein Name nicht gleich ein. Nur seine atemlosen Laute beim Sprechen. Seine Heldentat. Er hatte mir doch seine Visitenkarte gegeben. Was stand drauf? Warum passiert mir das? Was bin ich für ein Mensch? Ich weiß nicht das Geringste über den Kommissar, der mir das Leben gerettet hat. Er steht dort mit seinem nassen Mantel und starrt mich an. Mein Blick wandert zu seinen Händen. Er trägt einen Ehering am rechten Ringfinger. Ob er Kinder hat?

»Thomsen«, murmelt er. »Das Lied… Ich habe lange nicht mehr etwas so Schönes gehört.« Er stottert.

Ich schäme mich, er weiß, dass ich seinen Namen vergessen habe. Es ist mir peinlich.

»Sie haben mir gestern einen gehörigen Schrecken eingejagt.«

War es erst gestern? Es ist viel geschehen seit gestern. Für mich. Für ihn vermutlich nicht.

»Ich hätte Sie nicht in mein verpatztes Leben hineinziehen dürfen. Ich tue viele falsche Dinge. Ich kann Sie nur um Entschuldigung bitten.«

»Wollten Sie tatsächlich sterben?«, fragt er.

Ich zucke mit den Schultern. »Gestern fühlte es sich so an. Die Fotos… von Marius… sie haben das Fass zum Überlaufen gebracht. Heute bin ich froh, dass Sie mich abgehalten haben. Sie haben mein Leben gerettet!«

»Ich bin noch nie bei einem Suizidversuch dabei gewesen«, sagt er.

»Ich auch nicht.«

Das Eis ist gebrochen. Wir lächeln uns an.

»Gehen wir ein paar Schritte?«, frage ich. »Vor die Tür? Der Regen stört mich nicht.«

Er schüttelt den Kopf, und seine Stirn kräuselt sich. »Nein. Sie dürfen die Station nicht verlassen. Ich habe mit der Staatsanwaltschaft gesprochen. Ich konnte sie überzeugen, dass Sie hier sicher aufgehoben sind und wir in Ruhe ermitteln können. Sie bleiben geschlossen in der Psychiatrie untergebracht, ansonsten droht Ihnen Untersuchungshaft.«

Ich verstehe. Er nimmt felsenfest an, dass ich Marius getötet habe. Wie naiv ich bin. Es ist kein Krankenbesuch. Meine gestrige Aggression gegen mich ist für ihn ein Schuldeingeständnis.

»Es ist Ihnen ausdrücklich verboten, die Station zu verlassen. Sonst muss ich Ihnen einen Justizvollzugsbeamten vor die Tür stellen. Das können wir uns hoffentlich ersparen, oder?«

»Ich bin nicht verrückt.«

»Wenn Sie versuchen, die Station zu verlassen, lasse ich Sie ins Frauengefängnis verlegen. Glauben Sie mir, dagegen ist es hier gemütlich.« Er deutete auf das Klavier. »Sie können sogar Ihre Musik spielen. Gefängnis… seien Sie nicht dumm… das ist eine andere Nummer. Da gehen Sie kaputt.«

»Kaputt?«

»Das Gefängnis ist hart. Härter, als Sie es sind.«

»Ach, aber einen Mord trauen Sie mir zu.« Ich kann es

mir nicht verkneifen. Ich gifte den Mann an, der mir das Leben gerettet hat.

»Ich mache meine Arbeit. Wir gehen von einer Beziehungstat aus.«

Er lässt den Satz offen. Ich verstehe auch so, was er meint. Er denkt, Marius und ich hatten eine Beziehung.

»Alle Verdachtsmomente sprechen gegen Sie. Kommen mehr Indizien dazu, kann ich Sie ohnehin nicht vor der Vollstreckung des Haftbefehls bewahren. Im Moment konnte ich die Staatsanwältin überzeugen, dass wir das Ergebnis der Bluttests auf Ihrem Kleid abwarten. Ist es das Blut von Marius?«

Ich schüttele den Kopf. »Ich weiß es nicht.«

»Das wird als Erklärung nicht mehr reichen, wenn erst die DNA-Ergebnisse vorliegen.«

»Haben Sie sein Handy gefunden?«

»Nein. Auch keine Tatwaffe.«

»Es sind Fotos von mir auf seinem Handy. Zeigen Sie sie nicht meinem Mann«, bitte ich.

»Hier sind Sie sicher. Auch vor Ihrem Mann.«

»Woher wissen Sie das? Ich werde bedroht. Hier. In diesem Scheißkrankenhaus.« Sofort bedaure ich meinen Ausbruch.

»Bedroht?«

»Der Chefarzt…«, ich stocke. Es hört sich bizarr an. Eine Mordverdächtige kommt in die Psychiatrie und beschuldigt den Chefarzt, ihr gefährlich zu werden. Wenn ich bei der Polizei wäre, würde ich mir jetzt meinen Teil denken und froh sein, dass die Bekloppte bereits weggesperrt ist.

»Wer bedroht Sie?«

Ich bleibe stumm. Es hat keinen Zweck.

»Ach, können Sie sich nicht erinnern?«

Ich bin überrascht, wie sehr mich seine Ironie schmerzt.

21.

Er hat mir nicht geglaubt. Er hält mich für eine Lügnerin.

Ich traue meiner eigenen Wahrnehmung selbst nicht. Bilde ich mir das alles nur ein? Ist der Zettel echt, oder bin ich eine genauso hysterische Briefeschreiberin wie die rote Lola? Nein, Unsinn, ich habe den Zettel bei Valentina abgegeben. Aber ist das Gefühl, beobachtet zu werden, Einbildung? Es fühlt sich real an. Ist die unterschwellige Aggressivität nur meine Nervosität in dieser entrückten Umgebung, in der alle angespannt und misstrauisch sind? Oder habe ich Feinde auf der Station?

Erschöpft liege ich im Bett. Der Tag war grauenhaft. Und das i-Tüpfelchen nach Thomsens Besuch war die Schlagzeile der Tageszeitung, die Friederike mir hämisch überreicht hat.

Sängerin unter Mordverdacht
Eifersüchtige Geliebte im Blutrausch

Dazu ein Bericht voller Lügen, Andeutungen und Hirngespinste.

Meine Wut darüber mündet in Kopfschmerzen, die dumpf in meinem Kopf dröhnen.

Bevor Hanne die Vorhänge zugezogen hat, konnte man aus dem Fenster nur in ein schwarzes Loch blicken. Regentropfen prasseln gegen die Scheibe. Es ist trist und ängstigend. Drinnen und draußen. Das Licht im Zimmer ist gelöscht. Nur unter der Tür fällt ein schmaler Schimmer Helligkeit vom Gang in unseren Raum.

Ich habe nicht protestiert, als Hanne die Gardinen zugezogen hat. Ich kann auch im Dunkeln grübeln. Aber ich merke, wie die Angst in mir hochkriecht. Die Angst vor genau dieser Nachtdunkelheit. Seit neuestem ertrage ich diese Schwärze nicht. Ich finde zwar, nachts ist alles schwerer auszuhalten, bedrohlicher und irrealer, aber früher hatte ich keine übertriebene Sorge im Dunkeln.

Ich strecke die Hand nach dem Schalter meiner Nachttischlampe und knipse sie an. Sofort fühle ich mich wohler. Das Licht reicht, um in den Papieren der Seelendoktorin zu lesen. Hoffentlich lenken sie mich von dem Zeitungsartikel ab.

Hanne schnarcht im Hintergrund.

Der Text, den die Ärztin mir kopiert hat, ist offenbar für Patienten geschrieben, denn er erklärt mir mit verständlichen Worten meine eigene Situation. Es ist, als wäre er für mich geschrieben worden. Ich habe einen Schock. Nur, dass das in der Fachsprache nicht Schock heißt, sondern akute Belastungsreaktion. Na gut, das soll mir egal sein. Diese Belastungsreaktion zeigt sich nach einem Trauma.

Damit ist der Tod von Marius gemeint.

Bestialisch abgestochen.

Auf dem Parkplatz verblutet.

Die Nachbarn haben seine Schreie gehört.

Ich habe einen Schock. Mein Gehirn hat auf eine Art Notfallfunktion umgestellt, weil die Ereignisse mich überfordert haben.

Ich halte inne.

Das macht Sinn. Vor allem, wenn ich Marius getötet habe.

Und weil das furchtbar für mich ist, blendet mein Gehirn die Tat aus. Seliges Vergessen. Als ob die Tat nicht stattgefunden hätte.

Da macht sich mein Gehirn die Sache ein bisschen einfach. Denn nur, weil ich mich nicht erinnere, heißt es ja nicht, dass es nicht stattgefunden hat. Ich werde mich meiner Verantwortung stellen.

Das wird ein schwerer Gang.

Ich lösche das Licht, und der Schlaf überkommt mich, so wie er es oft getan hat, wenn ich müde und erschöpft, aber glücklich aus dem Tonstudio gekommen bin.

Heute bin ich unglücklich. Dafür helfen die Medikamente beim Einschlafen. Während ich hinübergleite, hoffe ich, dass ...

Ich höre ein Geräusch, welches ich nicht einordnen kann. Mühsam drehe ich mich um, bemühe mich aufzuwachen. Wie spät ist es? Wie lange habe ich geschlafen?

Mein Herz rast.

Ich spüre, dass etwas nicht in Ordnung ist, aber ich erkenne in der Dunkelheit nichts.

»Hallo?«

Niemand antwortet.

»Ist da jemand? Hanne?«

Meine Stimme gehorcht mir nicht. Die Zunge klebt am Gaumen, und es hört sich mehr an wie: «Is djama? Hanne? Bisdu das?«

Nichts.

»Wer ist da? Hallo?«

Ich höre angestrengt in die nächtliche Stille. Durch den Medikamentennebel fällt es mir schwer, die Augen zu öffnen. Mich zu konzentrieren.

Jemand atmet. Jemand atmet durch den Mund. Mein feines Gehör macht sich bezahlt. Nur erkennen kann ich nichts. Absolute Dunkelheit. Selbst unter der Tür dringt kein Lichtschein mehr hindurch.

Ich nestele nach dem Schalter meiner Nachttischlampe und bekomme ihn nicht zu fassen.

Ich habe Angst. Doch der Schrei steckt in meiner Kehle fest.

Womit kann ich mich zur Not verteidigen?

Das Atmen hat aufgehört. Bilde ich mir das alles nur ein?

Schlafe ich, und es ist nur ein weiterer Alptraum?

Ich möchte aufspringen und das Deckenlicht anschalten. Sofort.

Wenn nur das Zentnergewicht der Medikamente nicht auf mir lasten würde.

Der Schlaf kommt zurück. Ich will den Kopf heben, aber er fällt zurück ins Kissen.

22.

Der Traum hängt mir bleischwer in den Gliedern, als ich erwache. Ich habe geträumt, dass jemand an meinem Bett stand. Gott sei Dank war ich wieder eingeschlafen. Eine weitere schlaflose Nacht hätte ich nicht ertragen. Die Medikamente wirken.

Ich räkele mich unter meiner Decke, genieße die Wärme und drehe mich zu Hanne, um zu schauen, ob sie wach ist.

Sie sitzt fertig angezogen auf ihrem Bett, lässt die Beine baumeln und sieht mich ratlos an.

»Guten Morgen, Hanne«, sage ich.

Keine Reaktion. Ist es das, was Demenz bedeutet? Weiß sie nicht mehr, was ein Morgengruß ist? Ich warte.

Hanne hebt den rechten Zeigefinger und deutet auf den Boden vor meinem Bett.

Ich drücke mich mit einem Arm hoch und hole eine Schrecksekunde Luft, bevor ich anfange, gellend zu schreien.

Ich schreie und schreie.

Fasse mir an den Kopf. Mit einer Hand. Mit beiden Händen. Ich brülle.

Hanne greift sich spiegelgleich an ihren Dutt und hält ihn umklammert.

Wer hat mir das angetan?

Meine Haare! Auf der rechten Kopfhälfte sind meine Haare abgeschnitten. Ein geschändeter Kopf.

Ich halte das nicht aus. Meine Haare. Jemand hat mich angegriffen und mir meine Haare gestutzt.

Ich habe letzte Nacht nicht geträumt. Jemand war in unserem Zimmer, und dieser Jemand hat mir die Haare abgeschnitten.

Was zur Hölle ist hier los?

»Wer?«, schreie ich meine Verzweiflung in die Welt.

»So was darf man aber nicht fragen«, antwortet Hanne. Und sieht mich verwirrt und ratlos an.

Tränen strömen über meine Wangen. Ich kann es nicht fassen.

»Ohooo«, flüstert Hanne und schüttelt den Kopf. Ihre Augen huschen ängstlich an mir vorbei durch den Raum.

Man hat mir meinen Stolz genommen.

Ich springe auf und reiße die Zimmertür auf.

»Wer?«, brülle ich über den Gang. »Wer hat mir das angetan?«

Alle sollen es hören, alle sollen aufwachen.

»Wer war das? Ich bringe dich um!«

Zimmertüren fliegen auf.

Schwester Pernille steht mit aufgerissenem Mund vor dem Dienstzimmer. Mein rasender Anblick hat ihr die Sprache verschlagen.

Meine Wut ist grenzenlos.

Mir rauscht das Blut in den Ohren.

Ich tobe los.

Halte den ersten verdatterten Patienten drohend meine Faust unter die Nase. Jack Sparrow.

»Warst du das?«

Er weicht entsetzt vor mir zurück. Schüttelt den Kopf und wimmert.

Benjamin kommt angelaufen und starrt mich entgeistert an. Er trägt nur eine Schlafanzughose, kein Oberteil.

»Was ist passiert?«

Mein Geschrei muss ihn im Schlaf überrascht haben.

»Hast du mir die Haare abgeschnitten?«, keife ich zurück.

Sein Gesicht läuft puterrot an. »Spinnst du?«

Ich beiße die Zähne aufeinander und renne weiter. Sinnlos im Zickzack über die Station. Friederike steht an der Wand und lächelt süffisant. Die blöde Kuh ergötzt sich an meinem Leid.

Ich jage weiter. Und hinterlasse Chaos. Einige Patienten sind in mein Geschrei eingestiegen. Wehklagen, zetern und jammern mit mir um die Wette.

Es bringt nichts. Sie verstehen mich nicht. Oh Gott, meine Haare.

Entsetzen überflutet mich.

Verzweifelt bleibe ich stehen und recke die Hände zur Decke.

Bis mich starke Arme packen.

»Schluss jetzt!«

Pernille muss einen stillen Alarm ausgelöst haben. Vier Pfleger packen mich unsanft an Händen und Füßen.

Ich wehre mich, trete nach ihnen, knurre und bedrohe sie.

Aus den Augenwinkeln sehe ich Pernille heranlaufen. Sie hält eine aufgezogene Spritze in der Hand.

»Oh neiiiin, bitte nicht, neeein!«

Doch ich kann mich gegen die vier Kerle nicht wehren. Pernille sticht mir in den Oberarm.

Ich heule auf wie ein Kojote. Es hilft nicht.

»Lasst mich los!«

Meine Widerstandskraft lässt nach. Meine Muskeln erschlaffen. Ich gebe auf. Mein Leben ist aus den Fugen. Sie haben aus mir einen verrückten Zombie gemacht.

Dachte ich vor zwei Tagen noch, das Leben sei nicht mehr lebenswert, hat mich die äußere Realität eingeholt und mir deutlich zu verstehen gegeben, dass ich gar kein eigenes Leben mehr habe. Und die Reste werden von jemandem bedroht, der ein perfides Spiel mit mir treibt, mich durchgedreht oder gar tot sehen will.

Und er scheint zu bekommen, was er sich wünscht.

Ich bin durchgedreht.

Vollständig.

Und ich bin allein.

Ganz allein.

Mein Bewusstsein gerät ins Trudeln.

Bin ich ohnmächtig?

Träume ich?

23.

Ich stehe allein im Flur.

In Marius' bodentiefem Garderobenspiegel betrachte ich mich in meinem roten Kleid. Es glitzert ein wenig im Gegenlicht.

Mein Blick wandert nur wenig niedriger auf den Boden. Auch dort sehe ich rot.

Rote Tropfen auf den Dielen.

Blut?

Ich schlucke trocken. Suche mit meiner Hand nach Halt. Greife nach seiner Jacke, die am Garderobenhaken hängt, und fühle das kühle Leder. Der kurze Kontakt gibt mir wieder Standsicherheit zurück.

Ich tänzele förmlich durch den Flur, um nicht in das Blut zu treten.

Von dort geht das Bad ab, die Küche, das Wohnzimmer und hinten links das Schlafzimmer. Die Tür ist angelehnt. Ich folge der Spur in sein Schlafzimmer. Bleibe im Eingang stehen und schaue mich um.

Die Gardinen sind zugezogen, auf dem Sessel an der kurzen Wand liegt frisch gewaschene Wäsche. Er hat keine Zeit oder Lust gehabt, sie in seine Kommode zu räumen.

Der Flachbildschirm an der Wand. Und direkt gegenüber das breite Bett.

Ich zwinge mich, hinzusehen.

Weiße Bettwäsche.

Die Bettdecke zurückgeschlagen.

Das Laken ist ein rotes Meer. Nass. Klebrig.

Blut. Viel Blut.

Frisches Blut.

Ich drehe mich um die eigene Achse.

Ich gehe durch den Flur zurück zur Wohnungstür.

Meine Pumps klackern auf dem Dielenboden.

Im Treppenhaus ist es stockdunkel.

Ich greife nach dem Lichtschalter.

Das Licht flammt auf.

Neben dem Schalter ein blutiger Handabdruck.

Ich starre ihn an.

Überall Blutspuren.

Auch an der Wohnungstür gegenüber verlaufen blutige Streifen und ein Handabdruck.

Ich folge den Spuren in das hintere Treppenhaus.

Mein Blick ist auf den Boden gerichtet und folgt den Bluttropfen.

Am Ende geht es die kurze Treppe hinunter zur rückwärtigen Tür auf den Parkplatz hinter dem Haus.

Der Parkplatz ist verwaist.

Nein. Da liegt jemand.

In Rot. In Schwarz.

In Blut.

Warum rufe ich keinen Rettungswagen?

24.

»Aufwachen!«

Jemand klopft mir mit der Hand gegen die Wangen.

»Aufwachen! Kommen Sie zu sich. Ich bin es. Dr. Freytag.«

Ich bemühe mich, meine medikamentös verschlossenen Augen zu öffnen. Und blicke in das Gesicht meiner Ärztin.

Ich liege auf dem Sofa in ihrem Büro. Jemand muss mich hierhergetragen haben.

Meine Hände fliegen zu meinen Haaren. Das Blut rauscht in meinen Ohren.

»Es tut mir leid … das mit Ihren Haaren.«

Ihre Stimme klingt teilnahmsvoll. Aber an dem vibrierenden Unterton höre ich, dass sie noch nicht fertig ist mit ihrem Satz.

Es ist wirklich geschehen … »das mit meinen Haaren«, wie sie es verharmlosend nennt. Sofort steigt Wut in mir auf und hilft mir, wach zu werden. Dann kommt die Angst, als ich an den Parkplatz denke. An die Bilder, die sich in mir abspulten, bevor die erlösende Ohnmacht kam. Warum habe ich keinen Rettungswagen gerufen?

Soll ich um eine weitere Spritze bitten? Was immer da drin war, es beamt mich weg und erspart mir die schreckliche Realität.

»Haben Sie eine Erklärung, wie das passiert ist?«

Ich raufe die unterschiedlich langen Büschel.

»Wonach sieht es denn aus?«, murmele ich benommen.

»Ihre Haare wurden… na ja, sagen wir mal… kreativ…« Sie interpretiert meinen Blick vollkommen richtig, als sie abbricht und stattdessen fortfährt. »… traktiert.« Sie lächelt mich mitleidig an und versucht, ihren Patzer auszubügeln. »Wir wissen, dass unsere Borderline-Patienten sich immer wieder Gegenstände zur Selbstverletzung organisieren. Die Sachen werden über die Gartenmauer geworfen oder von Mitpatienten anderer Stationen weitergereicht.« Sie verzieht genervt ihren Mund. »Wir kontrollieren keine Besucher auf scharfe Gegenstände. Das wollen wir auch nicht einführen. Insofern…«

Die Frau hat Probleme. Es ist mir egal, wofür die Patienten scharfe Gegenstände brauchen. Aber doch nicht, um meine Haare zu schreddern. Ich werde denjenigen, der mir das angetan hat, ebenso skalpieren! Die Wut brennt in meiner Speiseröhre. Vor allem, wenn ich diese Ärztin ansehe. Erstmals trägt sie ihr blondes Haar offen und nicht zu einem Knoten hochgesteckt. Klar, sie ist von zu Hause gerufen worden, als ich meinen Wutanfall bekam. Aber muss die Frau derartig goldene Haare haben? Das Leben ist so ungerecht.

»Was mich beschäftigt, ist die Frage, ob Sie sich so zugerichtet haben oder jemand anderes?«

Ich bin fassungslos. Sie will wissen, ob ich mich selbst massakriert habe? Dieses Misstrauen fühlt sich an wie eine zweite Tonsur. Ein zorniges Kribbeln wandert von den Füßen hinauf durch meinen ganzen Körper. Ich setze mich auf und gifte: »Sie glauben nicht ernsthaft, dass ich oder irgendeine andere Frau sich jemals derartig brutal die Haare abschnippelt. Niemals.« Meine Kräfte kehren zurück.

Ich strecke mein Kinn nach vorn und werfe ihr den

eisigsten Blick zu, zu dem ich fähig bin. Ich werde ihre Unterstellung nicht mit einer Antwort belohnen.

»Na gut, wenn Sie es nicht waren, wer sollte es auf Ihre Haare abgesehen haben? Das ist verrückt.«

»Ach, und wo sind wir hier? Im *Irrenhaus*.«

Sie zuckt mit den Schultern, setzt sich in ihren Sessel und schlägt die Beine übereinander. Wartet.

»Warum bin ich in der Nacht nicht aufgewacht, als ein Perverser mich mit einer Schere bearbeitet hat? Die Medikamente, die Sie mir geben, haben mich wehrlos gemacht!« Es ist mir egal, dass ich mich so derbe ausdrücke.

»Sie bekommen eine geringe Dosis Quetiapin, damit Sie überhaupt schlafen.«

»Ist mir egal, das Medikament wirkt fatal, wenn ich nicht mehr mitbekomme, dass sich jemand an mir zu schaffen macht.« Ich bin den Tränen nah. »Ich will das Zeug nicht mehr.«

Dr. Freytag hebt beruhigend die Hände.

»Wir setzen es ab und warten ab, wie es läuft.«

»Vielleicht war es derjenige, der mir diesen Zettel aufs Bett gelegt hat? Ihr feiner Herr Chefarzt?«

»Ich kann Ihren Ärger nachvollziehen, aber der Chefarzt war es nicht. So viel ist sicher.«

»Wie können Sie sich sicher sein? Ich bin nicht irre, verdammt noch mal. Ich bilde mir das nicht ein, und ich tue mir nichts an. Jemand ist hinter mir her.«

»Sie haben schon einmal Gewalt gegen sich gerichtet. Im Polizeipräsidium. Und was war mit dem Spiegel?«

Das ist gemein. Mir schießen die Tränen in die Augen. Meine Wut verpufft. Ich fühle mich leer.

Die Ärztin scheint ebenfalls erschöpft. Sie massiert sich

mit den Fingern die Stirn. Quer über den Handrücken zieht sich ein blutiger Striemen. Ich frage mich, ob die Pfleger die Ärztin am Samstag aus ihrem Garten geholt haben. Ob sie eine Katze hat? Oder habe ich um mich geschlagen und sie verletzt? Ich erinnere mich nicht. Das alte Lied.

»Hören Sie, Frau Galayan, ich habe etwas getan, was außerhalb meines üblichen Handelns liegt. Betrachten Sie es als vertrauensbildende Maßnahme. Und ich kann nur hoffen, dass Sie sich dieses Vertrauens würdig erweisen.«

Sie sieht mich an, als ob sie eine Bestätigung braucht, dass sie mir vertrauen kann. Wovon redet sie? Und hatten wir nicht vereinbart, dass Sie mich Leila nennen soll?

Ich nicke.

»Ich habe die Schrift auf Ihrem Zettel mit den Handschriften des Personals verglichen. Auch die des Chefarztes. Niemand von den Mitarbeitern hat diesen Zettel geschrieben. Am wenigsten der Chefarzt.« Sie lächelt. »Dessen Schrift kann er sicher nicht einmal selbst lesen. Und wenn Sie das jemandem erzählen, werde ich alles abstreiten. Kapiert?«

Ich bin überrascht. Das hat sie für mich getan? Ich bin beeindruckt. Valentina Freytag steht auf meiner Seite?

»Jetzt bin ich so weit aus der Deckung gekommen, dass Sie mir vertrauen müssen. Bitte.«

»Wie denn? Ich erinnere mich nicht! Die Polizei hat mir schon Löcher in den Bauch gefragt!«

»Lassen Sie sich auf die Therapie ein. Stellen Sie sich Ihrem Trauma. Die Erinnerung ist so schmerzhaft, dass sie verdrängt wird. Wir nennen das eine dissoziative Amnesie. Aber Vermeidung ist nicht Verarbeitung. Finden Sie heraus, was Sie getan haben.«

Wenn sie es ausspricht, klingt es trivial. Herausfinden, was ich getan habe? »Und wenn ich herausfinde, dass ich eine Mörderin bin und es von Ihnen amtlich bestätigt bekomme?« Ich fange an zu stottern. Es fühlt sich unwirklich an, mit einer Ärztin zu diskutieren, ob ich jemandem das Leben genommen habe. »Wenn es mich traumatisiert hat, meinen Freund getötet zu haben?« Ich kann nicht anders als flüstern und verziehe das Gesicht. »Ich glaube nicht, dass ich das mit letzter Sicherheit wissen möchte.«

»Sie sind nicht weniger eine Täterin, wenn Sie die Tat verdrängen. Unter Umständen müssen Sie sich mit den Konsequenzen Ihrer Tat auseinandersetzen und damit leben lernen.«

»Dann komme ich für den Rest meines Lebens ins Gefängnis. Vielleicht sollte ich doch lieber auf einen Teil meiner Erinnerung verzichten.«

»Sie sind wütend. Aber hinter der Wut steht die Angst. Sie sind verwirrt, hilflos, überfordert. Nutzen Sie die Energie der Wut. Wir müssen Ihren Erinnerungen auf die Spur kommen. Und wenn Sie die Täterin waren, werden Sie das Unfassbare fassen lernen. Alles andere ist keine Alternative.«

»Wieso kann ich mich nicht normal erinnern? Wie andere Menschen auch. Was habe ich gestern eingekauft? Was habe ich letzte Woche gegessen? Was ist in der Nacht vorgefallen?«

»Da gibt es leider einen entscheidenden Unterschied. Flashbacks sind durch Trigger-Reize ausgelöste traumatische Erinnerungen. Normale Erinnerungen, wie zum Beispiel Ihr erstes Treffen mit Marius, sind gespeicherte Eindrücke als Teil Ihrer Biografie. Vergangenheit.« Sie holt tief Luft. »Wenn man ein Trauma erlebt, führt der Stress manchmal dazu, dass man die Erinnerung, oder Teile der Erinnerung, verliert. Aber sie sind nicht gelöscht. Sie sind nur nicht mehr dort gespeichert, wo wir normalerweise den Zugriff drauf haben. Die Einordnung in Raum und Zeit geht verloren, und die Erinnerung schwebt umher. Deshalb holen Sie Fragmente aus Ihrer Erinnerung in den Flashbacks ein. Verstehen Sie?«

Ja, das stimmt. Aber das sollen meine Erinnerungen sein? Diese blutigen Fragmente, die auftauchen, wann sie wollen? Ohne dass ich Kontrolle darüber habe? Das ist doch Irrsinn. Was macht mein Gehirn denn da? Was habe ich noch getan, ohne mich daran erinnern zu können? Mir einen Drohbrief geschrieben? Mir die Haare abgeschnitten?

»Wie soll ich das denn alles begreifen? Auf einmal spielt mein Kopf verrückt und macht, was er will. Das kann doch kein Mensch aushalten. Können Sie mir nicht eine Tablette geben, die das in meinem Hirn alles wieder geraderückt? Bitte!«

»Sie sind unfähig, sich an die belastenden Stunden Ihres Lebens zu erinnern. Die Zeit um die Tat herum. Sie fühlen sich Marius so verbunden, dass Sie sich vor der Auseinandersetzung mit dem, was passiert sein mag, schützen. Das nennen wir Dissoziieren. Dagegen helfen keine Medikamente.«

»Können auch Täter so eine Traumatisierung erleiden und vergessen?«, frage ich und versuche, Ordnung in meine Gedanken zu bringen und zu verstehen.

»Ziel der Therapie ist es, Ihre Erinnerung zu rekonstruieren. Damit in Ihrem Kopf alles wieder an seinen Platz rutscht.«

Sie macht eine Pause, als wolle sie herausfinden, ob ich ihr noch zuhöre. Ausnahmsweise bin ich aufmerksam.

»Ich bin sicher, dass sich Ihre Flashbacks so anfühlen, als ob sie in diesem Moment passieren. Sie gehen mit überwältigenden Gefühlen von Angst, Verzweiflung, Scham oder Wut einher. Dazu kommen die Gerüche, Geräusche, Ihre Körperreaktionen.«

»Hab ich deshalb immer diese Kopfschmerzen mit den Bildern? Ich habe dann diesen Geruch in der Nase …«

»Welcher Geruch ist es? An was erinnert er Sie?« Sie öffnet ihre Hände zu einer einladenden Geste.

Blut! Aber das erwähne ich nicht. Es wäre ein weiterer Nagel zu meinem Sarg. Sie kann sich nicht an die Schweigepflicht halten, wenn ihr eine Mörderin gegenübersitzt! Oder doch? Ich weiß es nicht.

»Ich verstehe. Ich ahne, wie belastend das alles für Sie sein muss. Sie haben sich noch nicht entschieden, ob Sie mir vertrauen können. Ob Sie sich auf die Therapie einlassen wollen. Aber Sie müssen sich den Erinnerungen stellen. Sie müssen die Tat oder was immer Sie erlebt haben, in Ihr Selbst integrieren, wenn Sie gesund werden wollen. Sie können die Erlebnisse nicht ein Leben lang abspalten. Sie können sich nicht ein Leben lang vor dem Schmerz und der Angst schützen, indem Sie Ihr Gedächtnis lahmlegen.«

Dazu fällt mir nichts ein.

»Was muss sich ändern, damit Sie sich sicher fühlen?«

»Ich will wissen, wer mir das angetan hat«, sage ich und greife mir an den Kopf. Ich muss wissen, ob ich mir selbst die Haare abgeschnitten habe. Habe ich womöglich auch den Zettel selbst geschrieben? Bin ich eine Mörderin? Wie kann ich das herausbekommen? Und ich gehe nicht ins Gefängnis. Eher bleibe ich hier eingeschlossen.

»Sie waren so verzweifelt, dass Sie sich das Leben nehmen wollten. Schlimmer kann es nicht mehr werden. Sie müssen den Weg wieder zurückgehen. Durch das Trauma hindurch und von dort auf einen neuen Weg.«

Nur darf dieser Weg nicht ins Verderben führen, ergänze ich im Stillen. »Vielleicht hat mich ja etwas anderes traumatisiert? Möglicherweise geht es gar nicht um Marius?«

Ich merke, wie unsinnig dieser Versuch ist, mich aus der Bredouille zu ziehen. Ich muss mich entscheiden. Will ich vermeiden und im schaurigen Ungewissen bleiben? Oder mich erinnern und womöglich feststellen, dass ich mir die Haare selbst abgeschnitten habe? Dass ich eine Mörderin bin?

Die Ärztin schweigt. Wahrscheinlich gibt es dazu nichts mehr zu sagen. Es wäre eben möglich. Sie weiß es auch nicht.

Ich glaube, was mich überzeugt, ist die Tatsache, dass ich mich in meinem medikamentösen Glimmer am Tatort gesehen habe. In Marius blutverschmierter Wohnung. Ich war dort. Wo immer mein Gehirn diese Information hergezaubert hat. Diese Bilder sind in meinem Gehirn gespeichert, und ich habe dadurch das Schlimmste, das Allerschlimmste, was ein Mensch über sich erfahren kann, wie in einem Film ablaufen sehen.

Ich habe Marius nicht geholfen. Ich habe keinen Rettungswagen gerufen. Ich habe keinen Telefonanruf getätigt. Das tut ein Mörder nicht. Insofern macht es Sinn.

Ich habe Angst. Angst vor der Wahrheit. Angst davor, dass ich etwas über mich höre, erinnere, gesagt bekomme, was ich nicht hören will. Angst, dass ich ein Monster bin.

Ich möchte vergessen, vermeiden, verdrängen.

Aber das kann ich nicht mehr. Jemand hat es auf mich abgesehen. Jemand will mir schaden. Das kann kein Zufall sein. Das kann ich nicht selbst getan haben. Niemals würde ich mir die Haare abschneiden. Die Vorstellung ist absurd. Was immer in der Tatnacht geschehen ist, jemand hier auf der Station weiß davon und will mir schaden. Ich muss mich wehren. Ich muss herausfinden, was passiert ist.

Ich kann mir zwar nicht vorstellen, wie die Therapeutin die Wahrheit aus meinem Kopf herauszwingen will, aber ich glaube ihr, dass sie auf meiner Seite ist. Wenn nicht mit ihr, mit wem dann?

Ich stehe von dem Sofa auf und setze mich in ihren Sessel. Wenn ich mich um Kopf und Kragen rede, dann wenigstens aufrecht.

25.

»Ich hatte einen furchtbaren Traum an dem Morgen, der mit einem Brieföffner in meinem Bauch endete.«

Es fällt mir schwer, die richtigen Worte für das Grauen zu finden.

»Was wir im wachen Zustand nicht zulassen können, kann uns im Schlaf, wenn unsere Abwehr geringer ist, wieder einholen«, sagt die Seelendoktorin.

»Ich habe geträumt, … Mar … Marius zu töten.« Ich stottere vor Aufregung.

»Hmm. Erzählen Sie mir von Ihrem Traum!«

Sie greift nach ihrem Block und umschließt mit ihrer Hand auf diese elegante Art und Weise den Stift, die ich schon einmal beobachtet habe. Dabei sitzt sie kerzengerade und signalisiert höchste Aufmerksamkeit. Sie will ehrlich wissen, was mir passiert ist.

Ich winde mich ein bisschen unter dem eindringlichen Blick ihrer grünen Augen. Aber ich will nicht zurückrudern. Ich setze mich so aufrecht wie nur möglich in den Sessel. Sie will, dass ich ihr die blutigen Details auf den Tisch packe? Ich könnte sagen, dass ich in meinem Traum einen Mann absteche, den ich nicht kenne, aber hasse. Von irgendwoher spielt Musik dazu, erst melodisch, später schräg. Eine Taube beobachtet mich. Ach ja, die Taube gurrt mir was von Ginseng-Tee. Aber das ist nicht das, was diesen Traum so unfassbar grausam macht. Es ist das

Gefühl, das diese Frau im Traum dabei hatte. Ich weigere mich zu denken, dass *ich* diese Frau bin. Das Gefühl, das zwischen Macht und absoluter Einsamkeit schwankt. Zwischen totaler Kontrolle und unendlicher Hilflosigkeit.

»Sie haben zu mir gesagt, auch Täter können theoretisch traumatisiert werden. Stimmt das? Muss man nicht nur mit den Opfern, sondern auch mit den Tätern Mitleid haben?« Ich muss noch eine Schleife drehen.

»Traumatisiert zu werden heißt nicht, bemitleidet zu werden.«

»Glauben Sie nicht, dass... dass mein Traum ein Schuld... Schuldeingeständnis ist!« Mich ärgert meine Rechtfertigung, bevor ich auch nur einen Satz über meinen Traum ausgesprochen habe, und deswegen stottere ich sogar ein bisschen.

Dann spucke ich ihr alles entgegen. Ich erzähle ihr von dem Mann, der auf dem Boden vor mir liegt. Dem Blut, der Schere, der Musik, der Taube, dem Gefühl der Macht und dem Gefühl der Ohnmacht. Je länger ich erzähle, umso drängender fließen die Wörter aus mir heraus. Dieser Traum hat mich vergiftet. Ich erzähle ihr, wie kinderleicht es ist, eine Mörderin zu sein. Dass ich seither Angst im Dunkeln habe. Und wie unfassbar es für mich ist, Marius nie wiederzusehen.

Dann muss ich ein paarmal tief Luft holen. Ich bin total ausgelaugt.

»Was glauben Sie, bedeutet dieser Traum?«, fragt sie.

Das ist so typisch. Können Therapeuten immer nur Gegenfragen stellen? »Dass es ohne Weiteres möglich ist, einen Menschen zu töten, wenn man glaubt, einen Grund zu haben.«

»Sie leiden unter Ihrem Traum. Es ist alles andere als trivial, einen Menschen zu töten.« Sie macht sich eine kurze Notiz, bevor sie den Block demonstrativ auf das Tischchen zwischen uns legt. »Zu träumen, einen Menschen zu töten, macht Sie nicht zu einer Mörderin. Träume lassen sich nicht konkret in die Realität übersetzen. Sie sind eher symbolisch zu verstehen. Wir träumen von Wünschen, Fantasien, Gefühlen. Manchmal stehen die im Konflikt miteinander oder widersprechen sich. Ein Traum ist meistens verwirrend und nicht einfach zu entschlüsseln. Sie träumen von Wut. Vielleicht von abgespaltenen aggressiven Anteilen in sich.«

»Ich habe das geträumt, weil Marius tot ist. Er ist tot. Verdammte Scheiße! Wie kann so etwas in meinem Leben passieren?« Ich schreie sie an. Sie hat recht, ich bin wütend. Ich bohre die Fingernägel in meine Handflächen, und erste Tränen brennen in meinen Augen. »Mord. Das passiert doch nur anderen.«

Nein. Ich. Werde. Nicht. Weinen.

»Gewalt zieht in Ihr Leben ein. Das ist furchtbar. Wir wissen aber nicht, ob das die einzigen Gefühle sind, die Ihr Traum ausgedrückt hat.« Sie überlegt kurz. »Konflikte. Es stecken konfliktreiche Gefühle dahinter. Und denen müssen wir auf den Grund gehen. Schreiben Sie Ihren Traum detailliert auf. Und überlegen Sie, was die einzelnen Komponenten bedeuten könnten. Was fällt Ihnen dazu ein? Welche Gefühle spüren Sie?«

»Sie meinen, ich soll Protokolle für die Polizei anfertigen?«, knurre ich.

»Mich interessieren die Ermittlungen der Polizei nicht, solange es nicht unsere Therapie betrifft. Ich unterliege ohnehin der Schweigepflicht. Ich darf der Polizei gar keine Auskünfte geben.«

»Auch nicht, wenn ich die Täterin bin?«

»Auch dann nicht. Die Tat ist geschehen, Ihr Geständnis macht es nicht ungeschehen. Anders sieht es hingegen aus, wenn Sie mir eine Tat ankündigen. Ich eine Tat verhindern kann. Dann könnte ich meine Schweigepflicht brechen.«

»Wann wird die Polizei mich erneut befragen?«

»Im Augenblick lassen sie Sie in Ruhe.«

Ich brüte einen Moment wortlos vor mich hin. »Ich stehe unter enormen Druck. Gleichzeitig bin ich zur Hilflosigkeit verdammt. Mit Verrückten eingesperrt. Die ganze Situation zermürbt mich.«

»Sie wehren sich. Ihre Resignation weicht. Das ist ein Fortschritt.«

Diese Ärztin hat eine seltsame Sicht auf meine Gefühlswelt.

»Wissen Sie, Leila, wir träumen von Gefühlen. Nicht von wahren Ereignissen. Viel wahrscheinlicher ist, dass Sie von Wünschen und Bedürfnissen geträumt haben. Vor allem von solchen, die wir im wachen Zustand nicht zulassen. Wir versuchen, uns diesen …«

»Sie meinen, ich *wünsche* mir, jemanden zu töten?«, unterbreche ich sie. Das geht mir zu weit.

»Sie sollten diesen Traum nicht wörtlich nehmen. Aber wenn wir uns ansehen, was er metaphorisch bedeuten könnte, wehren Sie sich gegen eine aggressive Entmachtung in Ihrem Leben. Die Dominanz, mit der einer oder mehrere Menschen in Ihrem Umfeld versuchen, Ihr Leben zu bestimmen, zu leiten, so dass Sie sich nicht mehr anders zu helfen wissen, als zum Gegenschlag auszuholen.«

Aggressive Entmachtung. Diese Psychos hauen Sätze raus. Krass. Wenn die Frau Doktor wüsste, wie entfernt ich davon bin, mich zu wehren. Ich kann ja nicht mal die kleinsten Wünsche durchsetzen. Will Nicolai Urlaub in den Bergen, fahren wir in die Berge, auch wenn ich ans Meer möchte. Durchsetzen? Ich? Dass ich nicht lache. Wütend? Ja, vielleicht. Aber ich hebe nicht die Hand gegen jemand anders. Oder war die Tötung Marius' eine Entladung meines angestauten Zorns, den ich über Jahre nicht bemerkt und ausgelebt habe? War ich eine tickende Zeitbombe? Komisch, ich habe mich nicht so gefühlt.

»Finden Sie mich aggressiv?«

»Was denken Sie?«

Immer diese Gegenfragen. »Ich bin impulsiv, aber ein Duckmäuser. Ich passe mich an. Ich weiß das inzwischen. Ich suche Harmonie um jeden Preis. Und als ich anfing zu singen, habe ich angefangen, meinen Mann zu belügen, um keinen Streit zu provozieren. Erbärmlich.«

»Das Singen ist Ihnen so wichtig, dass Sie dafür weite Wege gegangen sind. Warum haben Sie nicht mit Ihrem Mann gesprochen?«

»Nicolai ist ein Familienmensch. Er möchte, dass ich nur für unsere Tochter und für ihn da bin. Er möchte nicht, dass ich arbeite. Er ... Seine Eltern sind früh gestorben. Vielleicht deswegen. Er und Dorian hatten es nicht leicht. Sie sind Halbbrüder. Dorian hat einen anderen Vater und wurde von Nicolais Vater nicht anerkannt. Die Eltern waren wohl sehr kühl und haben sich nie Zeit für die beiden genommen. Die Brüder haben alles mit sich selbst ausgemacht. Nicolai ist viel mit sich beschäftigt. Er achtet nicht auf die Bedürfnisse anderer Menschen.« Ich erzähle ihr nicht, dass ich Nicolai zwar verstehe, es aber nicht mehr ertrage, mich so von ihm behandeln zu lassen. Er hat alle meine Versuche, daran etwas zu ändern, ignoriert und boykottiert.

Die Ärztin nickt wissend. »Und Sie erdulden das. Sie lassen zu, dass andere über Ihr Handeln entscheiden. Sie halten aus, weil Sie annehmen, Sie seien es nicht wert, dass Sie andere Bedürfnisse haben dürfen. Ständige Unterordnung führt zwangsläufig zu Wut gegen den vermeintlichen Unterdrücker.«

Ich schlucke viel, das stimmt schon. Ich hab es halt so gelernt. So bin ich am besten mit meinen Eltern klargekommen. Aber dass diese hart erarbeitete Harmonie zu Wutausbrüchen führt, die andere womöglich das Leben kosten, ist mir neu.

»Normalerweise entwickeln Erwachsene, die so sozialisiert sind, immer wieder Beziehungen zu dominierenden und kontrollbesessenen Menschen. Sie unterwerfen sich. Wie war es denn mit Ihnen und Marius?«

Ich will ihn sofort verteidigen. Aber ich mahne mich zur Ruhe. »Es war anders«, sage ich. »Er war anders. Er hat meine Standpunkte gelten lassen. Ich habe in seiner Gegenwart erstmals angefangen, mir zu überlegen, was ich möchte.«

»Und?«

»Was meinen Sie? Es war eben anders.«

»Nicht ausweichen. Wenn Marius Sie nicht dominiert hat, wie hat sich das ausgewirkt? Haben Sie ihm mehr von sich erzählt?«

Marius hat mich viel gefragt. Über meine Familie, meine Herkunft, meine Erziehung, meine Erlebnisse. Ich habe gern erzählt, denn er hat mir zugehört.

»Er hat sich für mich interessiert. Das war ein inniges Gefühl.«

Die Ärztin nickt. Offenbar war die Antwort richtig. Mir erschließt sich trotzdem nicht, worauf sie hinauswill.

»Und haben Sie sich für ihn interessiert? Was hat er über sich berichtet?«

Ich muss meine Zähne zusammenbeißen, um der Frau Doktor nicht ein paar Unflätigkeiten an den Kopf zu werfen. Will sie mir etwa meine Erinnerung an Marius zerstören? Müssen Psychotherapeuten immer das Haar in der Suppe suchen?

»Vielleicht habe ich nicht so viel über ihn erfahren wie er über mich, aber ich lasse mir die Beziehung von Ihnen nicht schlechtmachen. Marius ist tot. Es ist doch egal, wer wie viel von sich erzählt hat.«

Die Ärztin spürt meinen Ärger, denn ihre Stimme bekommt einen sanften Klang.

»Waren Sie wütend auf Marius? Hat er Sie enttäuscht?«

Ich antworte ihr nicht mehr. Sie ahnt ja gar nicht, wie daneben sie mit ihren komischen Deutungen liegt. Er hat mich nicht enttäuscht.

»Vielleicht irre ich mich«, fährt sie fort. »Traumdeutung ist nicht mein Fachgebiet, ich bin keine Psychoanalytikerin. Schreiben Sie alles auf, was Ihnen dazu einfällt. Wir sprechen darüber und versuchen, die Symbole und Metaphern Ihres Traumes zu entschlüsseln.«

»Symbole?« Ich lache trocken, froh über den Themenwechsel. »Die Schere aus meinem Traum lag am nächsten Morgen im Badezimmerschrank. Blutverschmiert. Und das blutige Kleid liegt in der Asservatenkammer der Polizei. Reale Symbole, würde ich meinen.«

»Sie haben eine blutverschmierte Schere in Ihrem Schrank gehabt?« Sie rückt auf ihrem Sessel nach vorn. »Was haben Sie damit gemacht?«

Ich druckse rum. »Na ja, sie war irgendwie weg.«

»Weg?« Sie runzelt die Stirn.

»Weiß nicht. Spurlos verschwunden. Als ob sie nie da gewesen wäre. Und ich plemplem bin und etwas gesehen habe, was nicht real war«, erwidere ich genervt. Ich bin mir plötzlich nicht mehr sicher, ob ich sie wirklich gesehen oder mir nur eingebildet habe. Warum habe ich sie nicht in die Hand genommen? Dann hätte ich einen unwiederbringlichen Beweis gehabt. Andererseits habe ich die verdammte Schere doch mit meinen eigenen Augen gesehen. Dass ich mich nicht mehr auf meine Wahrnehmung verlassen kann, macht mich rasend.

»Hat die Schere jemand außer Ihnen gesehen, angefasst oder herausgenommen?«

Schon wieder legt die Frau Doktor den Finger in die Wunde. Nicolai hat steif und fest behauptet, im Schrank sei nichts gewesen. Ich glaube, dass er sie genommen hat. Ich weiß nur nicht, warum. Sollte er sie nicht genommen haben … ich wage nicht, daran zu denken, was das für meinen Geisteszustand bedeutet.

»Ich interpretiere Ihr Schweigen mal als *nein*. Nur Sie haben die Schere gesehen? Vielleicht eine illusionäre Verkennung. Das ist nichts Schlimmes. Manchmal interpretieren wir unsere Wahrnehmung eines Gegenstandes falsch. Sie waren noch im Traumgeschehen gefangen, und Sie haben einen realen Gegenstand verkannt. Das kommt vor.«

Sie schaut mich fragend an.

Nein, ich verstehe sie nicht.

»Wenn Sie nachts aufwachen und jemanden im Sessel sitzen sehen, einen Schatten, erschrecken Sie sich. Sie machen das Licht an und sehen, dass dort niemand im Sessel sitzt, aber Ihre Kleidung über den Sessel gelegt ist. Es ist also keine Einbildung, es war ein Schatten in Form der Kleidungsstücke da, aber Ihr Gehirn hat den Sinneseindruck falsch interpretiert. Nichts Dramatisches eben.«

Sie sieht mich eindringlich an. Sie will nicht nur wissen, ob ich sie verstehe. Nein, da ist mehr. Vielleicht ist es Respekt. Ich bin mir nicht sicher.

Aber dass sie auf meiner Seite steht, da bin ich mir sicher. Die Ärztin.

Die ich von nun an Valentina nennen werde.

26.

Schwester Pernille hat mir die Haare geschnitten.

Der skurrilste Moment meines bisherigen Lebens!

Sie hat mich auf einem Stuhl vor dem Dienstzimmer platziert, als sich erste Patienten um mich scharen. Sie warten auf die Party. Ich blicke in die Gesichter von Menschen, die mir immer weniger irre und verstört erscheinen. Ich sehe mehr als ihre Augenringe und die apathischen oder gehetzten Blicke. Dahinter erblicke ich Geschöpfe, die sich in sich verkrochen haben, nachdem die Welt sie bedrohte. Wesen, die vor ihren inneren Dämonen fliehen und sich in die Sicherheit der Psychiatrie flüchten. Auch ich suche nach subjektiver Sicherheit und Ruhe. Nach Heilung meiner Wunden.

Und diese Erkenntnis trifft mich auf einem Stuhl im Gang, während eine fremde Frau mir die Reste meiner prachtvollen Haare abschneidet.

Die Erkenntnis, dass ich hierhergehöre. Dass die Zeit meine Wunden nicht heilt, weil die Wunden entzündet sind. Ich brauche Hilfe. Zu dieser Zeit in meinem Leben bin ich eine von ihnen.

Pernille kommt und legt mir ein Handtuch über die Schultern. Als sie den Kamm durch das Stoppelfeld meines Kopfhaares zieht und die Schere aufblitzt, geht ein Raunen durch die Menge.

Eine Schere!

Ich halte den Atem an. Meine letzte Erinnerung an eine Schere war das Gemetzel meines Traums. Komisch, dass ich keinen Flashback bekomme. Fällt meinem lausigen Gehirn nichts mehr ein? Game over?

Ich bin sicher, dass der ein oder andere, in dessen Gesicht ich schaue, diese Schere gern hätte. Als Waffe, um sich gegen die Dämonen zur Wehr zu setzen. Seien es die von außen oder die von innen. Aber Pernille lässt keinen Zweifel daran, dass sie die Herrin der Schere ist und diese nicht aus der Hand geben wird.

»Möchten Sie Ihre Haare mit nach Hause nehmen?«, fragt Schwester Pernille.

»Puh, was für eine Frage.«

»Gut, dann pack ich Sie Ihnen ein.« Sie klappert mit der Schere.

Ich schnappe entrüstet nach Luft, als die anderen anfangen, sich vor Lachen auszuschütten.

Jemand aus den hinteren Reihen ruft kichernd, ob mein bisheriger Frisör mit einer Heckenschere gearbeitet hat. Ein anderer schlägt vor, mit Enthaarungscreme Fakten zu schaffen.

»Lustig. Wirklich lustig.« Gegen meinen Willen lache ich mit, und das entspannt die Situation.

»Fertig!«, ruft Pernille nach einer Weile und strahlt mich an.

Die Patienten applaudieren.

Bei mir stellt sich keine wirkliche Freude ein. Ich habe meine Haare geliebt. Zwar ist dieser weitere Verlust angesichts der Ereignisse lächerlich, aber trotzdem teile ich Pernilles Zufriedenheit nicht. Ich verziehe ein wenig den Mund, um eine Art Dankeschön zu signalisieren.

Sie huscht ins Dienstzimmer und kommt ohne Schere, dafür mit einem Spiegel zurück.

»Schauen Sie, es sieht ganz passabel aus!«

Es klingelt an der Stationstür, und Pernille ist für eine Sekunde unaufmerksam. Ich will den Spiegel nehmen, doch Pernille ist wachsamer, als ich dachte. Sie umklammert ihn. Ihren Augen lese ich in Großbuchstaben ab: NEIN. DEN. SPIEGEL. BEKOMMST. DU. NICHT. ICH. TRAUE. DIR. NICHT. DU. HAST. SCHON. EINEN. ZERBROCHEN.

Ich betrachte mein Gesicht und den fremden Haarschnitt. Starre auf glanzlose Augen, einen zusammengekniffenen Mund und einen raspelkurzen Schnitt à la Natalie Portman in »V for Vendetta«.

Ein trostloser Anblick.

Ich. Nicht Natalie Portman.

Als ich ein entsetztes Kreischen von der Tür her vernehme, weiß ich, dass ich mir rasch eine Geschichte ausdenken muss. Denn diesen Jammerlaut kenne ich wie keinen anderen: Luna!

»Sieht das nicht toll aus, Engelchen? Schwester Pernille ist ein Schatz, sie hat mir die Haare geschnitten. Besser als bei einem richtigen Frisör.« Ich klinge begeistert und habe gleichzeitig ein schlechtes Gewissen, weil ich Luna anflunkere. Um sie zu beruhigen. Das wird nicht funktionieren.

»Mami!« Luna steht breitbeinig vor mir und sieht mich so ungläubig an, als hätte jemand ihrem rosa Einhorn die Augen rausgerissen.

Hinter ihr stehen Nicolai und Maya und mustern mich nicht weniger entgeistert. Dorian ist nicht dabei. Ich merke, wie mir die Tränen in die Augen steigen und beuge mich zu Luna herunter, um sie zu umarmen.

»Mami, ich hab dir ein Foto von mir mitgebracht. Aber da sind wir beide drauf. Mit langen Haaren. Brauchst du das?«

Ich bin selig, als sie mir mein Lieblingsfoto von uns beiden hinhält. Luna sitzt im Garten auf meinem Schoß neben dem Grill und hat ein weißes Kleid an. Ihre dunklen Haare, die gebräunte Haut und ihr Lachen sind für mich der Inbegriff des Sommers. Ich vergrabe mich in ihre Haare und den speckigen Hals, der so gut duftet.

»Liebes, das ist so schön, dass du daran gedacht hast. Ich bin so froh. Danke.« Ich schlucke und hoffe, dass Luna meine brüchige Stimme nicht bemerkt. »Komm, meine Kleine, wir gehen ins Café und suchen uns ein leckeres Stück Kuchen aus. Stell dir vor, Pernille hat mir erzählt, dass es gleich vor der Station ein Café gibt, in dem Patienten den Kuchen backen und verkaufen. Ist das nicht toll?«

Mit fällt ein, dass Thomsen mir eingeschärft hat, die Station nicht zu verlassen. Ob Pernille Bescheid weiß? Ich sehe sie fragend an. Thomsens Verbot war nicht so gemeint, oder?

Pernille ist so von Luna entzückt, dass sie entweder das Verbot vergessen hat oder es nicht kennt. Sie wirft einen kurzen Blick auf die Uhr. »Sie haben aber nur eine halbe Stunde. Zur Medikamentenausgabe müssen Sie wieder hier sein. Und bitte, Frau Galayan, eine Psychiatrie ist nichts für eine Vierjährige. Denken Sie daran.«

»Ich werde pünktlich sein«, erwidere ich und dränge meine Familie Richtung Stationstür, bevor es sich Pernille anders überlegt. Ich will nicht daran denken, dass sie recht hat und meine Familie Luna nicht mehr mitbringen sollte.

Als wir durch die Schleuse sind, atme ich erleichtert aus. Geschafft. Wir gehen nur wenige Meter, dann erreichen wir in der weitläufigen Eingangshalle die Kaffeeklappe mit ein paar Bistrotischen und Stühlen.

Es ist kein Problem, einen freien Tisch zu finden. Obwohl Samstag ist, will niemand Kuchen essen. Das liegt am Wetter. Draußen stürmt es unheilvoll, und das merkt man hier drinnen sofort. Der Regen prasselt gegen die bodentiefen Fensterscheiben. Egal, meine Familie ist da, ich habe eine halbe Stunde, und die will ich genießen.

Ich steuere auf einen Tisch an der Fensterfront zu, um in den Regen und seine traurigen Spuren zu schauen. Die runden Plastiktische mit den Plastikstühlen sind trostlos und kahl. Keine Blumen auf den Tischen, kein Pfeffer oder Salz, Zucker oder eine Karte. Nichts. Mir ist es egal, ich habe nur Augen für meine Tochter. Luna sitzt auf meinem Schoß und starrt mich fassungslos an. Offensichtlich kann sie sich nicht mit meinem neuen Haarschnitt anfreunden. Sie ist so stolz auf ihre eigenen langen Haare – und offenbar mochte sie meine mehr, als mir klar war.

»Mami, ich mag deine Frisur gar nicht so gern. Guck, auch der Himmel weint.«

»Hm, Mäuschen, dann lasse ich sie mir eben wieder lang wachsen. Das ist nicht schlimm.«

Luna schaut mich skeptisch an. »Ich will meine Haare aber nicht abhaben. Versprichst du?«

Ich nicke und umarme sie, drücke meine Nase an ihren Hals. »Du hast einen neuen Pullover an«, sage ich und zeige auf ihr Bäuchlein. Auf ihrem rosafarbenen Strickpullover prangt dort ein brauner Stern.

»Den hat Maya mir mitgebringt. Der ist schön warm.«

Sie läuft zu Maya und krabbelt auf ihren Schoß. Es versetzt mir einen Stich zu sehen, dass sie offenbar lieber mit Maya kuschelt als mit mir. Fremdelt Luna nach so kurzer Zeit? Oder ist das die kindliche Art, mich zu bestrafen, weil ich nicht zu Hause bei ihr bin?

Maya traut sich als Erste, etwas zu sagen. Sie deutet vage mit einem Finger auf meinen Kopf.

»Symbolisiert das so eine Art Neuanfang?«

»Somebody cut it while I slept. It was horrible.« Ich wechsele ins Englische, damit Luna nicht versteht, was ich meiner Familie sagen muss.

»Das ist nicht dein Ernst?« Maya ist vollkommen verdutzt.

Nicolai schnappt nach Luft, erspart sich aber einen Kommentar. Sein Schweigen ist erdrückend.

»Mami, warum sprecht ihr Geheimsprache?«

»Das macht Spaß. Möchtest du eine heiße Schokolade trinken?«

Nicolai steht auf. Seine Blicke vermag ich nicht einzuordnen. Ist er sauer auf mich?

»Komm, Luna, wir holen heiße Schokolade und Kuchen für alle«, sagt er. »Hilfst du mir, Süße?«

Wenn er mit Luna spricht, bekommt seine Stimme immer einen anderen Klang. Doch diesmal zittert seine Stimme.

Bereitwillig springt die Kleine von Mayas Schoß herunter, und die beiden hüpfen zur Kuchentheke. Für Luna ist Nicolai keine Albernheit zu schade.

Ich lehne mich in dem Stuhl zurück. »Tja, ich hab mich inzwischen beruhigt, aber das war ein Schock, kann ich dir sagen. In der Nacht bin ich aufgewacht, weil ich ein komisches Gefühl hatte, aber die Medikamente haben mich wieder wegdösen lassen. Und heute Morgen...« Ich deute auf meine kurzen Haare. »Irgendetwas geht hier vor. Aber ich werde herausfinden, wer das war, das sage ich dir.« Die Verzweiflung von heute Morgen fliegt mich an.

Maya sieht sich um, ob uns jemand von den Nebentischen zuhört, aber es ist alles frei. Am anderen Fenster sitzt ein knutschendes Pärchen. Wenigstens etwas Normalität in diesem Haus.

»Dir schneidet jemand in der Nacht die Haare ab, und du merkst nichts? Wow, das nenne ich mal Schlaftabletten. Kann ich die auch bekommen?«

Ich verziehe den Mund.

»Okay, klar, ist nicht witzig. Aber es muss doch herauszufinden sein, wer von diesen Psychos das gewesen ist? Hast du... hast du Angst? Ich meine... es ist schon speziell hier, oder?«

Ich zucke mit den Schultern.

»Erzähl mal. Bekommst du nur Tabletten oder auch Therapie? Kannst du dich wieder an alles erinnern?«

»Ich habe keine Erinnerungen. Nur Alpträume. Und die will meine Therapeutin mit mir analysieren. Mal sehen, was dabei herauskommt.«

»Puh, das klingt nicht gerade vertrauenerweckend. Sorry, wenn ich das so direkt sage, aber...«

»Ich weiß, ich weiß...« Ich winke Luna zu, die an der Kasse steht. Sie sieht mich nicht. Nicolai schiebt ein Tablett mit Kaffee und Kuchen vor sich her.

»Schlimmer ist, dass der Kommissar gestern da war. Er glaubt mir kein Wort. Für ihn bin ich die Hauptverdächtige. Ich glaube, er will mich ins Untersuchungsgefängnis bringen. Für eine Tat, an die ich mich nicht erinnere.« Was passiert nur mit mir? Tränen steigen in mir auf. Ich darf aber nicht weinen. Nicht vor Luna und Nicolai. Ich quetsche noch heraus: »Mir fehlt Marius.« Dann lächele ich Luna tapfer entgegen.

Maya kommt nicht mehr dazu zu antworten, denn Nicolai ist mit dem Tablett zurück, und Luna verteilt den Kuchen. Mir schnürt sich der Magen zusammen. Ich kann keinen Kuchen essen. Ein Glück, dass Luna mich mit ihrem Gebrabbel ablenkt. Sie übernimmt für uns alle das Gespräch. Nicolai scheint der Kuchen im Mund immer größer zu werden. Er kaut und kaut und vergisst das Schlucken. Wie kann ich das Eis zwischen uns brechen? Ich räuspere mich und will anfangen, ihm von der Nacht zu erzählen, als Luna einen erstickten Laut ausstößt.

Ihre Hand mit der Gabel ist mitten in der Luft stehen geblieben, und sie starrt hinter mich. Ich drehe mich um.

Okay, den Anblick muss ich auch erst einmal verkraften. Von den Fahrstühlen her kommt Friederike auf uns zu. Sie hat sich den Kopf mit Alufolie umwickelt, trägt einen Bettbezug um ihren schlanken Körper, auf dem in roter Farbe zusammenhangslose Wörter gemalt sind. Sie sieht ... entrückt aus.

»Na, plant ihr neue Gemeinheiten?«, fragt sie mich mit einer hohen Fistelstimme, die sich überschlägt.

»Friederike, pinkel mir nicht schon wieder ans Bein. Ich möchte mit meiner Familie ein paar Minuten in Ruhe Kaffee trinken. Hau ab.« Ihre sinnlosen Angriffe kann ich nicht gebrauchen. Ich zeige auf ihren Kopf, um von mir abzulenken.

»Das ist Kunst, davon verstehst du nichts.« Sie funkelt

mich finster an, aber das bin ich mittlerweile gewohnt. Spannenderweise erntet Maya ein reizendes Lächeln von ihr. Hätte nicht gedacht, dass Friederike so lieb lächeln kann.

»Hast du in Friederike eine neue Freundin gefunden?«, frage ich Maya, als Friederike zum Ausschank schlendert.

Maya zieht die Schultern hoch. »Och, wir haben uns neulich ein wenig unterhalten. Sie ist... kurios.«

»Oh Mami, wir haben dir nicht genug Hosen eingepackt, wenn die Tante ihr Pipi auf deine Hosen macht. Da müssen wir noch mal wiederkommen.«

Luna lenkt mich mit ihrem Einwand ab, und für einen Moment bin ich sprachlos. Dann schmunzele ich. »Ach, Mäuschen, du darfst *ans Bein pinkeln* nicht wortwörtlich nehmen!«

Luna überlegt. »Was ist wortwörtlich?«

Nicolai versucht, Luna die Redewendung zu erklären, während Maya und ich kichern. Die Spannung hat sich gelöst. Maya sieht sich noch einmal nach Friederike um. »Wieso darf sie die Station verlassen? Ich denke, es ist eine geschlossene Station. Die ist... na, sagen wir mal, gewöhnungsbedürftig.«

»Friederike ist freiwillig in Behandlung. Auf ihrem Geburtstagskuchen brennen zwar nicht alle Kerzen, aber sie darf die Station für eine kurze Zeit verlassen, wenn sie ins Café will oder etwas einkaufen. Sie ist harmlos. Nur Patienten, die so durcheinander sind, dass sie eine Gefahr für sich oder andere wären, dürfen nicht raus. Sie werden geschützt.« Ich stolpere über meinen Satz. Wer wird vor wem geschützt?

»So wie bei dir?«, fragt Maya.

Ich seufze. Sie hat ja recht. »Selbst Patienten mit einem gesetzlichen Unterbringungsbeschluss bekommen ab und zu begrenzten Ausgang. Muss halt genehmigt werden. Ihr dürft mich ja auch jederzeit besuchen. Gott sei Dank!« Mein Lächeln ist nur halbherzig.

Maya wiegt den Kopf. »Ist ein bisschen wie Gefängnis, oder?«

Die Verzweiflung rumort in mir, als meine Freundin die Tatsachen wie nebenbei einstreut. Für mich bedeutet die geschlossene Station keinen Schutz. Ich bin auf dem Weg ins Gefängnis. Wie rapide ich ins Bodenlose gefallen bin! War es das schon, was das Leben für mich bereit gehalten hat?

Plötzlich legt sich eine Hand auf meine Schulter. Ich wirbele erschrocken herum. Vor mir steht Dr. Freytag und sieht mich aus zusammengepressten Augen an. Ich dachte, sie sei schon längst nach Hause gegangen. Schließlich ist Samstag, und sie hat eigentlich frei. Sie ist nur meinetwegen zurück auf die Station gekommen. Wegen meines furchtbaren Wutanfalls. Wobei wir uns ja inzwischen einig waren, dass ich ein Recht auf meine Wut habe.

»Frau Dr. Freytag, darf ich Ihnen meine Familie vorstellen?« Ich springe auf. »Das ist mein Ehemann, Nicolai. Meine Schwägerin Maya und meine Tochter Luna.« Ich bin so aufgeregt, dass ich vergesse, die Nachnamen zu nennen. Valentina sieht darüber hinweg, gibt Nicolai und Maya die Hand und beugt sich zu Luna herunter.

»Ich freue mich, dich kennenzulernen.«

Luna lächelt. Sie zeigt auf die langen blonden Haare der Ärztin und meint anerkennend: »Wenn ich groß bin, hat mir Tante Maya versprochen, darf ich auch so lange Haare haben. Die von Mami sind gar nicht mehr schön.«

Die Ärztin richtet sich auf, und ich versuche, die Stimmung aufzulockern: »Sie merken, Haare sind ein Thema im Leben meiner Familie.«

»Sie müssen zurück auf die Station«, erwidert sie kühl.

»Die halbe Stunde ist noch nicht rum ...« Ich unterbreche mich. Ich sehe der Ärztin an, dass sie weiß, dass ich Pernilles Unwissenheit ausgenutzt habe. Sie hat Thomsens Verbot nicht vergessen. Ich ahne, dass Pernille Ärger bekommen wird. »Klar, wir haben unseren Kuchen aufgegessen. Ich melde mich sofort auf der Station.«

Sie nickt uns zu und dreht sich um, als Nicolai das erste Wort spricht.

»Ich werde Leila sofort auf die Station zurückbringen. Entschuldigen Sie die Unannehmlichkeiten.« Er lächelt charmant. Seine Stimme ist jedoch eine Nuance dunkler, als er fortfährt. »Wir haben uns mit einem Anwalt beraten. Leila wird keine Aussage in ihrem Fall machen. Nichts, kein Wort, verstehen Sie? Das ist das Beste für Leila.«

Valentina kneift erneut die Augen zusammen und sieht ihn genauso fragend an wie ich. Bislang hat Nicolai nicht mit mir über einen Anwalt gesprochen. Genau genommen hat er gar nicht gesprochen.

»Leila wird kein Wort mehr sagen. Und sie wird auch keine Therapie erhalten. Das schadet ihrer Verteidigung vor Gericht.«

Ich öffne meinen Mund, um zu protestieren: »Das ist doch wohl ...«

Er unterbricht mich, starrt mich an, ohne zu blinzeln.

»Ich verbiete meiner Frau, mit Ärzten zu sprechen. Und meine Frau wird sich daran halten.«

27.

Eine halbe Stunde später bin ich noch immer erbost. Valentina hat Nicolai abblitzen lassen und mich ermahnt, sofort auf die Station zurückzukehren. Sie hat damit verhindert, dass ich Nicolai an die Gurgel gegangen bin.

»Er verbietet mir die Therapie!« Ich lache bitter auf. »Selbst wenn er das mit dem Anwalt besprochen hat, muss er doch erst mit mir reden«, echauffiere ich mich.

»Er meint es nur gut«, erwidert Maya, die geblieben ist. »Er sucht nach einem Weg, dich hier rauszuholen!«

Nicolai ist mit Luna abgezogen, ohne mich eines weiteren Blickes zu würdigen. Luna hat geweint, und mir hat es das Herz zerrissen, als sie mit tränenerstickter Stimme versprochen hat, mich bald wieder zu besuchen. Als ob sie Schuld daran hätte, dass ihre Mami in der Irrenanstalt sitzt. Nein, es ist einzig und allein mein Verschulden, meiner Kleinen solchen Kummer zu bereiten.

»Er ist verzweifelt und hat keinen blassen Schimmer, wie er damit umgehen soll. Du kennst ihn. Er meint es nicht so.«

»Hör auf, ihn in Schutz zu nehmen. Er spricht hinter meinem Rücken statt mit mir. Ich halte das nicht aus.«

Wir sitzen uns gegenüber auf den Betten meines Zimmers. Hanne stromert auf der Station herum, worüber ich froh bin, denn ich habe im Moment keine Kraft, mich auf sie einzulassen.

»Was sagst du da?«, fragt Maya. »Das ist ein bisschen paranoid, findest du nicht?«

Ich stocke, weil das Kloßgefühl in meinem Hals immer größer wird.

Dabei hatte ich angefangen, mich der Therapeutin zu öffnen, begonnen, meine Gefühle zu ergründen, damit ich mich erinnere. Das ist schwer genug. Nun funkt mir Nicolai dazwischen. Aber, schießt mir ein ketzerischer Gedanke durch den Kopf, ich halte mich nicht daran. Ich kann zur Abwechslung versuchen, dem mächtigen Nicolai die Stirn zu bieten. Ist vielleicht nicht die beste Situation, um den Aufstand zu proben, aber schlimmer kann es nicht mehr werden.

»Ihr verpasst mir einen Maulkorb, ohne mich zu fragen.«

»Jetzt hör aber auf. So etwas würden wir nie tun! So ein Unsinn.«

Habe ich mich derartig verhört?

»Ich finde, Nicolai hat gar nicht so unrecht«, fährt Maya fort. »Du bist hier in einer ... sagen wir ... prekären Umgebung ... Eine richtige Therapie bekommst du nicht. Träume analysieren. Das klingt nicht, als könnte das vor Gericht hilfreich sein. Es ist besser, wenn du schweigst und alles andere deinem Anwalt überlässt.«

Wenn Maya es so ausspricht, hört es sich nicht mehr so ungerecht an, mein Widerstand erlahmt.

»Ich brauche eure Hilfe. Ich schaff das nicht allein. Ich hab geträumt, einen Mann zu erstechen. Ich weiß nicht, ob ich die Mörderin von Marius bin, aber meine Therapeutin meint ...«

»Was?«, unterbricht mit Maya entsetzt. »Du hast geträumt, ihn zu töten? So etwas träumt man doch nicht, wenn da nicht ein Körnchen Wahrheit… Oh Gott, das darfst du niemanden erzählen, bist du wahnsinnig?«

«Meine Therapeutin meint, ich muss damit leben lernen.«

»Na, die Tante ist gut. Ist ja nicht ihr Leben, was sie hinter Gittern verbringt.« Maya seufzt. »Es ist alles so verfahren, weil du dich an nichts erinnerst. Stimmt doch, oder?«

Ich nicke.

»Nehmen wir mal an, deine Erinnerung kehrt nicht zurück, die Polizei bringt dich vor Gericht, und du wirst verurteilt. Ist es nicht besser, du bist ein bisschen meschugge und wirst in die Psychiatrie eingewiesen, als dass du im Gefängnis landest?« Mayas Stimme bricht fast vor Entsetzen.

Ich bin ihr dankbar, dass sie die Einzige ist, mit der ich dieses Katastrophenszenario einmal zu Ende denken darf. »Ja, das stimmt. Psychiatrie ist besser als Gefängnis.«

»Dann ist es von Vorteil, sich nicht in die Therapie einzubringen. Sich merkwürdig zu benehmen. Du kannst ja sagen, du hättest dir die Haare selbst abgeschnitten.«

Ich zögere. Denke nach. Habe ich mir die Haare selbst abgeraspelt? Ich dachte, ich hätte geschlafen. Aber was, wenn mein krankes Hirn auch diese Episode vergessen hat?

»Ich weiß nicht mehr, was ich glauben soll. Ich fürchte mich beinahe vor mir selbst. Aber ich frage mich, welchen Grund ich hätte, Marius zu töten? Ich vermisse ihn. Mehr, als du dir vorstellen kannst. Das darfst du Nicolai nicht erzählen, versprich es.«

Maya reißt die Augen auf. »Das hast du mir nie erzählt. Ich hatte keine Ahnung.«

Sie klingt in meinen Ohren ein wenig quengelig. Ja, ich habe Geheimnisse vor meiner besten Freundin. Hat Marius das bewirkt? Ich habe eigene Entscheidungen getroffen. Zum Beispiel die Entscheidung, dass ich den Segen meiner besten Freundin und Schwägerin nicht brauche.

»Ich habe mit niemandem darüber gesprochen. Meine Musik und die Gefühle für Marius habe ich gehütet wie einen Schatz.« Ich stocke. Soll ich mich Maya anvertrauen? Jetzt, wo alles zu spät ist? Wo der Mann tot ist, mit dem ich eine Freiheit gefunden habe, die ich noch nie in meinem Leben hatte. Die Freiheit, alles zu denken und zu fühlen, was mir in den Sinn kam. Dafür nicht belächelt zu werden, mich nicht mehr unzulänglich zu fühlen, sondern kreativ und stark. »Mit ihm habe ich mich mutig gefühlt, habe in meinen Liedern Gefühle beschrieben, über die du wahrscheinlich lächelst. Ich habe vor Lebensfreude förmlich vibriert. Ich wollte nicht, dass irgendjemand das in Frage stellt. Und du hättest es Dorian erzählt. Und Dorian hätte sicher seinem Bruder einen Tipp gegeben. Ihr wärt alle in Loyalitätskonflikte gekommen. Das wollte ich nicht.«

»Ach, Süße!« Maya steht auf und kommt zu mir herüber. Als sie ihre tröstlichen Arme um mich legt, fange ich an zu weinen und beruhige mich lange nicht.

»Ich konnte Nicolai nicht verlassen«, schluchze ich. »Er ist Lunas Vater. Vielleicht haben Marius und ich uns deshalb gestritten und ...«

»Lass gut sein. Besser, die Erinnerungen bleiben dort, wo sie sicher sind. Du kannst nichts erzwingen.«

Ich bin ihr dankbar, dass sie mich versteht.

»Und wenn du dich nicht erinnerst, kann dich niemand verurteilen. Du wirst sehen, Nicolai regelt das schon. Weißt du, ich glaube, du solltest weniger an deiner Erinnerung als vielmehr daran arbeiten, über seinen Tod hinwegzukommen. Du musst um ihn trauern, damit du ihn loslassen und ganz zu Nicolai zurückkehren kannst. Kann ich dir dabei helfen?«

Nein, sie versteht mich nicht. Sie traut sich nicht einmal, seinen Namen auszusprechen. Marius. Ja, ich trauere um ihn, aber nein, ich will ihn nicht loslassen.

Nichts davon offenbare ich ihr, sondern nicke artig.

Sie streichelt mir über die kurzen Haare. »Du siehst aus wie ein junger Mann! Du bist ja nicht mal geschminkt.«

Ich lächle unter Tränen. Ja, ich habe mich verändert. In wenigen Tagen bin ich eine andere geworden. Nicht nur äußerlich. Und sicher nicht so, wie sie annimmt.

»Weißt du was, ich will mich ab sofort auch wie ein Mann benehmen. Und jetzt habe ich Hunger und Durst. Ich will ... was mögen Männer am liebsten?«

Maya zuckt mit den Schultern und sieht mich verständnislos an.

»Pizza. Wir bestellen uns Pizza. Und Bier. Was meinst du?«

»Ich glaube kaum, dass du hier eine Pizza ordern kannst, Liebes. Du wirst mit einer Käsestulle vorliebnehmen müssen.«

In diesem Moment öffnet sich die Zimmertür, und Hanne schiebt mit ihrem Rollator herein. Benjamin folgt ihr auf den Fersen.

»Ihr kommt im richtigen Moment. Wir wollen uns eine Pizza bestellen. Habt ihr Lust?«

Benjamin strahlt. »Scharf. Die mit Peperoni. Extra Large. Und Bier!«

»Guter Mann, ich beneide dich. Du weißt sofort, was du willst. Von dir kann ich noch viel lernen. Hanne?«

»So eine Dingsda habe ich seit Jahrzehnten nicht mehr gegessen. Ich mag Grünkohl ... und Gummibärchen liebe ich.« Sie zögert. »Ich nehme eine mit allem Pipapo.«

»Also, einmal Peperoni und Maya die vegetarische? Hanne bekommt die Speziale.«

Hanne strahlt. Maya steht wie festgewachsen an meinem Bett. Vermutlich argwöhnt sie, dass ich total plemplem bin und für die normale Menschheit verloren.

»Kannst du mir dein Handy leihen?«, frage ich sie euphorisch. Diesmal wird mich niemand aufhalten.

»Was ist mit deinem Handy?«

»Das haben sie einkassiert. Wir bekommen es nur einmal täglich für eine Medienstunde.« Ich rolle mit den Augen, um klarzumachen, wie ich diese Regelung finde. Gleichzeitig halte ich ihr ungeduldig meine Handfläche hin.

Sie seufzt, gräbt in ihrer Handtasche und reicht mir ihr Handy.

Ich wähle die Nummer unseres Pizzalieferanten und erkläre, dass ich die Pizza nicht nach Hause geliefert bekommen möchte, sondern gebe die neue Anschrift durch. Am anderen Ende der Leitung knistert es in der nachfolgenden Stille.

»Stellen Sie sich nicht an, auch Spinnerte wollen essen.«

Das scheint dem Mädchen am Telefon einzuleuchten. Sie fragt die Bestellung ab.

Ich gebe auf, was wir besprochen haben. »Alle vier Pizzen Extra Large, bitte!« Wer weiß, welche Patienten sich zu uns gesellen, wenn erst die leckeren Düfte über die Station wehen. »Und zwei Sixpack Bier. Ja, genau, Dreiviertel-stunde? Prima.«

Ich lege auf und bin zufrieden. »Kannst du mir ein paar Euro leihen? Du bekommst sie wieder, versprochen. Nicolai hat mir zwar Kleidung und Toilettenartikel gebracht, aber kein Geld. Typisch.«

Maya nimmt ihr Handy zurück und greift in ihr Portemonnaie. Als ich ihr zwei Fünfzig-Euro-Scheine aus der Hand nehmen will, lässt sie nicht los.

»Bist du sicher?«

»Absolut. Lass mich nur machen.«

Ich fühle mich tatendurstig. Ich will kämpfen. Ich will keine Kompromisse mehr. Ich tue nicht mehr das, was andere von mir erwarten. Es ist Samstagabend, und ich will Pizza und Bier. Verdammt, noch bin ich nicht im Gefängnis.

Ich stürme vor zum Dienstzimmer und klopfe an die Tür. Pernille öffnet und lächelt mich säuerlich an.

»Na, was gibt's?«

»Gleich kommt ein netter Bote und bringt uns unser Abendessen. Können Sie ihn bitte hereinlassen und bezahlen? Oder meinetwegen auch vor der Tür bezahlen und nicht hereinlassen. Egal.«

»Ein Bote? Essen? Leila, wovon reden Sie?«

»Ich habe Hunger. Ich habe Pizzen bestellt, und hier ist das Geld für den Boten. Gibt es ein Problem? Ist Pizza in der Psychiatrie verboten? Sie können ja den Karton durchsuchen und den Belag nach versteckten Waffen oder Drogen durchwühlen. Aber wir wollen den Samstagabend mit Pizza verbringen.« Ich möchte singen, in diesem winzigen Moment Normalität.

Hinter Pernille kommt der Nachtpfleger an die Tür. Er hat unser Gespräch offenbar mit angehört. »Was ist drauf auf eurer Pizza?«

Pernilles Blick spricht Bände.

»Na ja, ist doch 'ne geile Idee. Ich kenne keine Regel der Hausordnung, die Pizza verbietet.«

Zur Belohnung für die Unterstützung bekommt er mein schönstes Lächeln.

»Ich rufe Sie, wenn der Bote kommt. Bezahlen müssen Sie ihn selber«, sagt Pernille steif. Sie ist böse auf mich, weil ich ihr nicht gesagt habe, dass ich die Station nicht verlassen darf. Und jetzt will ich schon wieder eine Extrawurst. Wahrscheinlich ruft sie Valentina an, um sie um Erlaubnis zu fragen.

Ich bin auf dem Weg zurück zum Zimmer, als hinter mir eine Tür geknallt wird. Friederike kommt schreiend den Gang hinuntergelaufen, direkt auf das Dienstzimmer zu. Ihre unartikulierten Laute stehen meinen von heute Morgen in der Phonzahl in nichts nach. Elektrisiert bleibe ich stehen. Was ist passiert? Maya steckt den Kopf aus meinem Zimmer und sieht mich fragend an. Ich kann nur mit den Schultern zucken.

Friederike ist derweil bei Pernille angekommen und wedelt mit einem Stück Papier vor ihr herum. Sie lässt sich nicht beruhigen.

Benjamin ist hinter Maya auf den Gang getreten. »Hat sie wieder einen Brief bekommen?«, fragt er.

Mir dämmert es. Die Briefe. Die Briefe der Frau, die angeblich eine Affäre mit ihrem Mann hat. Hat sie Post bekommen? Abends? Hat ihr Mann sie gebracht? Oder hat sie sich selbst einen Brief geschrieben? So oder so, die rote Lola ist vollkommen außer sich. Sie springt gegen die Plexiglasscheiben des Dienstzimmers und wird zur Raubkatze.

Ich zucke zurück. So etwas habe ich noch nie gesehen. Sie wird sich verletzen, wenn sie nicht aufhört.

Wortwechsel der Pfleger donnern durch den Gang. Atemlose Schreie der Mitpatienten. Und Friederikes verzweifelte Hilferufe.

»Bitte, Friederike ...«, höre ich mich betteln. Ich halte es nicht aus. Im gleichen Moment schlägt ihr Kopf krachend gegen die Plexiglasscheibe.

»Bitte, Friederike ...«, äfft sie mich nach. »Du bist schuld, du zerstörst alles.«

Perplex verstumme ich. Ich kann nicht sagen warum, aber ihr Vorwurf trifft mich bis ins Mark. Ich zerstöre alles ... Stimmt das?

Die Tür der Station fliegt auf, und drei Pfleger stürzen herein. Woher wussten sie Bescheid? Pernille!

Sie steuern auf Friederike zu und ringen sie zu Boden. Ich weiß, wie sie sich fühlt und habe Mitleid mit ihr. Das hat sie nicht verdient.

»Kann man sie nicht loslassen?«, flüstere ich.

»Sie wird für eine halbe Stunde fixiert«, flüstert Benjamin zurück, der hinter mich getreten ist und mich sanft zurückzieht, damit ich dem Kampf nicht zu nahe komme. »Sie lässt sich nicht anders zur Ruhe bringen. Wir hatten das schon ein paarmal.« Er seufzt. »Wir hoffen alle, dass ihre Medikamente anschlagen. Nun nimmt sie endlich das Olanzapin, und nix bessert sich. Auch doof.«

Ich habe keinen Appetit mehr. Die Pizza-Idee war blöd. Völlig überzogen angesichts der Nöte auf dieser Station. Es ist eben kein normaler Samstagabend. Wird es in diesem Umfeld nie sein.

Und wie zur Bestätigung klingelt es kurze Zeit später an der Stationstür.

Pernille kommt aus dem Dienstzimmer. »Leila, Ihre Pizzen. Haben Sie das Geld?«

Ich reagiere nicht. Soll ich? Benjamin stößt mich an. »Los jetzt, sei kein Spielverderber. Die rote Lola beruhigt sich schon.«

Ich gehe mit Pernille zur Tür und nehme die vier Pizzakartons in Empfang. Als der Bote mir die beiden Sixpack in die Hand drücken will, reicht ein kurzer Blick zu Pernille, und ich beschwichtige. Er könne das Bier behalten. Als Trinkgeld. Ich bezahle die Rechnung und lege noch richtiges Trinkgeld obendrauf.

Mit gesenktem Kopf schleiche ich zurück in mein Zimmer. Mein Elan ist verpufft. Hanne legt fein säuberlich abgetrennte Bahnen von Klopapier auf das Bett.

Sie steht etwas ratlos daneben und begutachtet ihr Werk.

»Was tue ich hier?«, fragt sie und hat Tränen in den Augen.

»Hanne, du hast den Tisch gedeckt. Danke! Und nun lass uns die Pizza genießen!«

Wir setzen uns auf die Betten und machen uns über unsere Pizzen her. Keiner von uns wird es schaffen, eine Extra-Large-Pizza aufzuessen, aber es ist herrlich, richtig zulangen zu können. Der Duft nach gebackenem Teig und geschmolzenem Käse lässt meinen Magen knurren. Nach der emotionalen Achterbahnfahrt des Tages genieße ich es, Pizza mit Broccoli, Rindfleisch und Sauce hollandaise in mich hineinzustopfen. Eine Zeitlang ist seliges Schmatzen zu hören. Nur Maya isst mit spitzen Fingern, damit kein Öl auf ihre Seidenbluse tropft.

Sie ist es, die als Erste den Karton zur Seite schiebt und sich die Hände an dem Klopapier reinigt.

»Warum bist du hier?«, wendet sie sich an Benjamin. »Du wirkst so ... gesund. Wann kommst du raus?«

Benjamin lächelt. »Ich komme nicht raus.«

Mayas Augenbraue zuckt ungläubig nach oben.

»Ich bin freiwillig hier«, ergänzt er.

Das höre ich zum ersten Mal. Wieder etwas, was ich nicht erfragt habe.

»Warum um alles in der Welt bist du freiwillig an diesem Ort?«

Maya bekommt sich vor Entsetzen nicht ein.

»Ich habe zwei ...« Er zögert. »... zwei Mal versucht, mir das Leben zu nehmen. Ich hab es versemmelt. Irgendwann habe ich begriffen, dass ich mein Leben entweder ernsthaft beenden muss oder in Therapie gehe. Beim dritten Mal habe ich mir richtig Mühe gegeben und mir eine Plastiktüte über den Kopf gezogen, nachdem ich mir die Pulsadern aufgeschnitten habe.« Er rafft seinen Ärmel, damit wir die Narben sehen. »Und dann bringt mir meine Frau zufällig an diesem Tag meine Post in der neuen Wohnung vorbei und findet mich. Ein Fiasko. Sie war echt bedient.« Sein Lächeln erreicht nicht seine Augen. »Da ich mir selbst nicht über den Weg traue, bin ich hier ganz gut aufgehoben.«

»Oh mein Gott! Drei Mal?«, stottere ich. »Davon hast du nichts erzählt.«

Er zuckt mit den Schultern.

»Vier Mal«, wirft Hanne ein, als ob es um einen Rekord geht.

»Ach! Das kannst du dir merken?«, neckt Benjamin sie. »Na gut, einen Versuch hab ich hier auf Station unternommen. Aber das ist Wochen her.«

Mayas Bestürzung ist ihr deutlich anzumerken. Sie findet vermutlich unsere Art, über eigene Abgründe zu sprechen, abstoßend. Sie seufzt und kaut an ihrer Lippe.

»Leila, überleg dir gut, was Nicolai dir vorgeschlagen hat. Du könntest damit dem Gefängnis entgehen.« Sie wedelt unbestimmt mit der Hand. »Und hierbleiben.«

Hanne und Benjamin haben aufgehört zu essen. Hanne hält ein Stück Pizza auf halbem Weg zum Mund in der Hand und wartet auf eine Erklärung.

Ich überlege, ob ich die beiden einweihen soll. Warum nicht, wir sitzen alle im gleichen Boot. »Mein Mann findet, ich sollte keine Therapie machen. Er hat mit unserem Anwalt gesprochen. Meine Familie glaubt, ich hätte meinen Freund getötet.«

28.

Am übernächsten Tag sitze ich im Sessel in Valentinas Büro. Nicht im Krankenhaushemdchen, wie vor ein paar Tagen, sondern in meiner Lieblingsjeans und einer Strickjacke. Sie sitzt mir gegenüber, in schwarzer Stoffhose und hellgrauem Kaschmirpullover, und sieht mich auffordernd an. Ihr Lächeln ist schmal, ihre Augen erscheinen mir müde.

»Sind Sie noch nicht ausgeschlafen?«, witzele ich, um meine Anspannung zu verbergen. Meine Nerven liegen blank. Ich habe den Sonntag damit zugebracht, über Benjamins Worte nachzudenken, dass Täter sich nicht schuldig fühlen. Ich bin nicht sicher, ob er recht hat, denn ich fühle mich schuldig an Marius' Tod. Nur warum?

Benjamin hat mir auch geholfen, Informationen aus dem Internet zusammenzutragen und zu rekonstruieren, was die Presse über den Mord geschrieben hat. Nun sitze ich hier, um Valentina von meinen gesammelten Erkenntnissen zu berichten. Ich werde Nicolai nicht gehorchen, seinen Rat nicht annehmen. Ich möchte mich Valentina öffnen. Ich habe verstanden, dass ich Hilfe brauche. Ich brauche Hilfe für meine Psyche. Danach brauche ich Hilfe im Gerichtssaal. Ich werde Nicolai nichts davon erzählen. Auf eine Lüge mehr oder weniger kommt es nicht mehr an.

Sie zieht eine Augenbraue hoch, hat mein Ablenkungsmanöver sofort durchschaut.

»Ich bin ganz für Sie da.«

Okay, das war distanzlos. Aber es fällt mir schwer, gleich ans Eingemachte zu gehen. Die Einsichten des Sonntags werden mein ganzes Leben verändern, und ich denke, es ist nicht zu viel verlangt, um ein bisschen Aufschub zu betteln. Im Gegensatz zu ihr habe ich keine Erfahrung mit Psychotherapie, Psychiatrie und Konsorten.

»Mein Mann möchte, dass ich meine Zunge im Zaum halte. Er hat mir den Mund verboten. Ich habe beschlossen, mich nicht an die Strategie seines Anwalts zu halten. Aber ich bin nicht so mutig, wie es sich anhört. Er darf nichts von unseren Therapiesitzungen erfahren. Er soll nicht wissen, dass ich jetzt erst recht meiner Erinnerung auf die Spur kommen will.« Ich flehe: »Sie haben doch Schweigepflicht, oder?«

Valentina zeigt keine Regung. Dann nickt sie. Wir haben eine Vereinbarung. Gut. Der erste Teil ist geschafft. Ich brauche mein Leben zurück. Wenn das Erinnern dazugehört, muss es sein.

Ich habe alles gelesen, was in den Zeitungen über den Mord stand. Ich habe den Text über meine Symptomatik gelesen, den Valentina mir gegeben hat. Ich habe aufgeschrieben, was mir zu meinem Traum eingefallen ist. Ich habe mir wirklich Mühe gegeben.

»Ich habe über meinen Traum nachgedacht.« Okay, direkt ins kalte Wasser. »Jemand tötet in meinem Traum einen Mann. Ich denke, ich bin die Täterin, und Marius ist das Opfer. Das erkläre ich mir ganz simpel. Ich habe einen… wie haben Sie das genannt… Tagesrest geträumt…«, es ist schwerer, es auszusprechen, als es zu denken. »…was bedeutet, dass ich eine Mörderin bin.«

»Hmm?«

Ist das eine Frage? Oder ist sie meiner Meinung und will es nur nicht bestätigen? Ich pruste die angehaltene Luft aus.

»Kommen wir von meinem Traum zur Realität. Die Polizei hat mir erzählt, dass Marius geschlafen hat. Ich meine, in der Nacht. Der Tatnacht.« Es ist erstaunlich, wie oft ich diese Gedanken vor mich hin memoriert habe und wie schwer es mir trotzdem fällt, sie auszusprechen. »Er lag friedlich in seinem Bett, als jemand mit einem Schlüssel die Wohnung betrat. Unter anderem deshalb nimmt die Polizei an, dass ich die Täterin bin. Weil ich einen Schlüssel zur Wohnung besitze.« Was ich dem Kommissar verschwiegen habe.

»Hmm.«

Diesmal das psychotherapeutische Brummen ohne Fragezeichen.

»Die Zeitungen haben das geschrieben. Sie müssen mir nichts glauben. Sie können alles in den Zeitungsarchiven nachlesen. Ich habe den halben Sonntag recherchiert. Marius hat im Bett gelegen und geschlafen. Er hat nicht gehört, wie jemand in die Wohnung kam. Wer, außer mir, sollte sich ihm so nähern können?«

»Ich glaube Ihnen«, sagt sie, und ihr Blick ist wärmend. »Sie sind verändert heute Morgen. Ihre Körpersprache und Ihr Tonfall sind energisch. Sie wirken entschlossen. Das gefällt mir.«

Für Lob habe ich jetzt wenig Sinn. Ich will es hinter mich bringen. Sie soll mir sagen, was sie von der ganzen Geschichte hält. Ich habe ein verdammt mieses Wochenende hinter mir. In der einen Medienstunde, die uns am Tag erlaubt ist, bin ich mit Benjamin ins Internet gegangen, und wir haben in der Presse alles nachgelesen, was über den Mord zu finden war. Ich habe stundenlang geheult, und Benjamin war zum ersten Mal sprachlos. Das war sogar für diesen Adrenalinjunkie eine Nummer zu groß. Er hat nur einen Satz gesagt: »Ach du Scheiße.« Nicht sehr eloquent, aber passend.

»Leila, ich kann nur ahnen, wie schwer es für Sie sein muss, darüber zu sprechen. Das Wiedererleben, das Aussprechen der Ereignisse gehört zum gesunden Verarbeitungsprozess und hilft Ihnen, sich den tatsächlichen Ereignissen zu nähern. Aber wir müssen behutsam an Ihre Erinnerungen herankommen. Sie können es nicht übers Knie brechen.«

Ich übersetze das frei in: Lassen Sie sich Zeit.

Ich berichte ihr, dass die Zeitungen geschrieben haben, dass der Täter immer wieder auf Marius eingestochen hat.

»Ich weiß nicht, ob er die Arme hochgerissen und versucht hat, die Stiche abzuwehren. Ich weiß nicht, ob er gesehen hat, wie die Hand des Mörders über seinem Kopf ausholte, um mit Wucht auf ihn herunterzusausen.« Meine Stimme wird immer leiser. »Aber ich weiß, dass er den Schmerz gespürt hat. Ich weiß das, denn ich habe einen ähnlichen Schmerz erlebt, als Thomsen mich gehalten hat. Da war ich Marius wieder nah.«

»Langsam, Leila. Stopp.«

Ich habe nicht gemerkt, wie mir die Tränen gekommen sind. Meine Nase schwillt zu, und mein Gesicht ist tränennass. Ich reibe mir die Augen.

»Der Schmerz hat uns vereint.« Ich lächele Valentina an und hoffe, dass sie versteht.

»Leila, nehmen Sie sich ein Taschentuch, putzen Sie

sich die Nase. Und stehen Sie bitte kurz aus dem Sessel auf. Kommen Sie, aufstehen!«

Was ist los? Warum soll ich aufstehen? Gefällt ihr meine Zusammenfassung nicht?

»Sie sind kurz davor abzudriften. Verlangen Sie nicht zu viel von sich. Sammeln Sie sich bitte, beruhigen Sie sich, dann können Sie weitersprechen.«

Sie steht ebenfalls auf und öffnet das Fenster. Kalte, frische Luft strömt herein. Es tut verdammt gut. Ich atme ein und aus. Wir wandern im Raum umher. Nach einer Weile tragen mich meine Beine wie von alleine zurück in den Sessel. Valentina schließt das Fenster. Ich möchte weitermachen.

»Der Täter verlässt die Wohnung. Er lässt Marius zum Sterben auf seinem Bett liegen. Er nimmt sein Handy vom Nachttisch und macht sich nicht die Mühe, die Wohnungstür zuzuziehen.« Er war davon ausgegangen, dass Marius tot ist. Aber Marius kämpfte. »Er ist aufgewacht. Er muss furchtbare Schmerzen gehabt haben«, flüstere ich. »Er ist mit letzter Kraft aufgestanden und ins Treppenhaus. Er wollte Hilfe holen. Aber niemand hat ihm geholfen.«

Das ist etwas, was ich bis heute nicht in meinen Schädel bekomme. Warum hat keiner der Nachbarn die Polizei gerufen? Sind wir heutzutage so verroht, dass uns die Schreie eines Sterbenden kaltlassen? Oder leben wir in so großer Angst, dass wir mit allem nichts zu tun haben wollen und glauben, wenn wir nicht hinsehen, sieht uns auch niemand? Wie die drei Affen? Nichts sehen, nichts hören, nichts sagen. Und was ist, wenn man selbst derjenige ist, der Hilfe braucht? Ist es das, wovon ich geträumt habe? Dass es niemanden interessiert, wenn ich mitten auf der Straße einen Mann ersteche? Nur eine Taube kommt vorbei und lässt sich von mir wegscheuchen. Die Taube als Symbol für die Kälte der Menschen?

»In meinem Traum steche ich auf einen liegenden Mann ein.« Ich krame einen Zettel hervor, auf dem ich mir ein paar Notizen gemacht habe. »Ich habe in der letzten Medienstunde gegoogelt, was die Taube in meinem Traum bedeuten könnte. Und bin auf allerlei gestoßen.«

Wie ein Schulmädchen zähle ich meine Erkenntnisse auf. Dass es Brieftauben gibt, die Nachrichten transportieren, dass ich aber nicht die leiseste Ahnung habe, was meine Traum-Taube für eine Info hatte. Ginseng? Was soll das bloß heißen?

Dass weiße Tauben für den Frieden und Harmonie stehen, meine aber grau war, und von Harmonie kann man nicht sprechen. Dass es zugehen kann wie im Taubenschlag. Dass auf dem Boden laufende Tauben für neue Bekanntschaften stehen sollen und wer eine Taube in seinem Traum verscheucht, sich das Wohlwollen von Freunden verscherzt. Das könnte eher auf meinen Traum zutreffen. Dann habe ich gelesen, dass eine heranfliegende Taube für die Geburt einer Tochter steht. Ich bin nicht schwanger, das schließe ich aus. Und gurrende Tauben vermitteln einen Rat, dem man Folge leisten soll. Stand die Taube symbolisch für andere Menschen?

»Ich werde nicht schlau daraus. Was meinen Sie?«

Sie lässt sich Zeit mit der Antwort.

»Leila, Sie wechseln die Ebene. Wir sind wieder bei Ihrem Traum angelangt.«

Als ich nicht antworte, fährt sie fort.

»Ich kenne diese Interpretationen nicht. Ich kenne die

umfassende Traumsymbolik von Carl Gustav Jung nicht. Ich bezweifle, dass wir hier auf dem richtigen Weg sind. Ich weiß nur, dass es Ihre persönliche Interpretation sein muss. Ihre Assoziation zur Taube. Nichts, was man im Internet nachliest. Es geht um Ihre Gefühle. Gefühle sind subjektiv, sie sind ...«

Ich schluchze auf. Mein Kopf versteht nicht, was sie sagt, nur mein Bauch fühlt, was sie meint. In diesem Moment stürzen die Gefühle auf mich ein. Wie ein Güterzug über die Schienen donnern sie über mich hinweg. Aus dem Nichts. »Ich fühle, wie Marius versucht hat, seinem Mörder zu entkommen ...«, unterbreche ich sie. »Ich spüre die Panik, die von ihm Besitz ergriffen hat. Ich rieche seine Angst. Es tut ihm weh. Und gleichzeitig lässt der Schmerz ihn rasend werden.« Ich kann es nicht erklären, aber ich empfinde es, als läge *ich* dort in dem Bett. Und dieses Gefühl schnürt mir die Kehle zu. Ich empfinde, was er empfunden hat. Ich bin Marius.

Ich sinke tiefer in den Sessel, friere und schwitze gleichermaßen.

»Ruhig, Leila. Spüren Sie Ihre Arme auf der Sessellehne. Sie sind hier im Therapieraum in Sicherheit. Spannen Sie Ihre Hände zur Faust an und lassen Sie wieder locker. Sie brauchen mehr Kontrolle.«

»Marius' Kräfte schwinden.«

So war es. Ich sehe es vor meinem inneren Auge. Ich schmecke die Angst und den Hass in dem dunklen Schlafzimmer. Aus mir brechen laute Schluchzer heraus. Der Täter hat Marius sterbend liegen gelassen. Eine Weile lasse ich die Tränen hemmungslos aus mir herausströmen. Valentina reicht mir die Taschentuchbox.

»Woher wissen Sie, dass die Wohnungstür angelehnt war?«

Ich nehme ein Tuch, denke über die Frage nach. Putze mir die Nase.

»Am Samstag, nachdem mir die Haare abgeschnitten wurden, da hatte ich wieder dieses Kopfkino. Diesen Flashback. Ich stand im Flur von Marius' Wohnung. Wie soll ich sonst hereingekommen sein? Ich erinnere mich nicht, meinen Schlüssel benutzt zu haben.«

»Sie waren in der Tatnacht am Tatort?«

Ich schrecke entsetzt auf. Habe ich ihr gerade gesagt, ich sei am Tatort gewesen? Ja. Das habe ich. Es war ein Flashback. Jetzt ist es eine Erinnerung. Ich erinnere mich daran. Und ich hatte keinen Schlüssel dabei. Warum nicht?

»Oh Gott, ich war am Tatort! Ich erinnere mich.«

Mir kommen vor Entsetzen erneute Tränenströme. Ich gestehe einen Mord.

»Atmen Sie tief in den Bauch, Leila. Erzählen Sie, was Ihnen einfällt. Bewerten Sie Ihre Erinnerungen nicht.«

Ich beruhige mich nur langsam.

»Die Polizei hat gesagt, dass Marius nicht sofort tot war. Der Täter ist weg, und Marius ringt mit dem Leben. Er findet sein Handy nicht. Er besitzt keinen Festnetzanschluss. Er weiß, er braucht medizinische Hilfe. Er schleppt sich aus dem Bett, durch den Flur zur Wohnungstür. Die Nachbarn. Die Nachbarn müssen den Rettungswagen rufen. Die Nachbarn können helfen.« Ich bringe nur Stichworte heraus.

Valentina nickt mir zu.

»Er schwankt. Er hat entsetzliche Schmerzen. Er öffnet die Tür, wankt ins Treppenhaus. Es ist dunkel. Er hat keine

Kraft, den Lichtschalter zu suchen. Wankt zur nächsten Wohnungstür. Klingelt. Klopft. Ruft. Bitte, sie sollen aufmachen. Den Rettungswagen rufen. Die Polizei. Doch hinter der Tür rührt sich nichts. Hören sie ihn nicht? Er schiebt sich an der Wand vorwärts. Zur nächsten Tür. Es muss jemand da sein. Warum öffnet niemand auf seine verzweifelten Rufe?« Die Zeitungen haben Fotos der blutigen Spur im Treppenhaus abgedruckt.

Erneut mache ich eine Pause und atme durch. Zu grauenhaft ist die Vorstellung, wie Marius um sein Leben fleht. Mit der Hand gegen Türen schlägt. Mit letzter Kraft die Klingel drückt, und niemand öffnet.

»Dann hört er es. Jemand ist im Treppenhaus. Unten an der Haustür. Es geht kein Licht im Treppenhaus an. Wer kommt im Dunkeln die Treppe herauf?«

Das ist niemand aus dem Haus.

Die Nachbarn haben seine Rufe nicht gehört, aber sein Mörder.

Und der kommt zurück.

Sein Mörder kommt, um sein Werk zu vollenden.

Ich komme. Ich gehe in seine Wohnung.

Dann gehe ich Marius hinterher.

Ich bin sein Mörder.

29.

Valentina nimmt Taschentücher aus der Box, die zwischen uns auf dem Tischchen steht, und hält sie mir hin. Ich brauche sie alle.

Ich bohre die Nägel in meine Handflächen in der Hoffnung, dass der Schmerz das Bild vertreibt. Das Bild von Marius, den Gedanken an mich als Mörderin. Ich schlage die Hände vor die Augen und weine meine Verzweiflung hinaus.

Die Therapeutin hat vergessen, mir zu sagen, dass Erinnerungen nicht langsam und der Reihe nach kommen, sondern sich alle gleichzeitig auf mich stürzen.

»Marius torkelt durch das hintere Treppenhaus zum Parkplatz hinter dem Haus. Er flieht vor seinem Mörder, der hinter ihm herläuft. Das Blut fließt aus ihm heraus und legt eine Spur, der ich nur zu folgen brauche.« Mir entfährt ein hysterisches Keuchen. »Ich habe kein Erbarmen.«

»Ruhig. Atmen Sie.«

»Auf dem Parkplatz hole ich ihn ein. Marius liegt auf dem Boden.«

Valentina hebt die Hand und stoppt mich erneut. »Leila, Sie haben das halbe Wochenende in den Zeitungen gelesen. Sie sind hoch emotionalisiert. Wir Menschen sind anfällig für falsche Erinnerungen. Ich möchte nur sichergehen, dass Sie sich erinnern und nicht nur eine Geschichte erzählen, von der Sie glauben, es sei Ihre Erinnerung.«

»Was soll das? Meine Erinnerungen sind meine Erinnerungen. Die können nicht falsch sein. Worauf soll ich mich verlassen können, wenn man mir meine Erinnerungen nimmt?«

Valentina seufzt, bevor sie wie auf ein störrisches Kind einredet. »Erinnerungen sind so eine Sache. Wir beschönigen, wir verdrängen. Auch falsche Erinnerungen werden schnell zu etwas, von dem wir glauben, dass es so und nicht anders passiert ist. Falsche Erinnerungen dienen unserem Schutz, um tragische Ereignisse auszuhalten. Ich sage nicht, dass Sie Erinnerungsverfälschungen unterliegen, ich meine nur, wir müssen uns vortasten. Wir müssen unterscheiden, was Sie real erlebt haben und was Sie nur gelesen haben und in Ihrem Kopf als wahr abgespeichert haben.«

Ich schreie sie an. »Marius hat am Boden gelegen und sich nicht mehr gerührt. Wie in meinem Traum.« Meine Schläfen pochen unerträglich.

»Ich weiß, dass Sie leiden. Sie sind zu dicht dran.«

»Ich habe ihn getötet! Ich habe versucht, ihm mit der Schere den Hals aufzuschlitzen.«

Stille.

Endlich hat sie keine Einwände mehr. Ich verstehe diese Therapeuten nicht. Jetzt will ich endlich beichten, und sie bremst mich.

»Spielt die Musik in Ihrem Traum noch?«, fragt sie unvermittelt.

Ich raste aus. »Was interessiert mich die Scheißmusik? Ich kotze Ihnen die grauenhafteste Geschichte aller Geschichten auf den Tisch. Ich berichtete Ihnen von einem Mord, und Sie fragen nach der Musik aus meinem Traum?« Ich bekomme kaum Luft, so sehr regt mich diese Frage auf. »Begreift ihr Therapeuten irgendetwas?«

»Denken Sie nach. Ich versuche herauszufinden, ob es wirklich so war, denn Sie beschreiben die Tat analog zu Ihrem Traum. Jetzt möchte ich wissen: Spielt die Musik noch?«

30.

Ich gebe auf. Gegen diese Frau komme ich nicht an. Ich denke nach. Versuche, mich zu erinnern.

»Ja, die Musik spielt noch in meinem kranken Hirn.«

»Die Musik war es, die Sie und Marius verband. Die Musik ist das Traumsymbol für die Liebe zu ihm. Sie haben ihn geliebt. Sie haben nie aufgehört, ihn zu lieben. Sie sprechen in diesem Moment von Liebe. Sie sprechen nicht von Hass oder Mordlust.«

»Unsinn. Die Musik war voller Misstöne und brach dann ab.«

Valentina schaut mich nur an. Antwortet nicht. Noch so ein dämlicher Trick von Therapeuten. Nicht mehr antworten. Einem mit Schweigen auf die Nerven gehen. Warten, dass der Patient einknickt und als Erster die Stille bricht. Aber da ist sie bei mir falsch. Ich werde nicht darauf hereinfallen. Wie erwartet, tappe ich doch in die Falle.

Ich bin schwach. Sie ist stark.

»Ich weiß, wie Marius gelitten hat. Ich fühle die grausamen Schmerzen, die er ertragen hat. Und ich spüre die Todesangst, die ihn in den letzten Minuten begleitet hat. Er wusste, dass er sterben wird.«

»Wenn die Erinnerung einsetzt, ist der Schmerz am größten.«

Ich nicke. Ja, es fühlte sich an, als sterbe ich mit ihm zusammen auf dem grauen Asphalt.

»Sie haben ihn geliebt.«

»Ich habe ihm nie gesagt, wie wertvoll er für mich war.« Wie soll ich ihr erklären, wie es mir geht, ohne dass mein Verhalten gegenüber meinem Ehemann schäbig klingt? »Marius gilt mein erster Gedanke morgens und mein letzter abends.«

Ich erstarre. Könnte diese komische Ärztin recht haben?

Ich gestehe es mir ein. Ich bin verheiratet mit Nicolai, den ich einst liebte. Diese Liebe ist vergangen. Sie ist geschmolzen wie Eis im Sommer. Langsam und klebrig. Dann kam Marius. Er hat mein Herz erfüllt und mich etwas spüren lassen, von dem ich nicht wusste, dass ich es besitze: Selbstwertgefühl.

Nein, das hatte nichts mit Sex zu tun. Es war viel mehr.

Vier Tage vor dem Mord standen wir nach einem langen Vormittag im Tonstudio an der Elbe und sahen schweigend den Containerschiffen hinterher, die die Elbe rauf und runter fuhren. Es war ein lauer Herbsttag, und die Sonne funkelte auf dem Wasser.

Marius nahm mich in den Arm. Er hielt mich so umklammert, dass ich mich nicht bewegen konnte. Was ich auch nicht wollte. Ich legte meinen Kopf auf seine Schulter. Ich wartete auf seinen Kuss. Ich hob extra meinen Kopf an. Er sah mir in die Augen und beugte sich ein wenig näher. Aber er küsste mich nicht. Als ob er den Augenblick nicht zerstören wollte. Er flüsterte, dass ich wunderschön sei und er mich mutig, talentiert und zauberhaft finde.

Und ich genoss jedes seiner Worte, die für mich wertvoller waren als ein Kuss.

Ich kann Valentina nicht erzählen, dass ich manchmal nachts bei Marius geblieben bin, wenn Luna bei Maya schlief und Nicolai geschäftlich unterwegs war. Ich kann nicht über die Heimlichkeiten und Lügen Rechenschaft ablegen, mit denen ich meine Familie betrogen habe. Ich kann ihr nicht einmal erzählen, wie es sich anfühlte, mit Marius mitten in der Nacht Nudeln zu kochen, weil wir Hunger hatten. Wie wir durch den Park gelaufen sind und uns die Wasserspiele angesehen haben. Wie wir im Hafen Fischbrötchen gegessen und so getan haben, als wären wir Touristen. Dass ich mit ihm zum ersten Mal in meinem Leben bei einem Fußballspiel im Stadion gegrölt habe. Ich kann diese schönsten Momente meines Lebens nicht mit ihr teilen. Aber eines kann ich preisgeben.

»Er hat mich verändert. Er hat mir den Glauben an mich zurückgegeben. Er hat mir beigebracht, was Wertschätzung bedeutet.« Ich lächle Valentina an. Versteht sie meine Zusammenfassung? »Er hat mir das wertvollste Geschenk auf der ganzen Welt gemacht.« Und ich habe diese Gefühle und die Konsequenzen, die sich daraus ergeben, verdrängt. »Warum?«

»Warum Sie Marius geliebt haben?«

»Warum ich mich nicht offenbart habe? Warum kann ich mir nicht die schönsten Gefühle der Welt eingestehen? Ich hätte meinen Mann verlassen können, um mit Marius zusammenzuleben. Er wollte mit mir nach London ziehen. In die Metropole des Jazz. Ich bin sogar mit ihm nach London geflogen, um mir das Haus, das er für uns kaufen wollte, anzusehen. Er hatte Träume. Er hat gesagt, ich hätte die Chance, ein Star zu werden. *Wir* hätten eine Chance.« Ich schluchze auf. »Und ich habe mit ihm geträumt.«

»Nach London? Planten Sie die Trennung von Ihrem Ehemann?«

Ich schüttele den Kopf. »Ich bin entsetzlich feige. Ich hatte nicht die Kraft, mich aus der Beziehung zu Nicolai zu lösen.« Ich ekele mich vor mir. »Der Verrat an einem Freund ist schlimmer als der an einem Feind.« Das meine ich exakt so. Ich habe Marius verraten. Ich habe unendliche Schuld auf mich geladen. Mein Gewissen quält mich. Ich habe ihm nicht gesagt, wie positiv er mein Leben beeinflusst hat. Wie wichtig er für mich war. Ich habe mich nicht von meinem Ehemann getrennt. Wie hätte ich ihn verlassen können? Er ist der Vater meiner Tochter. Und trotzdem ... ich hätte es tun müssen. Ich habe uns alle belogen. Ich wünschte, ich könnte alles rückgängig machen und besser für uns sorgen.

»Wir haben uns nicht einmal voneinander verabschiedet. Wusste er, dass ich ihn liebe?« Ich flehe die Ärztin an, mir diese Frage zu beantworten. Sie weiß doch sonst immer alles.

Sie schweigt.

»Bin ich eine schlechte Mutter, weil ich meine Karriere im Kopf hatte?« Meine Gedanken überschlagen sich. »Ihre Intuition bei der ersten Visite war goldrichtig. Sie wollten keine Mörderin behandeln. Voilà, nun haben Sie eine vor sich sitzen.«

»Sie haben Marius geliebt, warum sollten Sie ihn töten?«

»Sagt man nicht, aus Liebe kann Hass werden?«

»Das sind beides intensive Gefühle. Aber Sie hassen Marius nicht. Sie fühlen sich elend, weil Sie glauben, Sie hätten ihn retten können.«

Wie? Ich habe nicht einmal einen Rettungswagen gerufen!

»In Ihrem Traum sprechen Sie mit der Taube?«

Ich erinnere mich nicht.

»Was sagt die Taube in Ihrem Traum zu Ihnen? Welchen Wortlaut benutzt die Taube?«

Ich starre sie an. Was will sie diesmal wissen?

»Was hat die Taube – was haben Sie zu sich selbst gesagt? Was hat Ihnen Ihr Unbewusstes mitgeteilt?«

31.

Bevor ich dazu komme, ihr zu antworten, klopft es an der Tür, und sie wird sofort geöffnet. Valentina zieht mürrisch die Augenbrauen zusammen, protestiert aber nicht.

Ich drehe mich um.

Hauptkommissar Thomsen schließt die Tür und stellt sich ungebeten zu uns. Er zieht seinen nassen Mantel nicht aus. Er sieht übernächtigt aus. Augenringe und eine blasse Hautfarbe zeugen von durchwachten Nächten. Nächte, die er genutzt hat, um mich hinter Gitter zu bringen?

Er kneift die Augen zusammen und betrachtet meinen Haarschnitt eine Spur zu lange. Soll er doch. Ich muss mich nicht erklären.

»Entschuldigen Sie die Störung, aber ich muss Frau Galayan sofort sprechen. Wenn Sie bitte mit hinauskommen?«

»Können wir nicht hierbleiben? Meine Ärztin…« Mir versagt die Stimme. Was hat Thomsen mir zu sagen?

Er setzt sich und zieht ein Tablet-PC aus seiner Tasche.

»Ich möchte Ihnen ein Überwachungsvideo zeigen.«

»Sie halten nicht viel von Höflichkeitsfloskeln?«, imitiert Valentina seinen knappen Tonfall. »Ich wünsche Ihnen einen guten Tag, bin aber wenig erfreut, dass Sie so mir nichts, dir nichts in meine Therapiestunde reinplatzen.«

Ich mag Valentinas Ironie. Aber der Blick aus Thomsens Augen sagt mir, dass es bitterernst ist. Was hat er herausgefunden?

Er öffnet sein Tablet und eine Datei darauf. Er dreht es zu mir und spielt das Video ab. Mir stockt das Herz.

Es ist Nacht. Die Straße vor Marius' Haus wird nur von den Straßenlaternen erleuchtet.

»Es sind Aufnahmen einer Überwachungskamera der Tankstelle vor seinem Haus«, flüstert Thomsen.

Mir schwindelt und ist speiübel. Ich lehne mich in Valentinas Sessel zurück und hoffe, dass ich mich nicht übergeben muss. Ich lege meine Hände über den Bauch. Halte mich und meine Wunde, die plötzlich brennt. Als ob das noch eine Rolle spielt.

Es ist vorbei. Aus der Traum. Mein Lebenstraum.

Ich muss mir nicht mehr überlegen, wie ich meiner Schuld gerecht werde, wie ich mich am besten auf die Therapie einlasse. Wieder habe ich so lange gezögert, bis andere über mich entschieden haben.

»Kann ich sehen, mit was Sie meine Patientin ungefragt konfrontieren?« Valentinas Stimme unterdrückt ihren Ärger nicht länger.

Thomsen dreht das Tablet in ihre Richtung und spielt die Datei erneut ab. So sieht Valentina, wie ich in meinem roten Kleid panisch die Straße hinunterlaufe, als wäre der Teufel hinter mir her. Auf Höhe der Tankstelle sieht man in der besseren Beleuchtung, dass ich blutverschmiert bin. Mein Kleid, die Hände, mein Gesicht.

Valentina sieht Thomsen fragend an.

»Das Blut auf Ihrem Kleid, Frau Galayan, ist das Blut des Opfers. Sie waren am Tatort. Sie sind blutverschmiert, und Sie laufen panisch davon. Wir haben Blut in Ihrem Auto gefunden. Sie sind damit vom Tatort nach Hause gefahren. Sie haben mich angelogen. Die ganze Zeit.«

Wenn ich nicht wüsste, dass er nur seine Arbeit macht, hätte ich in seine Stimme Enttäuschung hineininterpretiert. Aber das ist Wunschdenken. Er glaubt mir nicht, dass ich mich nicht erinnere. Er denkt, ich lüge. Es ist egal. Ich bin der Tat überführt. Sagt man das so? Ich sollte auf Nicolai hören und meinen Mund halten und den Anwalt für mich sprechen lassen.

»Sie waren nicht zu Hause, wie Sie ausgesagt haben, Frau Galayan. Sie waren bei Marius Hofer. Haben Sie sich mit ihm gestritten?«

»Hören Sie, Herr Kommissar. Meine Patientin ist nicht in der Verfassung, ein Verhör über sich ergehen zu lassen. Sie müssen warten, bis es ihr besser geht.«

»Wir haben die DNA von Frau Galayan auf der Leiche gefunden. Und die DNA des Opfers ist auf dem Kleid Ihrer Patientin. Sie hat kein Alibi. Sie hat den einzigen weiteren Schlüssel zur Tatwohnung, in die niemand eingebrochen ist. Wir haben haufenweise eindeutige Indizien, dass Ihre Patientin die Mörderin von Marius Hofer ist. Es reicht nicht zu beteuern, dass sie sich an nichts erinnert. Das ist eine reine Schutzbehauptung.«

Es wird stumm im Zimmer. Keine Worte mehr.

Es stürzen keine Wände ein, wenn das eigene Leben zusammenbricht. Im Gegenteil. Es geht still und leise in einem Büro zu Ende.

»Das kann alles anders gewesen sein. Warum sollte Leila das tun? Sie hat Marius Hofer geliebt.«

Sie sagt es fast triumphierend, so als müsste auch dem dämlichsten Kommissar klar werden, dass er sich eine andere Verdächtige suchen muss.

»Sie fragen nach dem Motiv? Frau Galayan, haben Sie

es Ihrer Therapeutin nicht erzählt? Waren Sie sehr schockiert, als Sie es an dem Tag erfahren haben? Wütend? Sie haben ihn geliebt? Das glaube ich Ihnen. Und Sie haben ihn gehasst für das, was er Ihnen angetan hat. Haben Sie ihn zur Rede gestellt? Hat er sich rausgewunden? Und Sie haben Ihrem Ärger freien Lauf gelassen. Wo sind Sie mit der Tatwaffe geblieben?«

»Wovon reden Sie?« Valentinas Stimme überschlägt sich. Sie kämpft für mich. Sie steht auf und hebt die Hände. »Schauen Sie sich sie an. Können Sie sich vorstellen, dass sie mit einer Schere auf ihren besten Freund einsticht und nicht nur einen geliebten Menschen, sondern ihren eigenen Lebenstraum vernichtet?«

Ich sitze nutzlos im Sessel und lasse die Wucht der Worte an mir abprallen.

Thomsen scheint ebenfalls von dem Ausbruch der Ärztin beeindruckt. Er kneift die Augen zusammen und starrt sie an.

»Sagen Sie das noch mal«, zischt er.

Die beiden liefern sich ein wahres Blickduell.

Valentina stemmt die Hände in die Hüften, aber Thomsen gewinnt.

»Sagen Sie das noch einmal«, wiederholt er beängstigend ruhig. »Haben Sie gerade gesagt, dass Ihre Patientin niemals mit einer Schere auf ihren Geliebten einstechen würde?«

Valentina nickt und sieht mich fragend an.

»Dass Marius Hofer mit einer Schere erstochen wurde und nicht mit einem Messer oder irgendeinem anderen Gegenstand, ist niemals an die Presse gegeben worden. Es ist nie bekannt geworden. Niemand weiß das. Es ist reines Täterwissen!«

Ich habe keine Stimme. Täterwissen?

»Die Polizei hat immer gesagt, dass jemand ihn *erstochen* hat. Wir haben nie veröffentlicht, womit Marius Hofer erstochen wurde. Die meisten Menschen gehen davon aus, dass es ein Messer war. Nur der Täter weiß, dass die Tatwaffe eine Schere ist.«

Valentina ist entgeistert. Aber nur kurz. Sie schüttelt den Kopf und lässt sich in ihren Sessel plumpsen. »Das kann Zufall sein. Frau Galayan hat kein Motiv.«

»Nein? Hat sie Ihnen nicht erzählt, was an dem Tag im Tonstudio vorgefallen ist?«

Ich schüttele verständnislos den Kopf. Wovon spricht der Mann?

»Ich rede davon, dass Marius Hofer vergessen hat, Frau Galayan zu beichten, dass aus der gemeinsamen Zukunft nichts wird. Er hat nicht erwähnt, dass er pleite ist! Total abgebrannt! Insolvent!«

Thomsen sieht mich aus traurigen Augen an.

»Und wer hat ihm das mitgeteilt? Wer hat angerufen, um Marius davon in Kenntnis zu setzen?«

Es scheint ihn Mühe zu kosten, mir die schlechten Nachrichten zu überbringen.

»Sie konnten nicht wissen, dass er verheiratet ist. Niemand wusste es. Der Tontechniker hat erzählt, wie perplex alle waren, als er den Anruf ins Studio durchstellte. Frau Hofer …«

Ich lächle steif.

»Sie hatten sich eine gemeinsame Zukunft ausgerechnet. Und Sie erfahren, dass er nur Ihr Geld will. Dass er verheiratet ist. Das war schäbig, nicht wahr? Er hat es geschickt vor Ihnen geheim gehalten. Wir haben mit der Ehefrau gesprochen. Sie weiß nichts von Ihnen. Und sie weiß nichts von London.«

Ich friere, obwohl mir heiß ist.

»Wie groß war der Schock, als plötzlich seine Ehefrau auftauchte?«

32.

»Leila Galayan, ich vollstrecke nun den Haftbefehl. Gegen Sie wird das Verfahren wegen Tötung zum Nachteil von Marius Huber eröffnet.«

»Das können Sie nicht.« Valentina hat sich gefangen, sie ist wieder ganz die autoritäre Psychiaterin. »Die Patientin kann nicht verlegt werden. Sie ist nach wie vor suizidal. Sehen Sie sich ihre Haare an. Frau Galayan hat sich im Rahmen einer präsuizidalen Handlung verstümmelt. Es besteht hohe Eigengefährdung, und damit ist sie haftunfähig.«

Oh Gott, wie ich sie bewundere. So kämpft man für seine Sache, für einen Menschen, für die eigene Überzeugung. Sie ist mir Vorbild für einen Charakterzug, den ich nie besessen habe. Ich muss mich endlich um mich kümmern. Ich habe es immer anderen überlassen. Das hört ab sofort auf!

Thomsen setzt zu einer Antwort an, aber Valentina lässt ihn nicht zu Wort kommen.

»Hören Sie, Herr Thomsen. Frau Galayan ist hier in der geschlossenen Abteilung. Sie kann nicht fliehen, sie kann nicht weg, sie kann nicht herausgeholt werden. Wenn Sie wollen, sprechen Sie ein Besuchsverbot aus. Sie kann hier nicht raus. Und auf ihre Suizidalität können wir besser aufpassen, als Sie es in der Haftanstalt können. Sie wollen keine tote Täterin, oder?« Sie hält nur Sekunden inne, dann macht sie ihm einen Vorschlag. »Geben Sie uns ein paar Tage für die Therapie. Wir machen Fortschritte. Leila arbeitet mit, ihre Erinnerungen kommen zurück. Sie stand unter Schock. Dissoziierte. All das bessert sich, seit sie hier ist. Wollen Sie das gefährden? Bald kann sie Ihnen schildern, was in der Tatnacht geschehen ist.«

»Das kann ich nicht entscheiden. Ich telefoniere mit der Staatsanwaltschaft. Die hat das letzte Wort.«

»Tun Sie das. Ermitteln Sie auch gegen andere Verdächtige? Neider aus der Musikbranche? Gekränkte Künstler? Die betrogene Ehefrau? Die hätte ein viel stärkeres Motiv als Leila.«

Wie ich Valentinas Mut bewundere. Sie gibt nicht auf. Es ist regelrecht stoisch, wie sie Thomsen bedrängt, damit er endlich nachgibt. Sie kämpft für mich wie eine Löwin. Erneut streift mich der Gedanke: Warum tut sie das für mich?

»Sie lenken von den Beweisen ab.«

»Was ist mit Leilas Ehemann? War er eifersüchtig?«

»Vielleicht. Aber im Gegensatz zu Ihrer Patientin haben alle diese Personen ein handfestes Alibi. Auch Nicolai Galayan hat ein Alibi.«

33.

Valentina und ich sitzen uns eine Weile wortlos gegenüber, nachdem Thomsen mit der Staatsanwaltschaft telefoniert und einen Aufschub bis Ende der Woche erreicht hat. Es ist mir verboten, die Station zu verlassen, und als besondere Ehre setzt er mir einen Justizbeamten vor die Zimmertür. Ich bekomme meinen persönlichen Wachhund.

Thomsen ist grußlos gegangen.

Die Ärztin sieht so erschöpft und resigniert aus, wie ich mich fühle. Sie pult an einem Fussel auf ihrem Pullover. Was als normale Therapiestunde begann, ist in einem Wechselbad der Gefühle geendet. Der Traum, die Erinnerung, die Beweise der Polizei und die Galgenfrist, bevor ich in die Untersuchungshaft überstellt werde.

Zum ersten Mal glaube ich daran, dass ich ins Gefängnis gebracht werde. Bisher war es mir abstrakt vorgekommen. Irreal. Nun glaube ich, dass es passieren wird. Ich habe keine Ahnung, wie sich das anfühlt. Ich war noch nie in einem Gefängnis.

Das kann ich auch nicht unter Lebenserfahrung verbuchen. Der Aufenthalt auf einer Psychiatriestation, ja, das kann eine sein. Eine Verhaftung und ein Gefängnisaufenthalt sind keine Lebenserfahrungen, das sind Sackgassen. Es bedeutet das Ende meines freien Lebens. Etwas, von dem ich mir nie hatte vorstellen können, es zu verlieren.

Was wird aus Luna? Wie soll sie ohne Mutter aufwachsen? Oder schlimmer, mit einer Mutter, die im Gefängnis sitzt? Wird Nicolai sich scheiden lassen und sich eine neue Frau suchen? Eine neue Mutter für Luna? Das könnte ich nicht ertragen.

Maya soll sich um sie kümmern!

Ob Kinder ihre Mütter im Gefängnis besuchen?

Mir zerreißt es das Herz, wenn ich mir ausmale, welchen Schaden Lunas Seele nehmen wird. Was habe ich bloß getan? Ich werde immer wieder von Weinkrämpfen geschüttelt, dann wieder sitze ich einfach nur da.

Ich habe meine Tat geträumt. Das ist mein schlechtes Gewissen.

Haben wir uns gestritten? Bis aufs Blut?

Marius war insolvent?

War es das, was ich in meinem Traum meinte mit dem Satz, dass ich seine Lügen nicht mehr hören kann? Er hat mit mir nie über finanzielle Schwierigkeiten gesprochen. Ich bin zu erschöpft, um empört zu sein. Der Plan, nach London zu ziehen, hat sich angehört, als sei es nur eine Frage von Monaten, bis er die Koffer packt. Ich wusste, dass ich mich entscheiden muss. Hamburg oder London. Das hörte sich nicht nach Insolvenz an. Im Gegenteil, Handwerker bauten gerade ein Tonstudio in einen Teil des Erdgeschosses ein. Offenbar hatte er Geld, um die Handwerker zu bezahlen. Oder ist er ihnen das Geld schuldig geblieben?

»Leila, ich denke über etwas nach. In meinem Bücherschrank steht ein Büchlein. Es ist von Paul Watzlawick und heißt *Anleitung zum Unglücklichsein*. Die Geschichten illustrieren, wie wir uns das Leben selbst schwer machen.« Sie hält inne, als überlege sie, wie sie es mir beibringen soll.

»Darin gibt es eine Parabel. Ein Betrunkener krabbelt mitten in der Nacht auf Knien um eine Laterne herum.«

Ich schüttele unwillig den Kopf. Will sie mir Geschichten erzählen, während ich mit einem Bein im Knast stehe?

»Ein Polizist kommt vorbei und fragt den Mann, was er da mache. Ich suche meinen Schlüssel, sagt der Betrunkene. Der Polizist ist nett und hilft ihm. Beide suchen. Schließlich will der Polizist wissen, ob der Mann sicher sei, den Schlüssel gerade hier verloren zu haben. Der Betrunkene antwortet: Nein, irgendwo dahinten. Aber da ist es viel zu finster!«

Ich lache nicht, aber etwas klingelt in meinem Kopf.

»Vielleicht sind Sie auf der falschen Spur. Vielleicht suchen wir Ihre Erinnerungen an der falschen Stelle?«

Ich hänge noch an der Geschichte. Etwas …

»Leila, sind Sie auf Empfang?«

»Der Schlüssel …«

»Der Schlüssel zum Erfolg ist nicht immer der direkte Weg. Wir sollten …«

»Nein, das meine ich nicht. Ich meine den Wohnungsschlüssel. Ich habe ihn versteckt. Warum hat Thomsen ihn bei der Hausdurchsuchung nicht gefunden? War er nicht mehr da? Wo ist er? Wer hat ihn?«

»Haben Sie ihn nicht?«

Ich schüttele den Kopf. Ich hatte ihn in meinem Traum nicht dabei. Warum ist mir das nicht früher aufgefallen?

»Ich habe Thomsen angelogen. Ich sagte ihm, ich habe keinen Schlüssel von Marius' Wohnung. Aber das stimmt nicht. Ich habe einen, und den habe ich gut versteckt.«

»Wozu haben Sie ihn versteckt? Und wo?«, hakt sie nach.

»Wissen Sie, was Klavier auf Lateinisch heißt?«

Sie verneint bedauernd. Muss man ja auch nicht wissen.

»Klavier kommt von dem lateinischen Wort *clavis*. Und Clavis heißt Schlüssel, im weiteren Sinne auch Taste.« Ich schaue sie triumphierend an. »Ich habe den Schlüssel unter den Stimmstock im Klavier geklemmt. Ein angemessenes Versteck, oder?« In mir steigt eine Hitzewelle hoch.

Nur Luna und ich wissen von dem Versteck.

Ich erinnere mich an den Abend, an dem Luna aus dem Bett gekrabbelt und ins Wohnzimmer geschlichen war, obwohl ich dachte, dass sie längst schläft.

»Warum tust du den Schlüssel da rein, Mami?«, hatte sie gefragt.

Ich hatte mir blitzschnell eine plausible Erwiderung einfallen lassen. Ich kniete mich vor sie. »Na, Mäuschen, das ist der berühmte Notenschlüssel. Ohne Notenschlüssel spielt das Klavier nicht.« Gott sei Dank wusste sie seit unserem Unterricht, was ein Notenschlüssel ist. »Das ist unser Geheimnis, das darfst du niemandem verraten, versprochen? Das ist ein Geheimnis unter Musikern!«

Luna hatte entzückt die Hände vor den Mund geschlagen. Ein Musikergeheimnis mit der Mama, das wollte sie bewahren. Sie hatte es fest versprochen.

Offenbar hat sie ihr Versprechen nicht gehalten.

Wer hat den Schlüssel genommen?

Hat sich jemand damit Zutritt zu Marius' Wohnung verschafft?

Kann das sein? Dass der verlorene Schlüssel etwas mit Marius' Tod zu tun hat?

Mir fehlt die Fantasie, um mir vorzustellen, wie viel Angst Marius gehabt haben muss, als mitten in der Nacht jemand an seinem Bett stand. Er hatte die Tür abgeschlossen, sich in seiner Wohnung sicher gefühlt. Kein Einbruch, kein Überfall, nein, jemand hatte einen Schlüssel zu seiner Wohnung.

Wer hat meinen Schlüssel gefunden?

34.

Valentina hat die Stunde mit der Frage beendet, wem Luna von dem Schlüssel erzählt haben könnte.

Mir fällt nur einer ein. Mein Ehemann. Nicolai.

Aber das ist unmöglich.

Nur einmal angenommen, ich bin nicht die Täterin und jemand anders hat Marius ermordet, dann wäre das auf keinen Fall Nicolai.

Nicolai hat Marius nie kennengelernt. Er kennt nicht einmal seinen Nachnamen. Er ist ihm nie begegnet. Er weiß nicht, wo Marius wohnt. Er hat ein Alibi. Darüber hinaus wäre mein Mann nicht so dumm, sich in eine ausweglose Situation zu bringen, die im Gefängnis enden könnte. Wenn er ihn gekannt hätte, hätte er Marius finanziell fertiggemacht. Aber offenbar lag Marius schon finanziell am Boden. Kein Gegner für Nicolai.

Wer sonst?

Ich liege auf meinem Bett und starre Löcher in die Luft.

Ich grübele und komme zu keinem Ergebnis. Ich überlege, ob ich mir mein Handy aushändigen lasse, um Luna anzurufen. Vielleicht verrät sie mir, wem sie von dem Schlüssel im Klavier erzählt hat?

Ich hoffe, dass sie heute Abend vorbeikommen. Ich muss mit Nicolai über den Anwalt sprechen. Was haben sich die beiden für eine Strategie ausgedacht? Kann der Anwalt bei Hauptkommissar Thomsen was für mich erreichen? Wissen sie schon von dem Video? Scheiße, scheiße, scheiße.

Nur die Besuche von Luna halten mich am Leben. Luna ist heute wegen eines Ausflugs ins Freilichtmuseum länger im Kindergarten. Sie hat vor Vorfreude gestrahlt. Es schmerzt mich, dass ich ihren Alltag plötzlich nicht mehr hautnah miterleben kann. Sie erzählt ihre Erlebnisse jetzt immer gleich Maya und hat keine Lust, mir alles noch einmal zu erzählen. Das kann ich verstehen, aber es gibt mir jedes Mal einen Stich ins Herz, wenn ich erlebe, wie rasch sich Luna an die Situation gewöhnt. Wenn Mama nicht da ist, kümmert sich Maya. Und wenn Mama nie mehr zurückkommt?

Hat Nicolai recht, wenn er mich egoistisch nennt? Denke ich nur an mich? Warum kann ich mich nicht für Luna freuen?

Wenn sie heute kommt, dann werde ich nur für sie da sein. Ich werde mit ihr spielen. Nur was? Eine psychiatrische Station ist kein angemessener Ort für eine Vierjährige. Egal, ich werde aus dieser Station einen Abenteuerspielplatz für meine Maus zaubern. Ich werde ihr helfen, mir wieder nahe zu sein. Ich werde ihr alle Zeit der Welt geben und mich auf sie einstellen.

Und dann kommen Nicolai und Maya ohne Luna. Natürlich. Es ist besser so. Aber ein weiterer Tiefschlag. Ich habe meine Enttäuschung nicht verbergen können, und wir sitzen in meinem Zimmer und schweigen uns frustriert an. Ich hocke im Schneidersitz auf meinem Bett, die beiden haben sich die Sessel herangeschoben. Es könnte beinahe lauschig sein, wenn wir nicht wären, wo wir nun mal sind.

Mit dem schwebenden Damoklesschwert einer Mordanklage über dem Kopf. Eine Metapher, die zu denken ich angesichts dessen, was mit Marius passiert ist, unentschuldbar finde. Ich verachte mein Selbstmitleid.

Unser Schweigen erdrückt mich, und ich ertrage es nicht länger. In meinem Kopf sehe ich mich ständig blutverschmiert vom Tatort weglaufen, und ich muss darüber reden, sonst ersticke ich daran.

»Der Hauptkommissar der Mordkommission war hier. Es hat mir ein Video aus der Tatnacht vorgespielt. Darauf bin ich blutverschmiert zu sehen, wie ich vom Tatort weglaufe.« Es gibt keine abmildernden Worte.

Nicolai erbleicht und lässt sich in den Sessel zurückfallen, als hätte ich ihm einen Schlag auf die Zwölf verpasst. »Das ist unmöglich.« Er keucht. »Was hast du getan?«

Was soll ich ihm antworten, was er nicht schon wüsste?

»Dann warst du doch bei Marius in dieser Nacht?«, fragt Maya das Offensichtliche.

Ich nicke.

»Was hast du bei ihm gewollt? Warum erzählst du uns nichts davon? Ist deine Erinnerung wiedergekommen?«

Ich schüttele den Kopf. Mir wollen keine geeigneten Worte einfallen. Die Stille nimmt an Lautstärke zu. Da können auch die Baufahrzeuge vor dem Fenster nicht gegen anrattern. Diese Stille ist in meinem Herzen.

Nicolai sieht aus, als explodiere er gleich, und Maya tut das einzig Richtige. Sie legt ihm eine Hand auf das Bein und versucht, ihn zu beschwichtigen.

»Also, wenn ich das richtig sehe, will die Polizei dir den Mord anhängen? Sie glauben, mit dem Video den endgültigen Beweis zu haben? Haben sie noch mehr?«

Ich bin so erleichtert. Ihre Worte implizieren, dass sie mich für unschuldig hält. Sie hält zu mir.

Ich nicke und weiche Nicolais Blicken aus. Er macht mir Angst. Maya hat Verständnis, er hat nur Verachtung für mich.

Ich räuspere mich, rutsche auf dem Bett hin und her. Soll ich alles beichten? Ist dies der Moment der Wahrheit? Wie wird Nicolai darauf reagieren? Ich muss es wohl oder übel herausfinden. »Die Polizei glaubt, ich hätte ein Motiv für die Tat. Sie sagen, ich sei in Marius verliebt und habe mit ihm nach London auswandern wollen. Er sei jedoch pleite gewesen und obendrein verheiratet. Sie sagen, dass ich das herausbekommen habe und so wütend gewesen sei, dass ich noch am gleichen Abend zu ihm gefahren sei.«

Maya hebt beide Hände. »Wow, langsam. Du wolltest mit dem Typen nach London? Das ist doch nicht dein Ernst? Er war verheiratet, und du wusstest nichts davon?« Sie prustet die Worte förmlich in die Luft und lässt keinen Zweifel an ihrem Missfallen. »Mein Gott, Leila, er hat dich gelinkt. Er hat Schulden und will nach London ziehen? Ausgerechnet in das unerschwingliche London? Und dazu ist der Typ verheiratet? Puh, hat der dich verarscht.« Sie schüttelt fassungslos den Kopf.

»Nein, so war das nicht, er…«

Oder war es doch so? Wenn er wirklich insolvent war, wie konnte er an seinen London-Träumen festhalten? Warum hat er nicht mit mir gesprochen? Was zum Teufel ist da passiert?

»Und du merkst mal wieder nichts…« Maya kommt nicht dazu, ihren Satz zu beenden, denn Nicolai ist aufgesprungen.

»Nimm ihn nicht in Schutz!« Er steht mit geballten Fäusten vor mir. »Wage es nicht, den Kerl zu entschuldigen. Es reicht, Leila.«

Ich ducke mich weg, um seinem Schlag auszuweichen.

Er kommt nicht.

Er presst nur die Lippen zusammen, und seine Augen blitzen mich an. Die Hände zwängt er in die Hosentaschen.

»Du wirst nie wieder ein Wort über diese Nacht verlieren. Nie wieder ein Wort über diesen Mann. Der Anwalt wird für dich sprechen. Hast du das endlich kapiert?«

»Lass sie, Nicolai. Wenn Leila sich nicht erinnern will, dann ...«

»Ich kann mich nicht erinnern, verdammt! Ich kann nicht! Ich bin wie aus der Zeit gefallen. Es ist alles ein schwarzes Loch.«

»Scheiße, Leila, du treibst uns in den Wahnsinn. Wir halten das nicht mehr aus.« Auch Maya springt auf und steht drohend vor mir. »Vertrau uns! Tu endlich, was Nicolai sagt. Rette dich!«

35.

Sie sind gegangen. Ich sitze allein im Zimmer. Keine Stunde haben sie in meiner Gegenwart ausgehalten. Ich glaube, Maya hat recht. Ich will mich nicht erinnern. Und an dem, an das ich mich erinnere, zweifle ich. Hat Marius mich hintergangen? Habe ich Signale falsch gedeutet und mir schöngeredet?

Ich fühle mich so elend. Hin- und hergerissen zwischen dem Wunsch nach Aufklärung und der Angst vor dem Ergebnis. Ich kann mich nicht entscheiden. Das konnte ich noch nie.

Der Streit mit meiner Familie fühlt sich genauso elend an wie die einzige Auseinandersetzung, die ich mit Marius hatte. Vor wenigen Tagen erst.

Wir saßen beim Italiener um die Ecke des Tonstudios und warteten auf unsere Pasta.

Wir sprachen über die Konzerttour, die er plante. Er war Feuer und Flamme und sprach nicht nur von Deutschland, nein, Europa sollte es werden. Er bemerkte mein Zögern. Mein Zaudern. Nicht weil mich der Gedanke an Konzerte nicht euphorisch gestimmt hätte. Es war Luna, an die ich dachte. Wie sollte Luna monatelang ohne mich zurechtkommen? Und ich ohne Luna? Ich würde vor Sehnsucht vergehen. Und Nicolai würde mir verbieten, mit einem fremden Mann durch die Gegend zu ziehen.

Ich seufzte. Nahm einen Schluck Rotwein und versuchte, meine Bedenken zu formulieren.

»Es wäre fantastisch, auf Tour zu gehen. Aber ich habe eine kleine Tochter, die ich nicht so lange alleine lassen kann. Das bringe ich nicht übers Herz.«

Marius sah mich bestürzt an. Ich glaube, er hat nicht im Entferntesten damit gerechnet, dass ich eine andere Reaktion zeigen könnte als totale Begeisterung und unendliche Dankbarkeit.

»Dann nimm Luna mit. Sie geht noch nicht zur Schule, das ist kein Problem. Wir engagieren eine Betreuung für sie, und sie reist mit uns zusammen.«

Er strahlte mich an. Ich glaube, er war von seiner ebenso trivialen wie genialen Idee angetan. Wenn da nicht Nicolai wäre.

Ich merkte, wie Marius sich versteifte. Er nahm einen Schluck Wein und setzte das Glas nicht wieder ab. Sein linkes Bein wippte angespannt unter dem Tisch.

»Weißt du, Leila, vielleicht ist der Punkt gekommen, wo du dich entscheiden musst. Du stehst an einem Wendepunkt in deinem Leben. Der Plattenvertrag ändert alles. Du kannst deinen Traum leben. Aber du kannst nicht gleichzeitig zu Hause sitzen und das Abendessen für die Familie zubereiten. Verstehst du?«

Er warf die Serviette auf den Tisch und rief die Bedienung. Er wollte zahlen. Er wollte nicht diskutieren.

Der Ball lag in meinem Feld.

Ich verstand, was der Erfolg für mich bedeuten könnte. Doch was sich so einfach ausdrücken lässt, wird noch lange nicht in die Tat umgesetzt. Ich habe ihn an diesem Abend nicht mehr besänftigen können. Für ihn war die Sache klar.

Nur ich konnte mich nicht bewegen. Niemals könnte ich Luna zurücklassen. Und wie sollte ich mich gegen Nicolai behaupten?

Haben wir uns später noch einmal gestritten? Hat er mich zu einer Entscheidung gezwungen? War das Grund genug, ihn zu töten?

Vor lauter Grübeln habe ich stechende Kopfschmerzen. Ich schwinge mich aus dem Bett und wühle im Kleiderschrank in den Taschen meiner Jacken, die Nicolai mir mitgebracht hat. Da ich oft Spannungskopfschmerzen habe, stecken in vielen meiner Jackentaschen Tabletten. Für den Fall der Fälle. Sonst frage ich im Dienstzimmer nach einer Ibuprofen.

Ich greife in meine Daunenjacke, wühle in der Innentasche herum, werfe einen Blick hinein und erstarre.

Ich glaube nicht, was meine Augen zweifelsfrei sehen. Ich weigere mich zu verstehen, was meine Hände ertastet haben. Es ist unmöglich. Absolut ausgeschlossen.

Mein Magen krampft sich zusammen, als ob ich in einem Flugzeug sitze, das plötzlich durch ein Luftloch sackt. Mir ist übel.

Es wäre nur möglich, wenn Luna ihr Geheimnis doch bewahrt hat. Wenn niemand außer mir von dem Schlüssel weiß. Und niemand den Schlüssel genommen hat. Wenn niemand in Marius' Wohnung gewesen ist. Außer mir.

Wenn ich seine Mörderin bin.

Nur dann wäre es möglich, dass ich Marius' Handy in meinen Händen halte.

Das Handy mit dem aufgedruckten Notenblatt auf der Schale.

Das Handy, das seit der Tatnacht verschwunden ist.

Das Handy, das der Täter an sich genommen hat. Oder die Täterin.

Meine Knie geben nach, und ich schaffe es gerade noch zurück auf mein Bett.

Ich werde tatsächlich verrückt. Wieso habe ich sein Handy in meiner Jackentasche? Habe ich diese Jacke in der Tatnacht getragen? Im Auto gehabt? Je länger die Tat zurückliegt, desto unwirklicher kommt sie mir vor. Ich kann keinen klaren Gedanken mehr fassen.

Oh Gott, Thomsens Indizien sprechen gegen mich. Ich begreife zum ersten Mal, was das bedeutet. Nicht, dass ich ins Gefängnis muss, nicht, dass ich nie wieder frei sein werde. Sondern dass ich einen Menschen getötet habe. Den Mann, den ich geliebt habe.

Ich habe die Tatwaffe in meinem Badezimmerschrank gesehen, das blutige Kleid im Waschkeller gefunden und sein Handy in der Jackentasche.

Wenn es eine Krankenschwester bei den Kontrollen nach scharfen Gegenständen gefunden hätte … nicht auszudenken. Sie hätte es gemeldet und Thomsen einen Big Point beschert.

Aber neben diesen Befürchtungen überrollt mich ein anderer Gedanke. Er ist mächtig. Ich denke daran, dass Marius dieses Handy in der Hand gehalten hat. Zärtlich streiche ich darüber. Blicke auf die Noten. Ich halte einen Besitz von Marius in Händen. Es ist mir so kostbar, dass ich es für einen Moment an mein Herz drücke.

Nur, ich dürfte es gar nicht haben.

Ich verdränge die Konsequenzen, die sich aus diesem Gedanken ergeben. Ich bin hervorragend im Verdrängen.

Ich werfe einen Blick zur Tür, die geschlossen ist. Ich bin allein.

Ich giere danach zu erfahren, wen Marius als Letztes mit seinem Handy kontaktiert hat. Hat er versucht, mich anzurufen? Welche Fotos hat er auf seinem Handy gespeichert? Welche Nachrichten? Kann ich seine E-Mails lesen?

Ich drücke die ON-Taste.

Das Display bleibt schwarz.

Für einen Moment möchte ich das Telefon gegen die Wand schleudern, aber ich reiße mich zusammen. Der Akku ist leer. Logisch. Das lässt sich beheben.

Ich springe vom Bett und laufe zum Schrank. Hat Nicolai nicht mein Handykabel mit in die Reisetasche gelegt? Ich reiße die Tasche aus dem Schrank. Gott sei Dank. Ich drehe mich nach einer Steckdose um. Neben der Tür ist eine.

Ich setze mich mit dem Rücken gegen die Tür und halte das Handy vor meinen Bauch wie einen Schatz. Die Batterieanzeige leuchtet im Display.

Es lädt. Ich seufze vor Erleichterung. Gleich bin ich ihm wieder nahe. Alle meine Zweifel sind wie weggewischt. Marius. In einem Augenblick bin ich bei ihm und kann unsere Fotos betrachten.

Sein Gesicht. Sein Lachen.

Ich fühle mich wieder schummerig, dass ich befürchte, erneut in mein schreckliches Kopfkino zu fallen. Ich atme bewusst ein und aus. Tief in den Bauch. Halte dagegen. Meine Blicke irren durchs Zimmer.

Es hilft nicht.

Plötzlich rollen Bilder über mich hinweg.

Bilder von Marius.

Keine schönen Bilder.

Grausige Bilder. Dunkel.

Doch sie werden heller.

Wie eine Welle türmen sie sich auf und brechen über mich ein.

Ich kann sie nicht stoppen.

36.

Eine Laterne erhellt den Parkplatz.

Und im Schein der Laterne sehe ich einen Mann im Schlafanzug in einem See aus Blut liegen.

Marius.

Aber da ist noch jemand.

Über ihm hockt ein schwarzer Mann.

Schwarze Hose, schwarze Jacke, schwarze Mütze.

Er hebt die Hand. Wie zum Gruß. Aber er will nicht grüßen.

Die Hand, in der der Mann eine Schere hält.

Er hat Marius die Schere aus dem Hals gezogen.

Ich will schreien. Es ist mehr ein ungläubiges Quietschen.

Der Mann hört mich. Sieht mich. Stößt einen Laut aus.

Springt auf.

NEIN – !

Jetzt wird er mich auch töten. Ich bin wie erstarrt. Ich kann mich nicht bewegen. Kann nicht rufen, nicht laufen. Bin bewegungslos eingefroren.

Er hingegen kann laufen. Und er läuft. Nicht auf mich zu, sondern von mir weg.

Über den Parkplatz ins Dunkel.

Er ist weg.

Ist er wirklich weg? Kommt er zurück?

Ich bin eingefroren im Schock.

Endlich gehorchen meine Beine, und ich stolpere zu ihm.

Marius.

Ich werfe mich auf ihn.

Ich rufe seinen Namen, immer wieder.

So viel Blut. Alles ist voller Blut.

Ich halte seinen Kopf. »Marius, bitte sprich mit mir!«

Er öffnet die Augen nur einen winzigen Spalt breit. Trüb. Verschleiert.

Sieht er mich?

Blut kommt aus seinem Mund. Atmet er? Ist das sein rasselnder Atem?

Hört er mich?

»Liebster. Ich bin es, Leila. Bleib bei mir! Bitte!«

Er reißt die Augen auf.

»Ich liebe dich, hörst du?«

Es ist zu spät. Der Blick ist gebrochen.

Ich nehme ihn in den Arm. Sein Kopf rollt gegen meine Schulter.

Er hört mich nicht.

Er atmet nicht.

Namenloses Entsetzen durchflutet mich.

Sein Hals ist eine einzige klaffende Wunde, sein Oberkörper voller Blut.

Er ist tot.

Ich halte ihn. Halte ihn und lege seinen schlaffen Arm um meinen Hals. Ein letztes Mal sind wir vereint.

Ich flüstere ihm zu, dass ich ihn liebe.

Ich liebe dich, flüstere ich.

Ich kann den Film anhalten und ihn wieder laufen lassen.

Es ist eine Erinnerung.

Ich liebe dich.

Ich sitze auf Linoleumboden.

Ich lehne mit dem Rücken gegen die Tür meines Zimmers und stammele immer den gleichen Satz. »Ich liebe dich.«

Ich bin in der Gegenwart angekommen.

Es ist kein Kopfkino mehr.

Ich erinnere mich.

Ich atme.

Mein Gedächtnis hat mich wieder in die Gegenwart geschleudert.

Und jetzt weiß ich sicher, dass ich es nicht war.

Dass ich keine Mörderin bin.

Trotz all der Beweise, die gegen mich sprechen.

Denn ich habe den wahren Täter gesehen.

Und es ist alles noch viel schlimmer, als ich es mir je hätte träumen lassen.

Denn ich kenne diese Bewegungen.

Ich kenne diesen Laut.

Der schwarze Mann hat geschnalzt. Eine Art entgleistes Schnalzen, dass ich nur zu gut kenne.

Ich kenne den Täter.

Und der Täter kennt mich.

Darum habe ich keinen Rettungswagen gerufen.

Marius war tot, und ich habe den Täter erkannt.

Und nun weiß ich, dass man mir nicht zufällig die Haare abgeschnitten hat.

Jemand hilft dem Täter.

Der Täter will, dass ich verrückt werde.

Er will, dass ich für die Tat verantwortlich gemacht werde.

Er will die lästige Zeugin loswerden.

Ich kenne den Täter, und er kennt mich.

Ich bin in Lebensgefahr.

Und doch kann ich den Täter nicht der Polizei ausliefern.

Den Mörder von Marius.

Den Vater meiner Tochter Luna.

Meinen Ehemann.

Nicolai.

37.

Ich weiß nicht, wie viel Zeit vergangen ist. Draußen ist es stockduster. Ich liege auf meinem Bett und will verstehen, wann aus meinem Lebenstraum ein Alptraum geworden ist.

Das Blut aus meinem Flashback ist weg. Marius' Augen, die mir nicht mehr sagen konnten, ob er meine Liebe gehört hat, auch.

Was meinen Schmerz begleitet, ist Fassungslosigkeit.

Selbst die Erleichterung, sicher zu wissen, dass ich Marius nichts angetan habe, überwiegt nicht das Unvermögen, mir meinen Mann als seinen Mörder vorzustellen.

Nicolai ist der Vater meiner Tochter.

Mein Ehemann.

Er darf es nicht gewesen sein. Das ist unmöglich.

Aber er war es. Ich habe ihn auf dem Parkplatz erkannt.

Ich bin eine Augenzeugin.

Mein ganzer Körper kribbelt.

Er war genauso schockiert mich zu sehen, wie ich ihn. Wir sind weggerannt. Ich im blutigen Kleid, an der Tankstelle vorbei, zu meinem Auto. Ich erinnere mich zwar nicht mehr daran, aber so muss es gewesen sein, denn mein Wagen stand am nächsten Tag vor unserem Haus. Ich glaube, wenn ich mich nicht ins Vergessen gestürzt hätte, wäre ich verbrannt. Ich hätte mich vor ein Auto geworfen. Wäre von einem Hochhaus gesprungen. Ich überlebte, weil ich sofort eine Schutzmauer hochzog.

Diese Schutzmauer ist jetzt eingestürzt. Die Erinnerung wieder da.

Ich bin mit einem Mörder verheiratet. Ich bin neben ihm eingeschlafen und aufgewacht und habe nichts bemerkt. »Ich bin eine Frau, die mit einem Mörder verheiratet ist«, flüstere ich den Satz, um herauszufinden, wie es sich anfühlt. Ich wusste nicht, was es bedeutet, einen geliebten Menschen zu verlieren. Ich wusste nicht, wie es sich anfühlt, sich selbst für eine Mörderin zu halten. Und ich wusste nicht, wie es sich anfühlt, mit einem Mörder verheiratet zu sein.

Nun weiß ich es.

Ich weiß, dass es genauso viele Arten der Traurigkeit gibt wie Töne in der Welt. Ich weiß, dass der Schmerz und die Angst einem genauso die Tränen in die Augen treiben wie eine schöne Melodie. Das Herz wird weit und droht zu platzen. Doch es passiert nichts. Man muss mit dem Schmerz weiter atmen. Atmen. Und die Zeit hält an.

Das kann alles nicht wahr sein. Er kann die Mutter seiner Tochter nicht verraten. Es darf keine Realität sein. So etwas passiert im Film. Nicht in meinem Leben.

Woher kannten sie sich?

Habe ich Marius verraten?

Hat Nicolai gewusst, was ich bis dahin selbst nicht einmal wusste?

Wenn ich noch meine Haare hätte, könnte ich sie mir raufen, aber so bleibt mir nur, mir immer wieder über meinen kurz geschorenen Kopf zu fahren, um nicht mit der Faust gegen die Wand zu schlagen.

Ich habe geträumt, wie simpel es ist, eine Mörderin zu sein. War es das, was Valentina mit meinen Traumsymbolen meinte? Nach den vielen Therapiegesprächen ist es das, was ich herausfinde? Dass ich die ganze Zeit über unbewusst geahnt habe, dass mein Ehemann Marius getötet hat?

Ich habe mich gequält, mich auf die Therapie einzulassen. Ich habe endlich den Weg gefunden. Habe mit Valentina über Trigger und Entspannung, über sichere Orte und Erinnerungen, über Schuld und Sühne gesprochen, nur um herauszufinden, dass ich nicht die Täterin bin, aber mit einem Mörder verheiratet? Ich habe mich so sehr bemüht, meinem Traum eine Bedeutung zu geben. Ich hätte es mir erspart, wenn Valentina mir gesagt hätte, dass ich quasi die reale Tat geträumt habe und meine Schuld damit verarbeite.

Die Schuld, den wahren Täter ungeschoren davonkommen zu lassen. Die Schuld, den Mord nicht verhindert zu haben. Wenn ich nicht gewesen wäre, dann könnte Marius sein Leben genießen. Ich bin verantwortlich für die Katastrophe. Ich habe den Tod in Marius' Leben gebracht, indem ich meinen Mann eifersüchtig gemacht habe.

Ich erlaube mir, an Marius zu denken. Kontrolliert und nicht als Flashback. Ich sehne mich nach einer lebensfrohen Erinnerung. Als meine Welt noch in Ordnung war.

Als wir durch das Haus in London geschlendert sind und es in unserer Fantasie eingerichtet haben. Als ich meinen Ehemann belog, um mit meiner heimlichen Liebe nach England zu fliegen und so zu tun, als wären wir weltweit erfolgreiche Musiker. Wir fuhren mit dem Taxi in ein teures Hotel, sind in Restaurants nobel essen gegangen und haben die Sterne in der Nacht von einer Dachterrasse aus betrachtet, auf der wir Wein getrunken haben. Marius hat bezahlt. Und ich habe nicht gefragt, woher das Geld kam.

Ich habe nur genossen. Ich habe mich wie ein Star gefühlt. Und das Offensichtliche nicht gesehen: Er hatte kein Geld. Oder nicht genug Geld.

Warum hat er mir nichts gesagt?

Er muss einen triftigen Grund gehabt haben.

Ich drehe mich auf die Seite, um den Ladezustand des Handys zu überprüfen. Achtundzwanzig Prozent. Sobald ich die Kraft finde, mich aus dem Bett zu hieven, werde ich die vier Ziffern eingeben, die er mir vor Monaten gegeben hat. Keine Geheimnisse, Leila, hat er gesagt. Ich werde mir die Fotos aus London ansehen und ihm ein letztes Mal nahe sein. So nahe, wie ihn sterbend in den Armen gehalten zu haben. In der Nacht auf dem Parkplatz.

Hätte ich die Tat verhindert, wenn ich nur ein paar Minuten früher gekommen wäre? Hätte ich Nicolai aufgehalten? Hätte Marius überlebt, wenn ich, statt von Liebe zu reden, den Krankenwagen gerufen hätte?

Hätte, hätte, hätte … und keine Antworten.

Warum habe ich Nicolai nicht vor Monaten verlassen? Ihm gesagt, dass ich Abstand brauche.

Weil ich feige bin.

Weil ich mich nie um mein eigenes Leben gekümmert habe.

Weil ich Angst habe.

Weil Nicolai jeden beherrscht. Immer gewinnt. Er hat mein Selbstvertrauen auf viele Weisen untergraben und mich dazu gebracht, mich für eine Mörderin zu halten. Nein, er hätte mich nie ziehen lassen. Eher hätte er mich getötet.

Oder Marius.

Plötzlich durchzuckt mich ein Gedanke.

Ich setze mich auf und starre auf das Telefon.

Wenn ich es nicht war, wieso habe ich Marius' Handy in meiner Jackentasche? Ich habe es nicht vom Tatort mitgenommen oder aufgehoben, jedenfalls erinnere ich mich nicht daran. Was zugegebenermaßen nicht viel bedeutet.

Hat mir Nicolai das Handy untergeschoben, als er mir die Tasche mit der Kleidung gebracht hat? Was will er mir sagen? Was glaubt er zu erreichen? Dass ich vollkommen abdrehe? Als Drohung?

Er ist perfide. Ein Teufel.

Das Adrenalin treibt mich aus dem Bett, ich tigere durch das Zimmer.

Was muss es ihn gefreut haben, meine Verwirrung zu registrieren, als er nach Hause kam und seine geschockte, traumatisierte und verstörte Frau angetroffen hat, die sich an nichts mehr erinnerte. Ich bewundere seinen Mut, wie er in der Nacht nach Hause kam und tat, als sei nichts gewesen. Kühl und beherrscht. Vollkommen Herr der Lage. Und seine Frau am Durchdrehen. Mein Gott, wie meine Verfassung ihm in die Karten gespielt hat. Und mehr noch. Er hat sofort einen neuen Ausweg gesehen. Statt die Ehefrau auf Linie zu peitschen, schiebt er ihr das Verbrechen in die Schuhe. Sie verschwindet für ein paar Jahre in der Psychiatrie, und das Leben geht weiter. Er ist der Held und der treue Ehemann, der auf seine verrückte Frau wartet.

Wie ich ihn hasse.

Wie hätte sein Plan ausgesehen, wenn ich ihn konfrontiert hätte? Wollte er mich mit Luna erpressen? Er weiß, dass ich für Luna mein Leben geben würde. Hätte ich geschwiegen? Ich vermag es nicht zu sagen. Oder nein, stopp, keine Ausflüchte mehr. Ich bin mir eine ehrliche Antwort schuldig: Ich hätte geschwiegen. Aus Angst, Luna zu verlieren. Aus Angst, meine eigenen Entscheidungen zu treffen. Aus Angst vor seiner Wut.

Oh Gott, was für eine erbärmliche Lebensbilanz. Ich kneife meine Fingernägel in die Hand, bis es wehtut.

Warum hat er Marius getötet? Wäre es nicht bequemer gewesen, mich mit Luna zurück in die Ehe zu erpressen? Ich ahne seine Beweggründe. Er hätte sich niemals damit abgefunden, nicht zu wissen, ob ich in meinen geheimsten Gedanken bei Marius bin. Er braucht die vollständige Kontrolle. Solange Marius am Leben war, so lange schwebte das Damoklesschwert über ihm. Für Nicolai heißt »um Liebe kämpfen«, dass er den Nebenbuhler unschädlich macht.

So muss es gewesen sein.

Und ich habe von alldem nichts bemerkt.

Ich balle meine Fäuste. Öffne sie. Es hilft nichts. Ich schließe die Augen, reibe mir die Stirn. Ich habe solche Kopfschmerzen.

Ich wusste nicht, dass er von Marius Notiz genommen hat. Dass er herausgefunden hat, wo Marius wohnt. Hat er mich beschattet? Habe ich ihn direkt zu Marius geführt?

Alles nur, weil ich keinen Mut hatte, mir meine Liebe einzugestehen und die Konsequenzen zu tragen?

Ich bin schuld an Marius' Tod.

Nicolai hat die Schere geführt, aber ich habe die Szenerie bereitet.

Er ist mir gefolgt, um herauszufinden, wo Marius und ich uns treffen. Wo er wohnt. Und deshalb hat die Polizei den Schlüssel nicht gefunden. Nicolai hat ihn genommen. Er hat das feige Verbrechen geplant. Marius zu töten geschah nicht im Affekt. Er hat sich den Schlüssel geholt und ist nachts in die Wohnung eingedrungen. Den Schlüssel zu benutzen zeigt, wie sehr Nicolai Marius gehasst hat. Es war reines Kalkül.

Luna hat ihr Geheimnis nicht bewahrt. Ich werfe es ihr nicht vor. Sie ist zu klein für Heimlichkeiten. Er wird die Information schneller aus ihr herausgeholt haben, als sie ihren Namen sagen kann. Er ist ein begnadeter Schauspieler. Und ein Strippenzieher. Er hat mich als seine seltsame Ehefrau zur Tarnung benutzt. Je mehr sich der Verdacht gegen mich erhärtet, desto weniger ist er im Fokus der Ermittlungen. Wütend vor unerwiderter Liebe hat sie ihrem Ehemann Hörner aufgesetzt und ist dann ausgeflippt.

Die Idee, die Schere in den Badezimmerschrank zu legen, war genial. Nie wäre ich auf die Idee gekommen, ihn zu verdächtigen.

Der Zettel auf meinem Bett? *Ich weiß, was du getan hast. Ich werde dich bestrafen.* Auch sein Werk. Wen in der Psychiatrie hat er engagiert? Wer sorgt dafür, dass ich nicht gesund werde, sondern immer mehr am Rad drehe, damit ich für lange Zeit in der Geschlossenen verschwinde? Wer? Was will er noch? Will er mich umbringen?

Etwas in mir zerbricht.

Ich spüre, dass das Kribbeln in den Armen und Beinen zu einem elektrischen Impuls wird. Angst und Schmerz stehen dahinter zurück. Wut und Hass machen sich breit.

Diesmal hast du die Rechnung ohne mich gemacht. Ich muss mich wehren. Ich werde meine Schuld an Marius abtragen. Ich werde Vergeltung üben. Ich will lernen, für mein Leben einzustehen und die Konsequenzen zu tragen. Tja, das hast du nicht erwartet?

Ich bin nicht so geschickt wie du. Aber ich habe mehr

Wut im Bauch, als du dir vorstellen kannst. Ich hasse dich. Und Hass ist stärker als deine verkümmerte Art, zu lieben.

Ich werfe mich auf das Handy, tippe die PIN ein. Das Display erwacht zum Leben.

Marius!

Ich gehe auf den SMS-Button und gebe Nicolais Nummer ein. Ich schreibe ihm nur ein Wort. Er wird es verstehen.

Krieg!

38.

Der Morgen dämmert und zieht rosafarbene Streifen durch den Himmel, als ich mich aus unruhigen Träumen in die Wirklichkeit der Psychiatrie quäle. Diesmal kennt mein Gedächtnis kein Erbarmen, denn ich lasse mein ganzes vertracktes Leben Revue passieren. Es ist kurz vor sechs.

Ich habe mich gestern nicht mehr getraut, Marius' Handy zu durchstöbern und mir sein Vermächtnis anzusehen, solange ich so unfassbar wütend auf Nicolai war. Stattdessen habe ich mir den Kopf zermartert, wann mein Leben eskaliert ist, und habe dem Regen zugehört, der unaufhörlich gegen das Fenster prasselte und dessen einschläfernde Melodie bei mir versagte. An welchen Abzweigungen habe ich mich falsch entschieden? Und noch viel später habe ich mich gefragt, was verdammt noch mal ich tun soll. Vor allem, *wie* ich es tun soll.

»Du hast nicht viel geschlafen«, sagt Hanne.

Ich wende mich ihr zu, erstaunt, dass sie mich beobachtet. Sie sitzt barfuß auf ihrem Gehwägelchen, wackelt mit den Zehen und hält eine Tasse Tee in der Hand.

»Ich habe über vieles nachgedacht.«

Sie deutet mit zitternder Hand auf meinen Nachttisch, auf dem ein zweiter Becher Tee steht. Hanne meint es gut mit mir, und in diesen Momenten berührt mich ihre verwirrte Anteilnahme zutiefst. Ich fahre mir mit der Hand durch die stoppelkurzen Haare. Mein Kopf pocht im Takt der Rotorblätter des Rettungshubschraubers dumpf vor sich hin. Das inzwischen vertraute Geräusch des Helikopters im Landeanflug auf die Klinik nehme ich nur am Rande wahr.

»Erzähl es mir. Du vertraust mir doch immer alles an.« Hanne streckt den Rücken durch und konzentriert sich, als wolle sie mir die Beichte abnehmen.

Ich schmunzle. Warum nicht? Ich muss meine kruden Gedanken sortieren, und Hanne vergisst ohnehin alles, was ich ihr erzähle, noch vor dem Frühstück.

»Weißt du, Hanne, ich wollte unbedingt, dass mein Traum, eine bekannte Sängerin zu werden, in Erfüllung geht, und dafür musste Marius sterben.«

Und nicht nur das, denke ich, ich habe mir gewünscht, dass die Therapie Erfolg hat, aber seit die Erinnerung zurückgekehrt ist, bin ich unglücklicher denn je. Es entbehrt nicht einer gewissen Tragik, dass ich in der geschlossenen Psychiatrie liege und einer demenzkranken Frau mein Herz ausschütte. Dachte ich vor wenigen Tagen, ich müsse meinem Leben ein Ende setzen, weil ich es nicht mehr ertrage, schöpfte ich neue Hoffnung, die mich heute in tiefere Tiefen geführt hat, als ich jemals annehmen konnte. Ich bin schuld am Tod meiner Liebe, und mein Ehemann und Vater meiner Tochter ist der Täter.

»Ich mag ihn nicht«, meldet sich Hanne zu Wort.

»Er muss büßen für das, was er Marius angetan hat.«
Hanne atmet erschrocken ein.

»Ich erinnere mich. Ich habe Marius nicht getötet. Ich war Augenzeugin, wie mein Mann Marius erstochen hat.« Ich werfe ihr einen ernsten Blick zu. »Das darfst du niemandem erzählen, verstehst du. Niemandem. Es ist gefährlich.«

Hanne sieht mich verständnislos an und wackelt mit dem Kopf.

»Mist. Hanne, du darfst nicht ...«

Plötzlich grinst sie, weil ich ihr auf den Leim gegangen bin. Sie versteht mich. Mit zwei Fingern schließt sie einen imaginären Schlüssel vor ihrem Mund herum.

»Weißt du, was mein Problem ist? Wir sind die Verrückten! Wir sitzen in der Anstalt, und was immer ich gegen meinen Mann vorbringen werde, niemand wird mir glauben. Alle Indizien sprechen gegen mich. Und das macht mich rasend. Ich habe die halbe Nacht überlegt, wie ich ihn zur Rechenschaft ziehen kann.«

»Hmm.« Hanne reibt sich über die Stirn, steht auf und wandert mühsam durch das Zimmer.

Ich drehe den Becher Tee in der Hand umher. Kamille. Wer trinkt denn Kamillentee zum Frühstück? »Stell dir nur vor, seine Pläne greifen. Dann werde ich für seinen Mord verurteilt. Schlimmstenfalls lebenslanges Gefängnis, bestenfalls forensische Psychiatrie. Und was wird aus meiner Tochter?«

»Ich habe auch eine Tochter. Die kommt mich heute besuchen.«

Ich denke daran, dass Valentina mir erzählt hat, Hannes Tochter sei schon lange tot.

»Hanne, wir sind Mütter. Liebende Mütter. Wir müssen unsere Kinder schützen, oder nicht?«

Hanne bleibt stehen und nickt mir feierlich zu.

»Er denkt, er hat Macht über mich. Und das soll vorerst so bleiben. Bis ich weiß, wie ich ihn überführen kann. Und das muss ich, Hanne, denn sonst tut es niemand. Das bin ich Marius schuldig.«

Hanne nimmt ihre Wanderung mit schlurfenden Schritten wieder auf, und ich gehe ins Bad, lasse die Tür angelehnt und erzähle weiter.

»Ich denke, er hat sich bei seiner Flucht vom Parkplatz einen neuen Plan zurechtgelegt. Seine Frau am Tatort. Das hatte er nicht vorausgeahnt. Er wollte seinen Nebenbuhler ausschalten, seine Eifersucht ausleben, zeigen, wer die Macht hat. Wahrscheinlich hat er sich geärgert, dass er mich nicht an Ort und Stelle ebenfalls getötet hat. Auf der anderen Seite will er mich nicht verlieren. Er will mich nur unter Kontrolle haben. Er hat improvisiert. Er ist davon ausgegangen, dass ich nicht sofort zur Polizei renne. Er ahnte, wie hysterisch ich reagiere. Und er wusste, dass ich nicht gegen ihn aussagen würde. War er in der Nähe und hat mich beobachtet? Hanne, ich glaube, er war in Sichtweite, hat mich ausspioniert. Und als ich in Panik weggelaufen bin, ist er zurück zu seinem Alibi und hat sich gedacht, dass er alles mit mir am nächsten Morgen regeln kann.«

Ich schlüpfe aus meinem Pyjama und stelle mich unter die Dusche. Der harte Strahl des heißen Wassers entspannt meinen Nacken. Erst warm, dann heiß. Ich drehe den Hahn so weit auf, wie es geht. Heißer Dampf erfüllt das Bad.

Am nächsten Morgen habe ich nicht auf ihn reagiert. Ich war unter Schock, auf Autopilot. Und er hat sich sofort angepasst. Eine Augenzeugin unter Schock lässt sich manipulieren. Er hat die Tatwaffe in den Badezimmerschrank gelegt und ausprobiert, wie ich reagiere. Von meinem Alptraum wusste er zwar nichts, aber das hat ihm nur in die Karten gespielt. Er hat so getan, als sei ich total durchgedreht. Stimmte ja. Nur habe ich nicht in meinen kühnsten

Träumen damit gerechnet, dass Nicolai … falsch! »Ich habe in meinem Traum gewusst, dass es Nicolai ist – nur habe ich den Traum nicht entschlüsselt. Da hat mich erst Valentina drauf gebracht.«

Ich greife nach meiner Zahnbürste.

»Jetzt hat er mich da, wo er mich haben will«, rufe ich Hanne zu und putze meine Zähne unter dem heißen Duschstrahl.

Aber ich bin nicht länger das Anhängsel von Nicolai. Ich will mich nicht mehr von ihm dominieren lassen. Ich muss zu mir stehen. Er hat kein Recht, unser aller Lebensweg zu bestimmen.

Ich nehme die Zahnbürste aus dem Mund. »Ab heute kämpfe ich für Luna und mich. Hilfst du mir, Hanne?«

Sie antwortet nicht.

Ich drehe den Hahn ab, steige aus der Dusche und wickele mich in das Badehandtuch. Da wir noch keinen neuen Spiegel haben, bleibt mir mein Anblick erspart. Als ich zurück in unser Zimmer trete, ist es leer. Hanne muss gegangen sein, als ich unter der Dusche stand, denn ich habe die Tür nicht gehört.

Ich werde mir einen Plan zurechtlegen. Wozu Nicolai fähig ist, kann ich auch lernen. Nur schnell muss es gehen, bevor Thomsen mich in die Untersuchungshaft bringt. Ich brauche erst Fakten, die meine Aussage untermauern, bevor ich mit ihm sprechen kann, sonst wird er argwöhnen, dass ich ihn erneut belüge, um meinen Kopf aus der Schlinge zu ziehen. Ich brauche Beweise. Am besten ein Geständnis. Thomsen glaubt der verrückten Mordverdächtigen jetzt schon keine noch so schlüssige Geschichte mehr.

Ich trockne mich ab, ziehe meine Jeans und ein Oberteil

an. Während ich mir Socken und Turnschuhe überstreife, denke ich daran, dass ich mir keinen Fehler mehr leisten darf. Ich hatte heute Nacht einen beunruhigenden Gedanken. Wer sagt mir, dass Nicolai sich darauf beschränkt, mich meschugge zu sehen. Steckt er hinter der Attacke auf meine Haare? Reicht sein langer Arm bis in die Psychiatrie, und hat er jemanden vom Personal bestochen, mir Angst zu machen?

Das ist schäbig. Niederträchtig.

Die Wut kocht wieder in mir hoch, und ich bohre die Fingernägel in meine Handflächen.

Ich gehe ruhelos im Zimmer auf und ab. Auf der Baustelle vor dem Fenster ist heute hektisches Treiben. All die fleißigen Arbeiter scheinen einen Plan zu verfolgen, den nur sie kennen. Hat das Chaos System?

Nicolai soll leiden. Genauso wie Marius.

Genauso wie ich.

Die Polizei ermittelt nicht gegen ihn. Thomsen ist sich sicher, dass Nicolai ein Alibi hat. Aber das stimmt nicht. Es kann nicht stimmen. Deshalb werde ich die Sache nicht der Polizei überlassen. Was, wenn Thomsen es vergeigt? Er ist Nicolai nicht gewachsen. Er hat nicht mal sein falsches Alibi geknackt.

Ich werde selbst für Gerechtigkeit sorgen.

Den Spieß umdrehen.

Ich will mich nicht länger den Familienregeln unterordnen.

Ich will mein eigenes Leben. Eigene Entscheidungen.

Die Therapie wirkt. Zwar nicht so, wie Frau Dr. Freytag sich das vorgestellt hat, aber sie wirkt. Ich beginne meine Sätze mit »Ich will«.

Das motiviert mich zwar zu Entscheidungen – aber werden es die richtigen sein?

Ich muss klüger sein als Nicolai.

Schneller.

Entschlossener.

Und das sind nicht meine Stärken.

Ich bereue die SMS von heute Nacht. Eine impulsive Aktion. Ein Fehler. Das darf sich nicht wiederholen. Ich brauche eine Strategie.

Ich brauche Hilfe.

39.

Hanne ist nicht wieder aufgetaucht. Ich nutze die Ruhe vor dem Frühstück und setze mich mit Marius' Handy auf mein Bett. Ich halte es im Schoß wie ein Juwel. Ist jetzt der richtige Zeitpunkt, mich mit Marius zu treffen? Es ist wie eine Verabredung mit ihm. Seine Worte lesen, seine Bilder anschauen, seine Gedanken verfolgen. Ein intimer Moment.

Ich schalte das Handy ein, gebe die PIN ein. Das Display leuchtet grell. Ich zögere. Soll ich mit den Fotos beginnen? Mit den E-Mails? Ich drücke auf das SMS-Symbol. Auf meine Nachricht an Nicolai ist keine Antwort gekommen. Hat er sie gelesen? Wie dämlich von mir, ihm zu schreiben. *Krieg!* Mein Gott, wie melodramatisch.

Ich stöhne. Beruhige dich, Leila. Wenn du Marius' Bilder anschaust, soll es nicht mit Ärger vermischt sein. Nicht mit Nicolai. Ich atme in den Bauch. Schließe die Augen und konzentriere mich auf den Atem. Wenn ich die Zeit hätte, würde ich eine kurze imaginative Reise zu meinem *sicheren Ort* antreten. Eine wirkungsvolle Übung, die Valentina mir beigebracht hat, um mich zu entspannen und mich sicher zu fühlen. Doch diese Auszeit kann ich mir jetzt nicht gönnen.

Stattdessen greife ich erneut nach dem Telefon und öffne die Galerie. Marius hat seine Bilder nicht sortiert. In winzigen Kacheln fliegen Hunderte von Fotos auf den

Bildschirm. Ich scrolle runter, und es werden immer mehr. Ein wahrer Schatz! Mir wird heiß im Gesicht, und ich zwinge mich, die Hände ruhig zu halten, die vor Aufregung zittern.

In diesem Moment fliegt die Tür auf, und Benjamin stolpert herein. Seine Haare stehen ungekämmt zu Berge, und hinter der großen Brille blicken seine Augen erschrocken auf mich.

»Lebst du? Geht es dir gut?«

Hinter ihm drückt Hanne die Tür zu.

»Wie bitte?« Hektisch schalte ich das Handy aus.

Benjamin stößt hart die angehaltene Luft aus und stemmt die Arme in die Hüften. »Mensch Mädels, so könnt ihr mich doch nicht wecken. Hanne hat mich aus dem Bett gezerrt und gemurmelt, dass ich dir helfen müsse. Als ob du gerade dabei wärst, den Löffel abzugeben. Ihre Tochter sterbe. Ey, Leute …«

Ich bin verblüfft. Hanne hat mir die Hilfe geholt, die ich brauche. Ich lasse das Handy sinken und mache Nägel mit Köpfen: »Ich brauche dich, Benjamin. Ich brauche deine Hilfe. Ohne Wenn und Aber. Kannst du das für mich tun?«

Benjamin runzelt die Stirn. »Tja, kommt drauf an, um was es geht. Können wir nicht erst in Ruhe frühstücken? Ich meine, ich hatte noch nicht mal einen Kaffee.«

»Du hörst dir meinen Vorschlag an, und anschließend bekommst du so viel Kaffee, wie du willst, okay?«

Benjamin setzt sich auf Hannes Bett und schaut mich skeptisch an, zuckt ergeben mit den Schultern und seufzt. Ich soll loslegen. Und das tue ich. Während Hanne im Bad verschwindet, erzähle ich ihm alles. Alles, was ich erinnere. Was ich in der Tatnacht auf dem Parkplatz beobachtet habe. Wie ich meinen Mann erkannt habe. Der Schock. Das Vergessen. Thomsen, der mich umkreist und die falschen Schlüsse zieht. Der Zettel auf meinem Bett und mein massakrierter Kopf. Ich kann kaum glauben, dass ich von wenigen Tagen berichte. Und dabei habe ich das Handy noch nicht einmal erwähnt.

Ich halte es hoch. »Das ist Marius' Handy! Mein Mann hat es mir in die Jackentasche gesteckt, damit ich endgültig ausraste und mich ans Messer liefere. Fast wäre sein Plan aufgegangen.« Ich hole tief Luft und schaue in Benjamins schockiertes Gesicht, der von meiner Generalabrechnung überfordert und gleichermaßen beeindruckt ist.

»Ich brauche einen Plan! Ich werde mich nicht mehr kampflos meinem Schicksal ergeben. Ich werde diese Tat rächen.«

»Was für einen Plan? Leila, jetzt komm mal runter, mach jetzt keinen Scheiß ...«

Er bricht seinen Satz unter meinem strengen Blick ab und beginnt zu verstehen, wie ernst ich es meine.

»Ich brauche ein Geständnis. Zweifelsfreie Beweise. Verstehst du nicht? Ich bin die Hauptverdächtige, alles spricht gegen mich. Ich kann mich nicht hinstellen und behaupten, ich wäre nur die Augenzeugin gewesen und hätte anschließend praktischerweise alles vergessen. Ich muss mehr haben. Viel mehr!«

Benjamin nickt. Das leuchtet ihm ein. »Was glaubst du, warum dein Mann das getan hat?«, fragt er. »Ich meine, bist du dir sicher?«

»Er war eifersüchtig. Er duldet es nicht, dass ihm jemand wegnimmt, was ihm gehört.«

»Wenn ich dich richtig verstanden habe, hat Marius

dich ihm gar nicht weggenommen. Ihr hattet doch keine Affäre, denke ich ...«

»Ich glaube, es war noch viel schlimmer, Benjamin. Nicolai hat begriffen, was mir nicht klar war. Marius war viel gefährlicher, als eine bloße Affäre es je hätte sein können. Ich dachte, ich wäre Nicolai treu, wenn ich keinen Sex mit Marius habe. Aber das stimmt nicht. Nicolai hat gemerkt, dass ich Marius liebe. Marius hat ihm mein Herz gestohlen. Das ist viel mehr als mein Körper. Und Nicolai wusste das.«

»Tja, dann ...« Benjamin macht eine hilflose Geste.

Ich zucke mit den Schultern. »Ich war so wahnsinnig naiv, dass es Marius das Leben gekostet hat. Ich werde diese Schuld nie begleichen können. Ich kann nur dafür sorgen, dass Nicolai seine Strafe bekommt.«

Mich hält nichts mehr auf dem Bett. Ich springe herunter und nehme die Wanderung im Zimmer auf, wie Hanne es sonst tut. Erstaunlicherweise entspannt es mich, Kreise zu ziehen.

»Ich bin die Mutter seiner Tochter, und er behandelt mich wie ein unmündiges Kind. Er nimmt billigend in Kauf, dass ich für ihn ins Gefängnis gehe. Oder meinetwegen auch in die Psychiatrie. Aber ich werde ihm Luna nicht kampflos überlassen.« Ich halte vor Benjamin an und fixiere ihn. »Ich muss es für meine Tochter tun.«

Er rückt seine große Brille zurecht und schweigt.

»Valentina wäre entsetzt, wenn sie wüsste, wie ihre Therapie aussieht.«

»Valentina? Du duzt deine Therapeutin?«

»Unterbrich mich nicht! Ich muss alles rauslassen.« Ich laufe im Kreis. »Was sagt es über mich, dass ich nicht mitbekommen habe, dass mein Ehemann zu einem Mord fähig ist? Dieser brutale Täter ist nicht der Mann, den ich geheiratet habe. Er muss ein anderer sein. Ich frage mich, ob er in den Tagen nach Marius' Tod verändert war? Hat er sich anders benommen? Hat er ein schlechtes Gewissen gehabt? Leider war ich selbst so durch den Wind, dass mir nichts aufgefallen ist. Im Gegenteil: Er hat mich unterstützt. Wie hat er das geschafft? Hat er ein zweites Ich? Das könnte sein, oder? Wir hatten auch gute Jahre. Er ist Luna ein liebevoller Vater. Es hat uns an nichts gemangelt. Außer an Zeit und… ja vielleicht… Empathie. Liegt es daran, dass ich nichts gemerkt habe? Ich werde beweisen, dass ich unschuldig bin, ich brauche ein Geständnis von ihm. Und du, Benjamin, du wirst mir dabei helfen.«

Ich halte erschöpft inne. Erschlagen von meinem Monolog.

Ich sehe Benjamin an.

Er blinzelt hektisch hinter seiner Brille und bringt keinen Ton heraus.

40.

»Ich brauche sein Geständnis. Ich werde meinen Mann mit seinen eigenen Waffen schlagen. Ich werde seinen Narzissmus kitzeln, ihn provozieren, ihn zum Kampf herausfordern. Diese Sprache versteht er.« Ich flehe Benjamin an und bemerke in derselben Sekunde, dass ich von ihm fordere, meine Probleme zu lösen. Hatte ich mir nicht vorgenommen, selbst für mich einzustehen? Aber ich habe ja eine Idee, nur traue ich mich nicht, sie alleine umzusetzen.

»Wie willst du das anstellen? Glaubst du, er setzt sich hier in den Aufenthaltsraum und plaudert munter über die Tötung deines Musikproduzenten? Mensch, Leila.« Benjamin seufzt genervt.

Ich schaue ihn stumm an.

»Nein!«

»Doch!« Ich nicke energisch.

»Nein. Das darfst du nicht mal denken!«

»Hauptkommissar Thomsen hat einen Wachmann für mich bestellt. Der wird heute im Laufe des Tages eintreffen und soll dafür sorgen, dass ich die Station nicht verlasse. Dafür brauche ich dich. Wir müssen uns etwas einfallen lassen, um ihn abzulenken.«

»Du willst aus der geschlossenen Psychiatrie ausbrechen? Einen Wachmann überrumpeln? Die Polizei an der Nase herumführen?«

Ich nicke. Jawohl, das ist mein Plan.

»Ich muss in unser Haus. Nicolai wird die Tatwaffe, die blutige Schere aus meinem Badezimmerschrank, irgendwo versteckt haben. Und den Schlüssel zu Marius' Wohnung. Er wird die Sachen als Trophäe seiner Unbesiegbarkeit behalten. Zumindest hoffe ich das.« Ich zögere. Wenn ich mich irre, sind die Konsequenzen unübersehbar. »Nachdem die Hausdurchsuchung durch war, konnte er alles zu Hause unterbringen, was er vorher im Büro deponiert hatte. Wenn ich im Haus nichts finde, muss ich in sein Büro. Wir haben einen Safe. Dort beginne ich.«

»Das ist verrückt, hör auf!«

»Wenn es mir gelingt, die Tatwaffe zu finden, habe ich etwas gegen ihn in der Hand. Ich kann...«

»Leila, das ist naiv, das funktioniert niemals!« Benjamins Tonfall klingt nicht länger genervt, sondern besorgt. Seine Stimme hört sich beinahe väterlich an. »Dein Mann wird die Tatwaffe nicht in seinem Safe liegen haben. So blöd ist niemand.«

»Aber so überheblich.«

»Was ist denn mit seinem Alibi? Wenn du glaubst, ihn auf dem Hinterhof gesehen zu haben, dann...«

»Ich habe ihn gesehen!«, sage ich. Es ist frustrierend. Wenn Benjamin mir schon nicht glaubt, wie soll ich die Polizei überzeugen?

»Okay, beruhige dich. Versuche, sein Alibi zu knacken. Wenigstens in Frage zu stellen. Dann kann dein Kriminalkommissar nachhaken.«

Über sein Alibi habe ich schon nachgedacht. Das ist knifflig. Thomsen hat gesagt, Nicolai sei mit einigen Freunden und seinem Bruder Dorian in einer Kneipe gewesen, und sie hätten Fußball geguckt.

»Ich verstehe nicht, wie Thomsen das Alibi überprüft haben will. Nicolai kann nicht die ganze Zeit in der Kneipe gewesen sein. Unmöglich. Er war zu Beginn des Spiels da und zum Ende. Das reicht. Oder glaubst du, seine Kumpels würden der Polizei gegenüber irgendetwas anderes behaupten? Wenn Nicolai bei der Polizei ausgesagt hätte, er habe nackt mit zwei Russen auf dem Tresen Kasatschok getanzt, hätten seine Kumpels selbst das bestätigt.«

»Puh, du spinnst echt.«

»Ich muss mir ein paar Fragen überlegen, wie ich Nicolai aus der Reserve locke. Weißt du, so wie die Polizei das im Fernsehen macht.«

»Nee, is klar. Fernsehen. Am besten nimmst du dir wie Til Schweiger 'ne Wumme und …« Benjamin reißt hinter seiner Brille die Augen auf. »Mein Gott, Leila, das ist ein Scherz. Du sollst dir selbstredend *keine* Waffe organisieren.« Er wischt sich den Schweiß von der Stirn. »Und das alles vor dem Frühstück.«

»Hast du Ideen?«

»Nee. Ich kann ohne Kaffee nicht klar denken. Kannst du nicht deine Therapeutin fragen? Die quetscht sogar Erinnerungen aus deinem verloren gegangenen Gedächtnis heraus.«

Ich weiß, dass er es nicht so meint, aber es kränkt mich, dass er mir nicht glaubt, dass er mir nichts zutraut. Und ich kann mich der Ärztin nicht offenbaren. Sie kann mir nicht helfen, aber würde verhindern, dass ich auf eigene Faust aktiv werde.

Ich werde ruhiger, die Verzweiflung kommt zurück.

»Ich mische mich ja nur ungern ein, aber …« Hanne steht im Türrahmen zum Badezimmer und weint.

»Hey, Hanne, was ist passiert?«

»Meine Tochter liebt ihren Vater. Mir fällt nicht ein, was ich tun soll. Was mache ich hier in diesem Haus?«

Ach, Hanne. Natürlich lieben Töchter ihre Väter. Und es ist furchtbar, einen Vater zu verlieren. Aber ist es besser mit einer Mutter in der Psychiatrie und einem Mörder-Vater am Frühstückstisch?

Aus dem Nichts laufen die Bilder von meinem Mann und Luna am Esstisch durch meinen Kopf. Mit welcher Ausdauer er das »Nicht Ja, nicht Nein«-Spiel mit ihr gespielt hat. Er hat sich endlos Fragen überlegt, auf die Luna nicht mit Ja oder Nein antworten sollte und ihr Juchzen, wenn sie auf ihn hereingefallen ist. Oder er unsere drei Servietten eingesammelt hat und darunter etwas versteckt hat. Luna sollte raten, unter welchen der drei Servietten ...

Hannes Weinen mischt sich unter die Bilder, und ich stehe auf und nehme sie wortlos in den Arm. Ich glaube, das hilft ihr mehr als eine Antwort, die sie nur verwirrt. Tatsächlich beruhigt sie sich. Sie fängt an, in einem Singsang zu murmeln.

Einem Impuls folgend lasse ich Hanne los und gehe zu Benjamin, der noch auf Hannes Bett sitzt. Ich knie mich vor ihn. Plötzlich ist Stille im Raum. Beiden hat es die Sprache verschlagen.

»Benjamin. Ich flehe dich an. Ich bitte dich inständig. Ich muss hier raus, ohne dass es jemand merkt. Du musst mir sagen, wie ich das anstelle. Bitte!« Er will Luft holen, um zu antworten, aber ich unterbreche ihn. »Du warst ein Spieler. Du weißt, dass man Risiken eingehen muss, um zu gewinnen. Ich muss einen hohen Einsatz bringen, sonst habe ich keine Chance!«

»Puh ... also. Puh.«

Nicht sehr wortgewaltig, aber ich interpretiere das als Ja und stoße ebenso angespannt wie er die Luft aus meinen Lungen. Ich werde dieses Krankenhaus verlassen und nie wieder zurückkommen. Ich verkrafte die Töne der Station nicht länger. Das Murmeln der Verrückten. Das Schreien der Verzweifelten. Das Jammern der Hilflosen. Das Lamentieren der Unverstandenen. Auch, wenn ich inzwischen eine von ihnen geworden bin.

»Ich komme mit!«

Ich wirble herum.

»Was? Hanne, du kannst nicht mit!«

»Warum nicht? Benjamin hebt uns über die Gartenmauer im Innenhof.« Sie hält kurz inne. »Ich denke, wir sollten warten, bis dieser scheußliche Regen aufgehört hat. Ich möchte nicht mit pitschnassen Haaren bei meiner Tochter ankommen.«

Ich traue meinen Ohren nicht. Davon mal abgesehen, dass Hanne nur mit einem Gehwagen mobil ist, kann sie nicht über eine Gartenmauer klettern. Aber die Idee, über die Gartenmauer zu steigen, könnte klappen.

Ich werfe einen fragenden Blick zu Benjamin. Hat sie uns den Weg nach draußen gewiesen?

Er brummt zustimmend und zieht eine Schnute.

Es ist erstaunlich, wie leicht sich die Grenze zwischen Erlaubtem und Verbotenem überschreiten lässt. Ich plane den Ausbruch aus der Psychiatrie und will in mein eigenes Haus einbrechen, damit ich von meinem Mann ein Geständnis erpressen kann. Psychotherapie verändert mich auf eine Weise, die ich nie für möglich gehalten hätte. Das hat Valentina sicher nicht beabsichtigt!

Wir kommen nicht dazu, genauer zu planen, denn es klopft an der Zimmertür. Valentina steht im Türrahmen und nuschelt einen kurzen Morgengruß. Ich springe auf, wie ein ertapptes Kind beim Naschen. Ob sie unser Gespräch belauscht hat? Was macht sie ausgerechnet jetzt vor unserer Zimmertür?

»Ich möchte Ihre Runde nicht stören, aber ich muss Sie sprechen. Es ist dringend. Ihr Ehemann hat angerufen.«

Sie zögert, als ob sie nicht wisse, ob sie überhaupt noch mehr sagen muss.

»Heute ist Marius' Beerdigung. Ihr Mann wird für Sie daran teilnehmen.«

41.

Beerdigung? Heute? Unmöglich!

Ein Abgrund tut sich vor mir auf. Das Zimmer fängt an, sich um mich zu drehen. Marius wird beerdigt, und sein Mörder nimmt in meinem Namen teil? Das ist mehr, als ich ertragen kann. Das ist mehr, als irgendein Mensch ertragen sollte. Ich höre ihre letzten Worte nicht mehr, sehe sie nur den Mund öffnen und schließen. Von der Seite verengt sich mein Gesichtsfeld. Meine Beine tragen mich nicht mehr. Ich sinke zu Boden.

Und warte auf das erlösende Schwarz, dass mich ins Vergessen führt.

Leider werde ich nicht ohnmächtig.

Im Gegenteil. Schmerzen zermahlen meine Eingeweide. Fräsen sich durch meinen Körper.

Valentina nimmt mich wortlos am Arm, hilft mir auf und führt mich über die Station, Richtung Ausgang. Ich nehme die Geräusche der Station nicht wahr. Fühle keine Berührung meiner Füße auf dem Boden. Ich bin nicht mehr da. Verschwommen sehe ich, wie Valentina mit einem Schlüssel die Türen öffnet und schließt, und irgendwann sitze ich regungslos in Valentinas Sessel, um den Schmerz zu ertragen. Durch ihn hindurch zu atmen.

Heute ist die Trauerfeier für Marius.

Nicolai hat mir nichts gesagt. Dieser elende Mistkerl!

Wo findet die Zeremonie statt?

Wer hat sie organisiert? Seine Frau?

Wer wird kommen?

Ich weiß nichts, habe keine Antworten auf meine Fragen. Ich war irrigerweise davon ausgegangen, dass nach einem Tötungsdelikt das Opfer von der Staatsanwaltschaft nicht so bald freigegeben wird. Eine Beerdigung frühestens in ein paar Wochen stattfindet.

Ich blöde Kuh. Warum habe ich Thomsen nicht gefragt?

War ich eben noch voller Tatendrang und der sicheren Überzeugung, den Mord an Marius aufzuklären, fühle ich mich nun, als sei ich mit dem Auto bei hohem Tempo gegen eine Betonwand gerast.

»Leila, es tut mir leid. Ich habe es eben erst durch Ihren Mann erfahren, sonst hätte ich Ihnen früher Bescheid gesagt. Es tut mir leid, dass Sie nicht dabei sein können.«

Ihre Worte trösten mich nicht.

»Seit Kommissar Thomsen gestern hier war und das Video gezeigt hat...«, fährt sie fort, »...Ihnen ein Motiv unterstellt... ich meine, die Ehefrau, die Insolvenz... das geht mir alles nicht aus dem Kopf. Ich vermag kaum zu ermessen, wie es Ihnen gehen muss. Können Sie sprechen?«

Ich höre ihren besorgten Tonfall. Die Ärztin, die sich so um mich bemüht. Die mich heroisch vor der Polizei schützt. Ist dies der Moment, Valentina zu erzählen, dass ich mich erinnere? Dass ich weiß, wer der wahre Täter ist? Ich kann nicht. Ich bin die naive Ehefrau eines Mörders. Ich schäme mich.

Um Zeit zu gewinnen, greife ich nach den Kosmetiktüchern aus der Box und putze mir die Nase. Ich bringe es nicht über die Lippen. Wenn ich Nicolai verrate, kann ich nicht sicher sein, ob ich meinen Plan verfolgen kann.

Valentina würde sofort Thomsen anrufen. Ich bin schuldbewusst, aber ich kann ihr nicht sagen, dass ich den Täter kenne. Das ist ausgeschlossen.

»Ich habe nicht damit gerechnet. Ich fühle mich grauenhaft. Und ich will mich nicht mehr so fühlen.« Ich bemühe mich nicht, ihr zu erklären, was *grauenhaft* bedeutet. Wie durch eine scharfe Häckselmaschine gedreht? Etwas anderes beschäftigt mich: »Warum haben Sie mit meinem Mann telefoniert?«, frage ich sie. »Gilt für Sie keine Schweigepflicht? Warum fallen Sie mir in den Rücken?«

Ich merke, wie die Formulierung der Frage mir hilft, meine Verzweiflung durch Groll zu ersetzen. Wut ist so viel einfacher auszuhalten als diese zersetzende Traurigkeit.

»So war das nicht...«

Ich höre Valentinas Worte nicht mehr. *So war das nicht.* Wie oft habe ich diesen Satz in meinem Leben schon gehört? Ständig verstehe ich alles falsch. Nie bin ich richtig. Selbst meine Therapeutin korrigiert mich. Hört das nie auf?

»...Ihr Mann wollte dringend mit mir sprechen, da er von der Polizei erfahren hat, dass Sie ins Untersuchungsgefängnis überstellt werden. Er wollte von mir wissen, ob ich etwas tun kann, um Sie vor dem Gefängnis zu bewahren.«

Er hat Angst. Angst, dass ich meine Erinnerung wiederfinde. Hat er Valentina ausgehorcht?

»Ich habe ihm nur gesagt, dass wir bis Ende der Woche Frist haben. Jedenfalls dachte ich, dass...« Sie runzelt die Stirn. »Er hat erneut betont, dass er nicht möchte, dass Sie mit mir sprechen. Ich habe das nicht kommentiert. Sie sind meine Patientin. Sie entscheiden.«

Ha! Erstmals geht es nicht nach seinem Willen. Eine neue Erfahrung für ihn. Aber sei es drum, viel wichtiger ist doch, warum er zu Marius' Beerdigung geht? Seine Frau wird verdächtigt, Marius getötet zu haben. Er muss damit rechnen, dass die Familie ihn in Stücke reißt. Was bezweckt er damit?

»Er hat gesagt, er käme nach der Trauerfeier in die Klinik.«

»Um Salz in meine Wunden zu streuen?« Ich höre, wie meine Stimme eine halbe Oktave tiefer wird, spüre, wie mein Herz rast, meine Fäuste sich ballen.

Hass! Ich hasse ihn!

»Sie sind wütend. Ihr Mann hätte Ihnen sagen müssen, dass die Trauerfeier heute stattfindet. Er hat es nicht getan, und Sie müssen ihm sagen, wie sehr Sie das verletzt.«

Valentinas Stimme klingt unaufgeregt. Klar, für sie ist das normal. Die Wut der Patienten. Für mich ist es nicht normal. Ich bin gedemütigt. Ich will mir meine Wut nicht nehmen lassen. Ich werde Nicolai vernichten!

Trotzig schweige ich.

Valentina hält das Schweigen aus.

»Warum geht er zur Trauerfeier?« Ich habe das Duell verloren und spreche zuerst.

»Ich weiß es nicht. Vielleicht möchte er signalisieren, dass er Sie für unschuldig hält?«

Sie versteht Nicolai überhaupt nicht. »Tja, möglicherweise hab ich Glück, und Marius' Ehefrau erschießt ihn.«

Valentina ignoriert meine Aggressivität.

»Wie war es für Sie, im Tonstudio zu erfahren, dass Marius verheiratet war?«

»Ich habe an dem Tag, als seine Frau anrief, nicht erfahren, dass Marius verheiratet ist. Er hat mir von Anfang an von seiner Ehe erzählt. Ich wusste, dass die beiden kein Paar mehr sind und getrennt leben. Ich bin selbst verheiratet – wie könnte ich ihm einen Vorwurf machen? Das ist doch kein Motiv, ihn zu töten!«

Valentina nickt. Sie ist wenig überrascht von meiner Eröffnung.

»Leila, wir wissen zweifelsfrei, dass Sie am Tatort waren. Sie können sich nicht an die Nacht erinnern. Das ist eine Schutzreaktion. Wir haben darüber gesprochen. Vielleicht brauchen Sie Zeit, aber bedenken Sie bitte, dass Sie nicht mehr viel Zeit haben.«

Das stimmt. Die Zeit ist knapp. Ich muss hier raus. Ich muss meinen Plan schmieden und vor Ende der Woche neue Fakten schaffen, sonst gehe ich ins Gefängnis. In den Knast.

»Leila, stehen Sie bitte auf. Sie sind kurz davor zu dissoziieren. Bitte gehen Sie ein paar Schritte durch den Raum.«

Ich tue Valentina den Gefallen. Tatsächlich fühlt sich mein Körper steif und schmerzend an. Ich gehe um ihren Schreibtisch herum, schaue durch das Fenster in das morgendliche Grau. Die Sonne habe ich seit Tagen nicht gesehen.

Ich drehe mich abrupt um und setze mich zurück in den Sessel.

»Leila, es gibt da noch etwas, was ich mit Ihnen besprechen muss.«

Ihr Ton verrät mir, dass sie nicht weiß, wie sie es mir beibringen soll. Noch mehr Hiobsbotschaften vertrage ich nicht.

»Ihr Mann hat mir heute früh mitgeteilt, dass Ihr Anwalt morgen früh in die Klinik kommen wird. Wir haben vielleicht keine Woche mehr, die Sie hierbleiben können.« Sie verzieht bedauernd die Mundwinkel.

»Mein Anwalt? Wieso keine Woche mehr?«, frage ich verblüfft.

»Morgen sind Sie sieben Tage hier auf der Station. Sie sind mit einem richterlichen Untersuchungsbeschluss zwangseingewiesen worden. Und dieser Beschluss muss entweder verlängert werden, oder Thomsen überstellt sie nicht erst am Ende der Woche in Untersuchungshaft, sondern morgen früh. Daher die richterliche Anhörung.«

Sie unterbricht sich, damit ich die Nachricht verdauen kann. Richterliche Anhörung? Mein Herz beginnt zu rasen, und mir wird heiß.

Es hört nicht auf. Es wird nie aufhören.

»Der Richter hat mich angerufen und die Anhörung auf morgen früh 9.00 Uhr festgelegt. Das Gespräch wird hier in meinem Büro stattfinden. Ihr Anwalt wird als Ihr Verfahrenspfleger anwesend sein. Der Einweisungsgrund in die Psychiatrie war Ihre Suizidalität, und ich denke, wir sollten bei dieser Argumentation bleiben. Das habe ich Kommissar Thomsen gegenüber vertreten. Verstehen Sie mich nicht falsch, ich bemühe mich, das Beste für Sie rauszuholen. Und das Beste sind im Moment ein paar Tage länger in der Psychiatrie statt im Gefängnis. Was meinen Sie?«

Ich meine, dass mir die Zeit wegläuft. »Ein Richter? Verfahrenspfleger? Ich verstehe nicht.«

»Als man Sie vor einer Woche in die Klinik eingeliefert hat, wollten Sie nicht freiwillig in der Psychiatrie bleiben. Sie sind mit einem richterlichen Beschluss zwangseingewiesen worden, um Sie davor zu bewahren, sich selbst etwas anzutun. Die Entziehung Ihrer Freiheit erfolgte zu Ihrem eigenen Schutz. Es muss ständig überprüft werden, ob diese Maßnahme nötig und angemessen ist. Spätestens nach sieben Tagen. Die sind morgen um. Sie könnten freiwillig hier in Behandlung bleiben. Das wäre das Einfachste. Aber ...«

Sie räuspert sich und rutscht auf dem Sessel umher.

»Ich kann Sie nicht länger schützen. Sie bleiben nur hier, wenn wir den Richter überzeugen, dass Sie suizidgefährdet sind, sonst müssen Sie ins Frauengefängnis. Haben Sie noch Gedanken, sich das Leben zu nehmen?«

Ich schüttele den Kopf. Ich habe nur Gedanken daran, heute Nacht zu fliehen. Ich werde Nicolai überführen und meine Tochter und mich in Sicherheit bringen. Denn es gibt niemanden, der mir helfen will. Ich bin auf mich allein gestellt.

»Ich werde lügen«, sage ich. »Warum sollen mir meine negativen Charaktereigenschaften nicht mal nützen? Morgen werde ich selbstmordgefährdet sein.«

Ich greife an meine Jackentasche. Das Diktiergerät, welches ich bei meiner Wanderung durch den Raum von Valentinas Schreibtisch geklaut habe, liegt schwer in meiner Strickjacke und gibt mir die nötige Sicherheit, Valentina die Lüge über das Lügen aufzutischen.

Denn morgen bin ich nicht mehr hier.

42.

Ich kann lügen. Und heute werde ich lügen. Damit spiele ich nicht auf ein geschwindeltes Kompliment, eine Notlüge oder eine Übertreibung an. Ich werde Nicolai anlügen, um ihn zu täuschen. Ich will, dass er sich verrät. Ich weiß, was er getan hat, und ich will ihn überführen, damit Luna und ich sicher vor ihm sind. Damit ich meine Unschuld beweisen kann.

Ich halte Valentinas Diktiergerät in der Hand und probiere, ob es aufnimmt. Ich werde es laufen lassen, wenn ich mit Nicolai in die Konfrontation gehe. Sicher ist sicher. Wie hat die Eifersucht in wenigen Monaten ein Monster aus ihm gemacht? Und warum habe ich nichts gemerkt?

Ich habe einmal in einem Rundfunkbericht gehört, dass Frauen mit Mördern verheiratet sind und nichts von deren Taten ahnen. Dass Mütter von mordenden Jugendlichen unbeirrt behaupten, ihr Kind könne keiner Fliege etwas zu Leide tun. Ich habe sie belächelt. Ich war sicher, dass diese Menschen es nur nicht wahrhaben wollten. Dass sie sich selbst belogen haben.

Was habe ich übersehen? Welche Anzeichen habe ich ignoriert? War ich zu sorglos?

Ich stehe mal wieder am Fenster und schaue auf die Baustelle davor. Heute beneide ich die Bauarbeiter. Sie düsen geschäftig hin und her und sehen jeden Tag, was sie geschafft haben. Mit ihren Bemühungen graben sie eine Grube, legen ein Fundament oder ein Rohr. Irgendetwas.

Ihre Arbeit trägt Früchte. Meine Arbeit zerstört. Meine Ergebnisse der Therapie vernichten. Mich, mein Bild von der Welt, alles, an was ich geglaubt habe. Ich muss hier raus. Ich ertrage es nicht länger, eingeschlossen zu sein. Ich brauche frische Luft. Straßenleben. Autoverkehr. Töne. Ich brauche frische Töne. Reine und unverdorbene Töne.

Draußen werden die Leute mit dem Finger auf mich zeigen. Die Frau des Mörders. Sie werden mich genauso hassen wie meinen Mann. Weil ich es nicht verhindert habe. Egal. Sie können mich nicht mehr verabscheuen als ich mich selbst. Das darf ich Nicolai aber nicht spüren lassen. Er muss sich sicher fühlen, und dann schlage ich zu. Ich … stopp. Jetzt mache ich mir etwas vor. Genau in diesem Augenblick. Ich *schlage* zu … das denkt sich so leicht. Was will ich denn tun? Wie will ich es anstellen, dass er ein Geständnis ablegt? Ich werde mit der Schere beginnen. Mit dem Kleid. Er hat gesagt, ich besitze kein rotes Kleid. Das war gelogen. Vielleicht verrät er sich? Nicht sehr wahrscheinlich. Ich seufze.

In diesem Moment öffnet sich die Zimmertür, und Pernille steckt den Kopf herein.

»Da sind Sie ja. Ihr Mann ist hier … oh, là là, das wird Sie umhauen.«

Warum ist sie immer so gut gelaunt? Spielt sie mir etwas vor? Gehört sie zu Nicolais Handlangern?

Sie schwingt die Tür auf, und Nicolai tritt zögernd ein. Er hält einen Blumenstrauß in der Hand.

So viele Blumen. Astern, Dahlien, Hortensien. Zu viele.

Merkt er denn wirklich gar nichts? Ich spüre, wie mir die Magensäure hochsteigt. Hält er mich für so naiv, dass er mich mit ein paar Blümchen kaufen kann?

Ich drücke die Aufnahmetaste des Diktiergeräts in meiner Jackentasche.

»Na, hast du die direkt von Marius' Beerdigung abgezweigt? Von seinem Grab genommen? Wie praktisch.«

Er wird so blass, dass ich für einen Moment befürchte, er könne mir den Strauß um die Ohren hauen. Aber er stößt nur angestrengt die Luft aus und legt die Blumen sachte auf mein Bett.

»Ich dachte mir schon, dass du sauer bist.«

Es bringt mich zur Raserei, dass er nichts begreift. Sauer? Das ist wohl kaum das Wort, das meine Empfindungen richtig wiedergibt. Ich balle die Faust in der Jackentasche und ermahne mich zur Ruhe. Noch darf ich nicht offenbaren, was ich inzwischen erinnere. Ich darf mich nicht hinreißen lassen.

Ich starre ihn stumm an.

»Ich bin zu der Beerdigung gegangen. Ohne es dir zu sagen. Stimmt. Du hättest mir kein grünes Licht gegeben.«

Er macht eine Pause, als ob er nach Worten sucht. Ich halte es für Taktik. Er hat sich sicher genau überlegt, wie er mir seine Handlungen verkauft.

»Ich hatte Angst, du würdest etwas Unüberlegtes tun. Und auf der anderen Seite wusste ich, dass du wissen willst, ob er ein... ein würdiges Begräbnis bekommen hat.« Er stottert. »Er hatte viele Freunde. Sie haben ihn respektvoll verabschiedet.«

Ich bringe keinen Ton heraus. Ich habe so viele Fragen. Möchte alles genau wissen und kann doch nichts davon hören. Es zerreißt mich innerlich.

»Ich war inkognito da, niemand wusste, wer ich bin.

Außer dem Kommissar. Er hat mich gesehen, aber nicht angesprochen.«

Mit diesen Worten lässt er sich in den Sessel fallen, als ob er keine Kraft mehr zum Stehen findet. Ich nehme ihm seine Betroffenheit nicht ab. Oder vielleicht doch. Es muss schwer für den Täter sein, zur Beerdigung des eigenen Opfers zu gehen.

»Ich hasse dich.«

Es ist die Zusammenfassung all dessen, was mir durch den Kopf geht.

»Das stimmt nicht. Ich weiß es. Das sagst du nur, weil du wütend auf mich bist.« Er schüttelt den Kopf und schnalzt vor Missbilligung. »Du bist in einer extremen Ausnahmesituation und nicht Herr deiner Sinne. Ich nehme es dir nicht übel. Ich flehe dich an, hilf mir, dir zu helfen! Ich versuche, dich hier rauszuholen, aber es dauert noch. Halte durch! Es wird alles wieder gut. Ich verspreche es dir.«

»Alles wird gut?« Ich kann mich nicht länger zurückhalten und schreie ihn an. »Wie kann es gut werden? Marius ist tot. Tot! Ich habe alles verloren … du verstehst nichts, oder?«

Nun spuckt auch er die Worte heraus: »Leila, du musst endlich verstehen. Dein Marius war eine Mogelpackung. Er hat dich verarscht. Er …«

»Halt deinen Mund«, fahre ich ihn an. »Du weißt nicht, wer er war. Wie er war. Du nicht.«

»Leila, er war verheiratet und hat dir nichts davon gesagt!« Er presst die Lippen zusammen. »Seine trauernde Witwe war bei der Beerdigung. Seine Freunde waren da. Du hättest nicht dazugehört.« Plötzlich streckt er eine Hand nach mir aus. »Komm zu mir zurück, Leila«, flüstert er.

Ich fasse es nicht. Ich weiß nicht, was es ihn gekostet hat, mich zu bitten. Aber glaubt er wirklich, ich würde zu ihm zurückkommen? In dieser Situation? Einfach so?

»Ich wusste, dass Marius verheiratet ist. Er hat es mir erzählt. Was glaubst du denn? Er hatte keine Geheimnisse vor mir!«

Nicolai zuckt zusammen, als hätte ich ihn geschlagen.

»Und ich wusste von London. Sind wir jetzt quitt?« Er knurrt mich förmlich an. »Glaubst du, du kannst über ein Wochenende mit deinen angeblichen Freundinnen in den Urlaub fahren, und ich überprüfe das nicht? Du bist eine miese Lügnerin, und ich habe dir dein schlechtes Gewissen sofort angesehen. Es war nicht besonders schwer herauszufinden, dass du mit ihm nach London gefahren bist. Ein Haus kaufen, mit Tonstudio – ohne Geld. In London. Oh Gott, Leila, wie leichtgläubig bist du?«

Das verschlägt mir die Sprache. Er wusste von London und hat nie etwas gesagt. Warum nicht? Ich bin so durcheinander, dass ich keinen klaren Gedanken fassen kann. Ich merke, wie mein Plan zu scheitern droht. Ich schaffe es nicht ansatzweise umzusetzen, was ich mir vorgenommen habe.

»Ich wollte nie mit ihm nach London«, lüge ich. Ich muss die Oberhand gewinnen. Ich muss zu meinem Ziel zurückfinden. »Aber es ist interessant zu hören, wie du mir hinterherspionierst. Hast du dich nicht gefragt, warum ich dir nichts von unserem Wochenende in London erzählt habe?«

Nicolai will gerade antworten, als die Tür aufgerissen wird und Benjamin hereinstürmt. Er stoppt, als er meinen Mann sieht.

»Oh, scheiße, du hast Besuch. Leila, ich muss dich dringend sprechen. Bitte, kurz, ja?«

Er ist atemlos und so rot im Gesicht, das ich mir Sorgen mache. »Was ist denn passiert? Du siehst furchtbar aus.« Ich nehme seinen Arm und führe ihn zu meinem Bett. Er soll sich setzen, bevor er umfällt. »Sag schon!«

»Meine Frau hat angerufen. Sie wird bedroht. Sie und mein Kleiner werden bedroht. Oh Gott. Ich muss etwas tun. Ich muss das Geld auftreiben.« Er nimmt seine Brille ab und reibt sich über die Augen.

Die Angst in seiner Stimme ist unüberhörbar, und ich ahne, wie er sich fühlen muss. Zur Hilflosigkeit verdammt. Ich schiebe Nicolais Blumenstrauß zur Seite und setzte mich zu ihm, lege ihm den Arm um die Schulter und drücke ihn an mich.

Mein Blick fliegt zu meinem Mann.

»Nicolai. Ich brauche Geld!«

Benjamin beginnt zu weinen.

43.

Ich kann nicht mehr.

Das Wissen darum, was Nicolai getan hat, das Wissen, dass er alles leugnet. Dass er, statt seine Schuld einzugestehen, seine Frau ausliefert. Ich kann nicht mehr atmen. Ich kann nicht mehr.

Schwester Pernille hat mir kommentarlos mein Handy gereicht und mein Schluchzen nur mit einem mitleidigen Blick quittiert. Ich wähle Mayas Nummer. Ich brauche Trost und Verständnis. Hilfe und Unterstützung. Ich kann nicht mehr. Benjamin kann auch nicht mehr, er hat genug eigene Probleme.

»Maya! Du musst mir helfen. Ich bin ...« Wo soll ich anfangen, ihr zu erklären, dass ihr Schwager ein Mörder ist? Der Bruder ihres Ehemanns. Unsere Familie. Zerstöre ich schon wieder ein Leben?

»Liebes, was ist passiert?«

Ich kann es nicht. Ich brauche noch einen Moment. »Es ist alles so verworren. Ich kann nicht mehr klar denken.« Ich hole tief Luft. Obwohl ich kaum noch atmen kann. »Weißt du noch, als wir vor zwei Jahren zusammen nach Tirol gefahren sind? Wandern?«

»Was meinst du?«

»Ihr wolltet unbedingt wandern. Nicolai hat Luna auf dem Rücken getragen. Ich wollte ans Meer. Aber ... ich habe mich nicht durchsetzen können. Ich glaube, ich habe mich noch nie gegen Nicolai gewehrt. Warum nicht? Kannst du mir sagen, warum ich mich nicht wehre?«

Sie sagt, so sei es gar nicht gewesen. Ich hätte unbedingt wandern wollen.

Das kann nicht stimmen. Ich hasse wandern.

»Aber du weißt ja, wie schlecht dein Gedächtnis ist«, sagt sie und lacht.

Stimmt das? Sollte ich einfach mit ihr lachen? Mir ist nicht danach. Ich fühle doch, dass es nicht in Ordnung ist, wie Nicolai mein Leben bestimmt. »Er war gerade hier und hat mir erzählt, dass er auf Marius' Beerdigung war.«

Stille. Maya schweigt.

Schließlich dämmert es mir. Sie weiß es. Sie weiß Bescheid. Natürlich. Alle wissen Bescheid. Nur ich nicht.

»Maya, du musst zu mir halten. Ich brauche dich. Wenn du nicht auf meiner Seite stehst, dann schaffe ich es nicht.«

»Hey, was redest du von Seiten. Wir sind doch nicht im Krieg. Wir wollen nur das Beste für die Familie. Das weißt du.«

Weiß ich das? Ich kann nicht mehr.

44.

Es geht los. Um Punkt 2.30 Uhr bin ich mit Benjamin vor der Tür zum Garten verabredet. Hanne schläft. Sie hat klein beigegeben und gemeint, in ihrem Alter brauche sie ihren Schlaf. Darin haben wir sie bestärkt, und sie hat ihr Gesicht gewahrt.

Meine überstürzten Fluchtpläne haben in unserer Runde zu heftigem Streit geführt. Nachdem Benjamin meine Auseinandersetzung mit Nicolai unwissentlich unterbrochen hat, bin ich fester entschlossen denn je. Ich habe mein Ziel in dem Gespräch verfehlt. Benjamins Not hat mich abgelenkt. Wenigstens hat Nicolai versprochen, Geld zu besorgen, um Benjamin von seinen ärgsten Schuldnern zu befreien. Er hat sich Benjamins Geschichte angehört und grimmig geschwiegen. Dann hat er genickt und gesagt, er würde sich kümmern. Was immer das heißen mag. Ich habe nicht nachgefragt. Ich will es gar nicht wissen. Hauptsache, er hilft Benjamin.

Benjamin hat von meinen Kamikazeplänen vehement abgeraten. Die Folgen, sollte es schiefgehen, wären verheerend für mich, denn Thomsen würde mir aus einem gescheiterten Fluchtversuch ein Geständnis andichten.

Das stimmt, und trotzdem muss ich es wagen. Heute Nacht will ich die Beweise suchen, mit denen ich Nicolai konfrontieren kann. Ich habe verstanden, dass ich ihn mit Worten nicht erreiche. Er wird niemals gestehen, wenn ich nichts in der Hand habe. Und sollte ich morgen ins Untersuchungsgefängnis kommen, habe ich keine Möglichkeit mehr dazu.

Vor einer halben Stunde habe ich mich warm angezogen und bin unter die Bettdecke gekrabbelt. Nur Jacke und Schuhe fehlen. Die Temperaturen sind empfindlich gefallen. Dafür hat der Sturzregen aufgehört. Pünktlich zum Abendessen war es endlich wieder trocken.

Ich denke daran, was ich Valentina in unserem Gespräch alles verschwiegen habe. Es ist besser so. Wenn ich scheitere, soll sie keine Probleme bekommen. Thomsen kann mich ins Gefängnis verfrachten, und alles ist vorbei. Seit gestern ist so viel passiert, dass mir schwindlig wird. Gleichwohl mein Kopf gerade noch mit den Erkenntnissen Schritt halten kann, zieht mein Bauchgefühl nicht hinterher.

Ich bin mit einem Mörder verheiratet.

Ich fühle mich, als ob ich in einem Shaker auf dem Jahrmarkt durch die Luft geschleudert werde.

Wenn ich ehrlich bin, hätte ich mir Zeit gewünscht, meine Flucht besser zu planen. Aber diese verdammte richterliche Anhörung zwingt mich dazu, es trotzdem zu versuchen. Ich muss das knappe Zeitfenster nutzen. Ich warte und rede mir Mut zu. Kann doch nicht so schwer sein, über diese dämliche Mauer zu klettern. Ist nur noch niemand auf die Idee gekommen. Oder es wollte keiner ausbrechen. Ist ja kein Gefängnis. Man kann das Personal höflich fragen, ob man mal vor die Tür darf. Alle dürfen das. Nur ich nicht.

Zum hundertsten Mal werfe ich einen Blick auf Marius' Handy. Ich drücke es an mich. Seit ich es gefunden habe, ist die Angst, dass es entdeckt wird, verflogen. Geblieben ist der Wert eines Schatzes, den es mir bedeutet. Ich brauche dich, Marius. Ich brauche dich und dein Handy. Hilf mir. Sei bei mir.

2.25 Uhr. Ich schlage die Bettdecke zurück und ziehe meine Stiefel an. Dank Nicolai habe ich die dicke Daunenjacke. Ich öffne behutsam die Zimmertür, um Hanne nicht aufzuwecken. Am Nachmittag habe ich mehrmals ausprobiert, ob sie quietscht. Leider ist das bei der Außentür zum Garten der Fall. Aber unsere Zimmertür lässt sich lautlos aufdrücken.

Ich werfe einen Blick in den schwach beleuchteten Stationsflur. Ausgestorben. Gähnende Leere. Niemand sitzt auf dem Stuhl vor meinem Zimmer. Ich atme erleichtert die angehaltene Luft aus. Der Justizbeamte ist vermutlich im Dienstzimmer. Von dort scheint matter Lichtschein herüber. So haben wir es uns ausgerechnet, aber wir konnten nicht sicher sein. Zwischen Mitternacht und zwei Uhr macht das Pflegepersonal meist ein Nickerchen. Dann genehmigt sich der Nachtdienst einen Espresso, bevor er seine Stationsrunde dreht. Der Justizbeamte würde doch sicher keinen Kaffee ablehnen, oder?

Ich schleiche über den Flur und sehe aus den Augenwinkeln, dass Benjamin auf dem Weg ans andere Ende des Ganges ist. Er hat eine Jacke über seinen Schlafanzug gezogen und kann sich zur Not rausreden, dass er nur eine Zigarette rauchen wollte.

Sekunden und ein paar Schritte später treffen wir uns an der Tür zu meiner bitternötigen Freiheit.

Benjamin sieht unglücklich und übernächtigt aus. Er hat nicht geschlafen. Seine Augen hinter der Brille blicken fiebrig und gehetzt in den Gang.

Wir stehen dicht an der Wand und warten auf das ersehnte Geräusch. Endlich. Das Knattern der Espressomaschine aus dem Dienstzimmer. Das ist der Moment, den ich nutze, um die quietschende Tür zum Innenhof zu öffnen. Ich spähe Richtung Dienstzimmer.

Ich zwinkere. Kann es kaum glauben. Mein Augenlid zuckt hektisch.

Benjamin zieht hörbar die Luft ein.

Hanne steht regungslos am Ende des langen Ganges.

Sie winkt mir zu. Warum, verdammt noch mal, schläft sie nicht? Eben hat sie noch schnarchend im Bett gelegen.

Ich lächele unverbindlich und hebe bemüht eine Hand, um zu signalisieren, dass alles in bester Ordnung ist. Will sie mit der Kraft meiner Gedanken zurück ins Bett bewegen.

Sie kommt unaufhaltsam näher, hat nicht mal ihren Gehwagen dabei.

Wie kann ich sie aufhalten?

Noch wenige Schritte, dann ist sie am Dienstzimmer. Der Pfleger wird hochblicken. Sie sehen. Herauskommen. Mich sehen? Mich einfangen? Mich zwingen?

Sie bleibt stehen. Sie spricht vor dem Glaskasten mit dem Pfleger. Gibt sie ihm Bescheid, dass ich Richtung Innenhof marschiere?

Sie lacht und wirft den Kopf in den Nacken. Lenkt sie den Pfleger von mir ab? Flirtet sie? Weiß sie überhaupt, was sie tut?

Mein Herz flattert.

Benjamin schiebt mich vor.

Wir sind durch die Tür und im stockdunklen Garten. Es ist saukalt, windig, aber trocken nach dem Dauerregen der letzten Tage.

Langsam zähle ich bis zehn. Ich muss aufhören, bei jeder Schwierigkeit gleich auszuflippen. Trotz des Adrenalins, das mich durchflutet, und des Risikos, das ich trage. Ich muss kühl und kontrolliert agieren. Ich habe einiges vor mir und brauche alle Kraft und Konzentration. Im Grunde habe ich nichts mehr zu verlieren.

Ich zögere. Nur einen Sekundenbruchteil, aber Benjamin hat es gemerkt. Er legt seine Hand auf meinen Arm, als ob er mich zurückhalten will. In seinem Gesicht sehe ich Zweifel.

»Es ist eine dämliche Idee. Du musst das nicht tun«, flüstert er.

Als ob ich diesen Zweifel gebraucht habe, bin ich plötzlich umso entschlossener.

»Ich will es«, entgegne ich mit fester Stimme.

»Was will sie?«, fragt plötzlich eine Stimme aus dem Dunkeln. Benjamin und ich fahren erschrocken herum. Aus der Finsternis kommt eine Gestalt näher, und ich sehe, was mir die Stimme bereits verraten hat. Friederike. Ausgerechnet Friederike. Auf ihre Mithilfe kann ich sicher nicht zählen.

»Hey, was machst du mitten in der Nacht hier draußen?« Benjamin versucht zu retten, was nicht zu retten ist.

»Und sie? Will sie abhauen? Hat sie ein heißes Date?«

Ich ahne, worauf sie hinauswill, und springe auf den Zug.

»Nicht verraten. Ich habe gestern einen Typ kennengelernt, den ich unbedingt wiedersehen muss. Ich bin rasend verliebt und halte es ohne ihn nicht aus. Verstehst du?«

»Neu verliebt?«

»Ja, genau. Verrate mich nicht. Bitte.«

Friederike sagt nichts, sie dreht sich um und geht zurück auf die Station. Ich war nicht erfolgreich. Gleich wird sie Alarm schlagen.

»Ich kümmere mich um sie. Mach schon. Schnell!«

Benjamin klettert auf einen Stuhl, den wir am frühen Abend herausgebracht haben, und faltet die Hände zu einer Räuberleiter.

Er hat recht. Ich darf keine Sekunde Zeit verschwenden. Egal, was Friederike tut.

Er muss mich so hoch wie möglich schieben, damit ich über die Mauerkante greifen und mich hochziehen kann. Gott sei Dank bin ich beweglich. Ich sollte es schaffen.

Wir brauchen drei Anläufe, bis ich die Mauerkante zu fassen bekomme. Er schiebt, und ich ziehe mich hoch. Es dauert eine gefühlte Ewigkeit, bis ich endlich auf die Kante geklettert bin. Ich nicke Benjamin meinen Dank zu. Ich kann ihn nur schemenhaft erkennen, so rabenschwarz ist die Nacht.

Ich blicke auf der anderen Seite hinunter. Der schmale Grünstreifen vor dem asphaltierten Stück Parkplatz muss reichen, um mich abzurollen, nachdem ich gesprungen bin.

Absurd.

Ich kann es nicht. Die Angst hat mich im Griff. Wie soll ich springen? Wie soll ich fliehen? Wie soll ich gegen Nicolai ankommen? Nein … Aber ich darf mich von meiner Angst nicht beherrschen lassen. Sie darf mein Leben nicht diktieren. Wie bin ich nur auf diese Schnapsidee gekommen? Ich blicke ins Nichts. Der Rasen ist nicht zu erkennen, und ich werde mir vermutlich beide Beine brechen, wenn ich mich jetzt fallen lasse.

Leila, murmele ich, zeige einmal im Leben Haltung. Besiege deine Angst. Spring endlich.

»Spring!«, raunt Benjamin von unten.

Loslassen. Ich muss loslassen. Alles loslassen.

45.

Ich schleiche um mein eigenes Haus herum.

Für die fünf Kilometer bin ich über eine Stunde durch die Nacht gelaufen. Ich habe mich abseits der Hauptstraßen gehalten. Ich danke Gott, dass es trocken geblieben ist. Ich hätte die Strecke nicht geschafft, wenn ich zugelassen hätte, dass der eisige Regen mir den Mut raubt. Die Zweifel haben sich mit den Mutmacher-Sätzen abgewechselt.

Lass es. Es ist Wahnsinn. Du wirst ihn niemals brechen.

Los, geh. Du musst es wenigstens versuchen. Nicolai tut nur so taff. Er wird unter der Last deiner Vorwürfe einknicken.

Du steuerst auf eine Katastrophe zu ...

Ich bin froh, als ich unser Haus erreiche und Tatsachen schaffen kann. Mein Herz klopft in doppelter Geschwindigkeit. Gleich werde ich erfahren, ob der Schlüssel zu Marius' Wohnung da ist, wo ich ihn versteckt habe. Wenn er nicht mehr in seinem Versteck liegt, hat ihn mein Ehemann genommen. In der Tatnacht. Ich kann kaum daran denken, ohne dass mir übel wird. Wie konnte er das tun? Hass brandet in mir auf. Hass auf meinen Ehemann. Den ich nicht mehr wiedererkenne. Dessen Eifersucht grotesk ist. Er kann doch meine Liebe nicht erzwingen.

Wenn er den Schlüssel genommen hat, ist das der Beweis, dass er die Tat geplant hat, während er den Familienvater spielte.

Ich schleiche mich entlang unserer Bambushecke an die Haustür heran, damit der Bewegungsmelder nicht anspringt. Die Nacht ist verstummt. Keine Geräusche. Kein Auto hupt. Kein Hund bellt. Keine Menschen rascheln. Ich bin allein in der Nacht.

Ich schließe behutsam die Haustür mit meinem Schlüssel auf. Sie ist leichtgängig und gibt kein Geräusch von sich. Geschafft. Ich bin drin.

Ich bleibe im Flur stehen. Lausche. Es ist beängstigend friedlich. Nicolai schläft im oberen Stockwerk. Ich schleiche im Dunkeln voran. Meine Turnschuhe machen kein Geräusch auf dem Sisalteppich. Für einen Moment erfasst mich Schwindel, und ich stütze mich an der Wand ab. Dieser Duft. Der Duft des eigenen Heims. Lunas Duft nach Babyshampoo. Dieser Duft nach Geborgenheit. Er bringt mich fast zu Fall. Die Dunkelheit hingegen ist kein Problem, ich könnte mit geschlossenen Augen durch mein Haus laufen, ich kenne jede Ecke, jeden Winkel. Ich muss nur aufpassen, ob Nicolai irgendetwas hat herumstehen lassen, was da nicht hingehört. Wer weiß, ob er aufräumt, wenn ich nicht da bin. Meine Nervosität könnte mich einen Fehler begehen lassen. Ich atme mehrmals tief ein und aus, bevor ich weiterschleiche.

Ich will ihn nicht wecken. Noch nicht. Aber ich werde ihn aus dem Bett holen, denn ich bin nach Hause gekommen, um die Wahrheit zu erfahren. Anschließend werde ich nie wieder zurückkommen. Nie mehr zurückblicken. In diese verlogene Welt, von der ich geglaubt habe, es sei meine. Einst habe ich diese Welt geliebt. Ich Närrin. Ich hätte genauer hinsehen sollen.

Meine Augen haben sich an die Dunkelheit gewöhnt,

und da von draußen ab und zu zwischen den durchziehenden Wolken Mondlicht durch die Terrassentüren hereinscheint, kann ich mich in Ruhe umsehen. Nicolai hat für Luna eine Kindergarderobe gebastelt, damit sie ihre Jacken genauso ordentlich aufhängen kann wie die Erwachsenen. Darunter stehen aufgereiht ein paar ihrer winzigen Schühchen. Wehmut steigt in mir auf, als ich ihre niedlichen rosa Turnschuhe im Türrahmen zum Wohnzimmer stehen sehe. Ihre Lieblingsfarbe. Oh Gott, tue ich das Richtige? Ist es fair, ihr den Vater zu nehmen?

Einen Vater, der ein Mörder ist, erinnere ich mich. Ich habe einen Plan. Vorwärts.

Ich schleiche voran Richtung Wohnzimmer und in die Küche. Graue Schränke und eine Arbeitsplatte aus Holz. Weiß gekalkte Eiche. In einem Topf ohne Deckel kleben Reisreste. Auf dem Herd steht eine Pfanne. Ein Pfannenwender achtlos daneben, auf der Arbeitsplatte liegen gelassen. Drei leere Bierflaschen daneben. Auf dem langen Esstisch stehen Teller, Besteck und ein Bierglas. Ertränkt er sein schlechtes Gewissen? Es sieht aus, als hätte er seinen Stuhl abgerückt und sei davon ausgegangen, dass jemand hinter ihm aufräumt. Normalerweise bin ich das. Das ist vorbei.

Ich sehe mit neuem Blick, was mich früher nicht gestört hat. Ein Mann, dessen Familie nicht daheim ist und der erst am nächsten Morgen klar Schiff macht. Heute ekele ich mich.

Einatmen. Ausatmen. Ich gehe ins Wohnzimmer zum Klavier. Vorsichtig fahre ich mit der flachen Hand über den Korpus. Mein wunderbares Instrument. Das muss ich Nicolai lassen, er hat mir jeden Wunsch erfüllt. Materiell hat es mir an nichts gefehlt. Ich habe meinen Preis für diese Großzügigkeit gezahlt.

Vorsichtig öffne ich den hinteren Deckel und greife an der rechten Seite in das Gehäuse. Kurz vor dem Resonanzboden ist ein Absatz. Dort liegt mein Schlüssel.

Oder eben nicht. Er ist nicht da. Ich brauche nicht herumzutasten. Es gibt nur diese einzige Möglichkeit, einen Schlüssel abzulegen, ohne den Klang des Instrumentes zu verändern.

Der Schlüssel fehlt.

Die Polizei hatte ihn bei der Hausdurchsuchung nicht gefunden.

Meine letzten Zweifel sind beseitigt. Er wollte die Tat auf mich abwälzen. Er hat mich ins offene Messer laufen lassen, um seinen Kopf zu retten. Er lässt die Mutter seines Kindes in der Psychiatrie verrotten, um als freier Mörder meine Tochter zu erziehen? Niemals.

Krass, wie man sich in einem Menschen täuschen kann, von dem man dachte, man kenne ihn in- und auswendig. Ich hätte ihm eine solche Kaltblütigkeit nicht zugetraut. Aber was weiß ich schon von Menschen?

So oder so, ich muss weitersuchen. Es muss etwas von Marius hier sein, mit dem ich ihn konfrontieren kann. Was der ultimative Beweis seiner Schuld ist. Nicolai ist selbstverliebt, er braucht Trophäen, um sich daran zu ergötzen und sich zu zeigen, wie genial er ist. Oh Gott, warum ist mir das früher nie aufgefallen, wie selbstbezogen er ist? Weil er mir und Luna das Leben ermöglicht hat, das ich mir erträumt habe. Aber die wenige Zeit mit Marius hat mich reifen lassen. Heute weiß ich, dass Nicolais Geld und meine Bequemlichkeit mich nicht glücklich machen. Eine bittere Erkenntnis, für die Marius mit seinem Leben bezahlt hat. Er ist tot, weil ich zu feige war, meinen Mann zu verlassen.

Ich atme bewusst ein und aus, um meine Gefühle unter Kontrolle zu bringen. Ich darf mich nicht in Selbstmitleid verlieren. Ich muss mich auf meine Aufgabe konzentrieren. Wo würde Nicolai seine Trophäen lagern? Wo ist der Schlüssel? Nehmen wir an, er hat ihn entsorgt, dann suche ich vergebens. Aber er wird etwas aufgehoben haben. Die Tatwaffe? Warum nicht.

Mittlerweile glaube ich, dass die blutige Schere, die ich am Morgen meiner Vernehmung in unserem Badezimmerschrank gesehen habe, wirklich die Tatwaffe war. Er hat sie mit Absicht dort deponiert. Ich sollte sie finden. Er wollte, dass ich verrückt werde. Zwar konnte er nichts von meinem Traum wissen, aber die Idee, mich mit der blutigen Tatwaffe zu konfrontieren, war im Grunde genial. Er weiß, wie sensibel ich bin. Er konnte sich ausmalen, wie geschockt ich reagieren würde, nachdem ich seit der Todesnachricht nicht mehr ansprechbar war. Er hatte einen perfiden Plan. Und deshalb hat er mir auch das Handy in die Psychiatrie gebracht. Wenn nur irgendjemand der Polizei einen Tipp gegeben hätte, hätte sich die Schlinge um meinen Hals zugezogen.

Ich muss an den Safe. Hat er den Schlüssel dort hineingelegt, nachdem die Polizei das Haus durchsucht hat? Er konnte sich sicher sein, dass es keine zweite Durchsuchung geben würde. Ich schleiche zu unserem Bücher- und CD-Regal. Ich habe, während Thomsen mich befragt hat, nur schemenhaft wahrgenommen, wie einem Polizisten ein Schlüssel aus der Eminem-CD-Hülle herausgefallen ist.

Er hat meinen Mann gefragt, was das für ein Schlüssel sei. Nicolai hat dem Polizisten die CD aus der Hand genommen und pedantisch in die Hülle zurückgesteckt. Der Schlüssel sei der Notschlüssel für den Safe. Den brauche die Polizei nicht, da er den Safe bereits mit dem Code geöffnet habe. Wo war er anschließend mit dem Schlüssel geblieben? Hatte er ihn wieder in die CD-Hülle gelegt? Ich weiß es nicht.

Den Code für den Safe hat Nicolai mir nie verraten. Es hat mich nicht interessiert. Bis heute. Und ich weiß, wo der Notschlüssel für den Tresor liegt. Und den werde ich mir holen. Nachdem ich mich zur Eminem-CD vorgetastet habe, öffne ich die Hülle.

Ich lächle.

Wusste ich doch, dass er nicht aus seiner Haut kann. Ich halte den Schlüssel in Händen. Ich umschließe ihn mit der Faust. Gleich werde ich wissen, wie tief Nicolai gesunken ist. Ich werde hoffentlich Beweise in Händen halten, die ich der Polizei übergeben kann. Damit er bekommt, was er verdient. Er darf sein gewohntes Leben nicht mehr leben, sein Opfer kann es auch nicht.

Ich horche, ob sich im oberen Stockwerk etwas regt. Nein, im Haus ist es totenstill. Nicolai schläft.

Ich habe den Schlüssel. Nun kommt der Safe. Ich gleite zur Längsseite unseres Wohnzimmers und hänge das Bild ab, das Nicolais Konterfei im Großformat ziert. Dahinter verbirgt sich der Wandtresor. Nicolai hat gesagt, niemals könnte ein Einbrecher diese Panzerung aufbrechen. Nicht einmal mit Feuer. Aber mit einem Schlüssel. Und den halte ich in Händen.

Ich stecke den Schlüssel ins Schloss. Muss man zusätzlich eine Zahlenkombination eingeben? Plötzlich beschleicht mich ein mulmiges Gefühl. Was, wenn ein Alarm losgeht? Ich schlucke.

Ich drehe den Schlüssel. Kein Alarm. Alles bleibt friedlich. Ich öffne den Safe und schaue hinein.

Es ist zu finster, als dass ich genug erkennen könnte.

Ich greife in meine Jackentasche und hole Marius' Handy heraus. Ich schalte es an. Es hat eine Taschenlampe. Sie spendet genügend Helligkeit, um zu sehen, dass im oberen Fach des Safes Papiere liegen.

Ich taste mich durch die Papiere. Hebe sie heraus. Liegt zwischen den Blättern der Schlüssel zu der Wohnung? Die Tatwaffe?

Nein. Nichts. Nur Papiere. Ich überlege kurz, ob ich sie mitnehmen soll. Vielleicht sind sie wichtig? Können sie Nicolai überführen?

Vermutlich nicht. Es werden Geschäftsdokumente sein, und das hilft mir nicht. Ich habe keine Zeit, mich mit den Unterlagen zu beschäftigen.

Im unteren Fach liegt an der Rückwand etwas Metallisches.

Ich stutze.

Seine Pistole.

Ich lösche die Taschenlampe. Ich habe genug gesehen. Ich drücke ein paar Tasten, treffe meine Vorbereitung und stecke das Handy zurück in meine Jackentasche. Ich taste im Dunkeln durch das Fach. Nur die Pistole. Kein Schlüssel. Nichts. Hat er alles entsorgt?

Während meine Hände und mein Hirn verzweifelt nach etwas suchen, was Nicolai verraten könnte, höre ich hinter mir ein Rascheln.

Abby, meine Border-Collie-Hündin, beginnt zu bellen.

46.

Ich muss mich nicht umdrehen, um zu wissen, dass Nicolai im Wohnzimmer steht und mich anstarrt.

Meine Hand tastet ein letztes Mal.

»Abby«, rufe ich. Sie springt an meinen Beinen hoch und wedelt freudig mit dem Schwanz. Ich beuge mich herunter, um sie kurz zu streicheln. Erst jetzt wird mir klar, wie sehr ich sie vermisst habe.

Langsam drehe ich mich zu ihm um.

Dabei halte ich die Pistole direkt auf seinen nackten Oberkörper gerichtet.

»Ich hab nicht aufgeräumt. Kein Grund, gleich die Waffe auf mich zu richten.«

Er versucht, witzig zu sein. Die Situation unter seine Kontrolle zu bekommen. Er ist weder lustig noch hat er die Kontrolle.

Er soll beichten und büßen. Die Angst vor ihm steigt mir mit einem schalen Geschmack in den Mund auf. Die Waffe zittert in meiner linken Hand. Ich stütze sie mit der rechten. Das ist besser.

Nicolai lächelt.

Sein Lächeln verschlägt mir den Atem.

Begreift er nicht ... traut er mir nichts zu?

Die Wolken schieben sich beiseite, und es dringt mehr Mondlicht durch die Terrassentüren. Das Wohnzimmer wird in unwirkliches Licht getaucht. Alles ist surreal. Ich

mit einer Waffe in der Hand. Mein Mann in Schlafanzughose und lächelnd der Bedrohung trotzend. Neben mir artig
unser Hund sitzend, der glaubt, ich ginge mit ihm Gassi.

»Leila, bitte, leg das Ding weg. Du kennst dich damit
nicht aus. Nicht, dass die losgeht«, sagt er.

Wir haben den Safe kurz vor Lunas Geburt einbauen
lassen. Nicolai wollte nicht auf seine Waffe verzichten, und
ich dulde keine Waffen im Haus, solange Luna da ist. Ich
wusste schon, warum. Besitzt man eine Pistole, nutzt man
sie früher oder später. Nur, dass ich diejenige bin, die sie in
der Hand hält und auf Nicolai zielt, hätte ich nie für möglich gehalten. Das Leben ist grob zu mir geworden in den
letzten Tagen. Verdammt grob.

Ich hole tief Luft und nehme meinen Mut zusammen.
Ich umklammere die Pistole fester, sie gibt mir Stärke. Und
Macht.

»Wo ist der Schlüssel?«, presse ich zwischen zusammen-
gebissenen Zähnen hervor. Mein Herz rast so schnell, als
wäre ich gerade einen Sprint gelaufen. Es ist das erste Mal
in meinem Leben, dass ich mich Nicolai entgegenstelle.

»Du schleichst dich mitten in der Nacht in unser Haus,
um einen Schlüssel zu holen? Hätte das nicht Zeit gehabt
bis morgen früh?«

»Tu nicht so. Wo ist der Schlüssel zu Marius' Wohnung?
Hast du ihn weggeworfen?«

»Marius. Hätte ich mir ja denken können, dass du nicht
meinetwegen kommst.«

Ich höre die Anspannung in seiner Stimme. Er ist verärgert, mehr noch, zornig, dass ich den Namen in seinem Haus erwähne. »Du hast es nicht ausgehalten, nicht
wahr?«

»Was soll ich nicht aushalten?« Er lehnt sich betont lässig gegen den Türrahmen und verschränkt die Arme vor der Brust.

»Dass es Wichtigeres in meinem Leben gibt als dich!«

»Du meinst den Pleitegeier?«, antwortet er, ohne zu zögern. »Tja, der ist liegen geblieben. Auf dem Asphalt, hab ich gehört.«

Mir verschlägt es die Sprache. Wie kann ein Mensch so über den Tod eines anderen sprechen? Grausam, entwertend, entmenschlichend. Ich schüttele langsam den Kopf. Er hat nichts verstanden, gar nichts.

»Ich spreche von meiner Musik. Meiner Kreativität. Der Tatsache, dass ich ein Talent entdeckt habe, an das du niemals heranreichen kannst. Das hältst du nicht aus. Und das wolltest du beenden. Marius war für dich nur Mittel zum Zweck. Der Mensch Marius war dir egal. Du wolltest den Musikproduzenten töten. Hast du dir nie überlegt, dass ich mir einen neuen Produzenten suchen könnte?«

»Löst du so deine Probleme? Indem du aus der Psychiatrie abhaust?«

Er zittert. Er ist nicht so cool, wie er tut, und seine Stimme verrät, dass er wütend ist. Er kann sich kaum noch beherrschen. Wenn ich ihn weiter provoziere, redet er sich hoffentlich um Kopf und Kragen. Ich muss weitermachen.

»Ich weiß, was du getan hast, und ich will wissen, wo der Schlüssel ist. Und wo ist die Schere geblieben?«

»Welche Schere?« Er holt tief Luft. »Mein Gott, Leila, der Mann ist tot. Es kann nicht sein, dass er immer noch zwischen uns steht. Wach endlich auf!«

Ich würdige ihn keiner Antwort.

»Du willst wissen, wo ich mit deiner Einbildung aus

dem Badezimmerschrank geblieben bin? Herrje, Leila, mach einen Punkt.«

»Ich weiß, was du getan hast. Ich erinnere mich an alles!« Ich mache eine minimale Kunstpause, bevor ich mich in Ironie flüchte: »Immerhin hast du mich nicht auch gleich abgestochen.«

Ich finde, ich habe meine böse Überraschung für ihn trotz meiner Angst mit fester Stimme vorgetragen. Nun weiß er, dass er enttarnt ist und es eine Augenzeugin seiner Tat gibt.

Die Pistole ist auf Dauer schwer zu halten. Auch wenn ich mich anstrenge, ich kann nicht verhindern, dass ich zittere. Die Aufregung pulsiert durch meinen Körper. Er schämt sich kein bisschen, denn er verdreht die Augen und löst sich vom Türrahmen.

»Bleib stehen!« Ich nehme die Pistole höher. Ich darf mit meiner Aufmerksamkeit nicht nachlassen.

»Leila, ich habe keine Ahnung, wovon du redest. Bitte, leg die Waffe weg, lass uns aufs Sofa setzen und in Ruhe sprechen. Was ist nur los mit dir?« Er hebt besänftigend die Hände in die Luft.

Ich muss ihm Angst einjagen, sonst wird er meine Fragen nie beantworten. Er wird nicht beichten. Er bereut nichts. Dieser Mann hat kein Gewissen. Er ist kalt. Eiskalt. Wie konnte mir das all die Jahre entgehen? Wie konnte ich so naiv durch die Welt gehen und alles ausblenden, was mir nicht gefiel? Ich schäme mich.

Nein, diesen Luxus kann ich mir nicht leisten. Ich darf mich nicht mit mir beschäftigen. Kein Selbstmitleid, keine Scham. Nichts. Ich brauche Entschlossenheit. Ich muss ihn zum Reden bringen. Ich brauche Antworten auf meine

Fragen. Er muss Angst bekommen. Angst, dass ich genauso fähig bin, ihn zu töten, wie er Marius getötet hat.

»Ich weiß, was du getan hast. Ich habe dich gesehen. Ich kann mich an alles erinnern. Es ist vorbei.«

»Du kannst dich an alles erinnern? Was glaubst du, gesehen zu haben?«

Er geht einen Schritt auf mich zu und hebt die Arme, als wolle er mich umarmen. Ich schwenke die Waffe, damit er sieht, dass ich sie jederzeit benutzen werde.

»Bleib da stehen. Sonst schieße ich.«

»Leila, komm schon. Was soll ich getan haben? Was willst du gesehen haben? Wieder eine deiner Wahnvorstellungen?« Er schüttelt den Kopf, als ob er mit einem bockigen kleinen Kind spricht.

»Du hast Marius getötet.« Meine Stimme zittert. Ich weiß, ich klinge hilflos und ohnmächtig. Trotz der Waffe in der Hand.

Ich habe die Worte zum ersten Mal ausgesprochen. *Du hast Marius getötet.* Selbst in meinen Ohren hört sich dieser Vorwurf ungeheuerlich an. Aber er ist wahr.

»Du spinnst. Leila, ich habe niemanden getötet, das ist Unsinn.«

»Du lügst. Ich habe dich erkannt. Warum hast du das getan?«

»Wenn man davon absieht, dass er mir meine Frau gestohlen hat, meinst du?«

Jetzt verliert er zum ersten Mal die Selbstbeherrschung. Er ballt die Hände zu Fäusten.

»Du hast einen unschuldigen Menschen bestialisch getötet. Du bist ein Monster. Hast du jemals einen Gedanken daran verschwendet, was du Luna antust?« Erstmals wallt zu meiner Angst auch Wut durch den Körper und schärft meine Sinne. Ich will eine Entscheidung.

»Komm runter, du…« Er kneift seine Augen kurz zusammen. »Leila, wenn du so redest, denke ich, dass du ernsthaft krank bist. Du gehörst in die Psychiatrie. Und dort möchte ich dich hin zurückbringen. Kommst du?«

Er nimmt mich nicht ernst. Ich fasse es nicht.

»Willst du mir dort die Beweise unterschieben? Den Schlüssel oder die Schere? Marius' Handy in meiner Jackentasche zu deponieren war clever. Aber ich bin nicht aufgeflogen. Im Gegenteil, es hat mir geholfen, mich zu erinnern.« Das hatte er sich bestimmt anders vorgestellt.

»Du hast sein Handy? Das Handy, das der Täter mitgenommen hat?«

Er runzelt die Stirn, als sei das eine neue brisante Information, die er erst einmal verarbeiten müsse.

»Du hast ihn umgebracht. Erleichtere dein Gewissen. Immerhin hat mein Auftauchen dafür gesorgt, dass du ihn nicht in Stücke geschnitten hast. Darüber muss ich wohl froh sein.«

»Ich höre mir diesen Unsinn nicht länger an. Leg die Waffe weg. Du schießt nicht auf mich. Niemals, das kannst du nicht.« Er grinst höhnisch.

Er darf meine Angst nicht spüren. Ich muss wütend bleiben, sonst verliere ich den Kampf.

Er schüttelt den Kopf. »Ich hab es echt satt. Ich hab deinen dämlichen Marius satt. Glaubst du, ich wüsste nicht, wo du den Schlüssel zu eurem Liebesnest versteckt hast? Für wie blöd hältst du mich?«

Er interpretiert meinen skeptischen Blick richtig. Hat Luna sich also doch verplappert?

Nicolai dreht sich um und ist mit zwei Schritten am Klavier. Er reißt den Deckel hoch. «Da... hast du ihn platziert. Ich habe ihn sofort gefunden. Es hat keine fünf Minuten gedauert. Du bist leicht zu durchschauen, Leila. Ich habe dir Platz gelassen, um deinem Hobby nachzugehen, aber du... du musstest gleich eine große Sache daraus machen. Mein Gott!«

»Dann hat Luna... nicht?«

»Luna? Was ist mit Luna? Lass Luna aus dem Spiel mit deinem ganzen Wahnsinn!«

»Du hast den Schlüssel genommen und einen feigen Mord vorbereitet.«

»Ach, hör endlich auf, sonst...«

»Sonst was? Tötest du mich? Du willst ein Mann sein? Marius hat mich dir nicht weggenommen. Er hat mich unterstützt. Er hat mich... ach, das verstehst du ohnehin nicht.«

Ich schaue ihm in die Augen... und bin überrascht. Im Gesicht meines Mannes sehe ich erstmals Angst. Er glaubt, ich verrate ihn an die Polizei. Oder hat er Angst vor der Pistole? Seine Angst macht mich stark.

»Er ist tot. Warum machst du alles kaputt, Leila?«

»Ich? Du hast alles zerstört. Du hast ihn umgebracht!«

»Du bist verrückt. Selbst jetzt geht es nur um ihn. Nicht um uns. Du hast uns nicht verdient, Leila.«

»Lenk nicht vom Thema ab. Du hast einen unschuldigen Mann erstochen, weil er deine Frau unterstützt hat. Das ist erbärmlich«, keife ich.

Abby winselt, als ob wir auf sie einprügeln. Sie läuft zwischen uns hin und her und hat ihren Schwanz eingeklemmt.

»Ich habe deinen Marius nie angefasst. Ich habe ein wasserdichtes Alibi für die Tatnacht. Ich war nicht dort.«

»Ach, komm schon. Alibi, dass ich nicht lache. Deine Kumpels würden dir eine Mondlandung bescheinigen, wenn du sie darum bittest. Dein Alibi ist einen Scheißdreck wert.«

Ich glaube seine Lügen nicht. Ich habe ihn erkannt. An seinen Bewegungen. Sie sind einzigartig. Er versucht, mir das Gehirn zu waschen. Das hat immer funktioniert, wird er sich sagen. Er hat mich immer dahin bekommen, wo er mich hinhaben wollte. Aber ich bin nicht mehr dieselbe. Ich bin durch Marius gewachsen. Die Psychiatrie hat mich nicht kleinbekommen, sondern mich weiter wachsen lassen. Vielleicht sind die Menschen dort sogar die besseren Menschen. Die einfühlsameren, sensibleren Wesen, die mit solchen Narzissten wie dir nicht zurechtkommen. Und ich gehöre zu ihnen. Das war nicht dein Plan, als du mich in die Klapse abgeschoben hast, oder? Ich sage dir was: Die sind gar nicht so irre. Und deshalb stehe ich hier vor dir. Weil diese Menschen im richtigen Moment das Richtige getan haben. Ein Glücksspieler und eine demente alte Dame. Sie legen dir das Handwerk.

Mein Zorn schwillt an, türmt sich auf wie eine riesige Welle, die ihren Höhepunkt noch nicht erreicht hat. Wann wird sie brechen? Ich ertrage seinen Anblick nicht länger. Er soll reden, und dann will ich nichts mehr mit ihm zu tun haben. Obwohl er Lunas Vater ist.

»Du bist nicht halb so viel Mann wie Marius. Du hast alles perfekt geplant und inszeniert und stehst hier und leugnest wie ein Mädchen? Steh zu deiner Tat. Sei einmal ehrlich.«

»Du willst, dass ich gestehe? Den Mord an deinem Lover? Dem kleinen Würstchen. Den verspeise ich zum Frühstück.« Er steht mit vor der Brust verschränkten Armen da, und seine Augen blicken mich kalt und hart an. Ohne jedes Mitgefühl. Ohne Verstehen.

Sengende Wut steigt in meinem Körper herauf. Ich zittere und würde ihm so gerne seine Selbstgefälligkeit aus dem Gesicht schlagen. Ich muss andere Saiten aufziehen. Ich lache ihn aus. Hoch und schrill. »Du hast gerade gestanden.« Ich fummele das Diktiergerät aus der Jackentasche, das ich Valentina vom Schreibtisch gestohlen habe. Ich bin froh, dass ich es schon vor der Haustür auf *Record* geschaltet habe, denn mir war klar, dass er das kleine Gerät auf keinen Fall zu Gesicht bekommen durfte. »Ich habe alles aufgezeichnet«, triumphiere ich.

Ich spüre mehr den Luftzug, als dass mir klar wird, dass Nicolai auf mich zuspringt.

»Genug!«, schreit er und stürzt sich auf mich.

Während er mich umreißt, habe ich nur einen Gedanken: Du darfst die Waffe nicht loslassen!

47.

Er donnert mir eine schallende Ohrfeige ins Gesicht und stößt mich weg. Ich fliege gegen die Kommode und verliere das Gleichgewicht, strauchele, aber falle nicht. Ein Feuerwerk aus Schmerz explodiert in meinem Kopf. Ich wusste nicht, dass ein Schlag ins Gesicht so wehtun kann. Ich reiße im Strauchen eine Lampe von der Kommode, finde keinen Halt. Ich will schreien, bringe aber nur ein erbärmliches Krächzen heraus.

Abby knurrt.

Nicolai hebt die Hand, um mich erneut zu schlagen, aber diesmal werfe ich mich mit dem Mut der Verzweiflung gegen ihn und schaffe es, unter seinem Arm durchzutauchen. Ich boxe ihm mit der Waffe in die Niere. Vor Anstrengung presse ich Luft zwischen meinen Zähnen hervor und stöhne. Ich komme nicht gegen ihn an. Natürlich nicht. Sein nächster Schlag ins Gesicht ist so hart und unvorstellbar grausam, dass ich zu Boden gehe. Blut läuft mir in den Mund.

Drohend steht er über mir, schreit und beugt sich im gleichen Atemzug zu mir herunter, um mich hochzureißen. Er packt mich an der Jacke wie einen räudigen Köter.

Wird er mich umbringen? Ich will mich wehren, so wie er es getan hat. Ich will kämpfen. Ich will ihn schlagen. Ich hole mit der rechten Hand aus, in der ich noch immer die Waffe halte und hämmere sie ihm ins Gesicht. Warum schieße ich nicht? Er taumelt zurück und hält sich seinen blutenden Mund. Ich habe ihn getroffen. Er schwankt ein paar Schritte rückwärts, so dass ich mich aufrappeln kann.

»Hör endlich auf!« Seine Stimme klingt belegt und außer Atem.

Er ist um seine ach so unendliche Geduld und Ruhe gebracht.

»Niemals«, schreie ich.

Ich will taumelnd weglaufen, doch er kommt auf mich zu, rammt mich weg. Diesmal knallen wir beide zu Boden. Nicolai liegt halb auf mir und versucht, an die Waffe heranzukommen.

Abby bellt wie von Sinnen und springt um uns herum.

Ich versuche, mich zu wälzen, ihn von mir abzuwerfen, doch er ist zu schwer. Meine Hand mit der Waffe liegt halb unter mir, ich kann sie nicht freibekommen, aber er kann auch nicht an sie heran.

Mit meiner linken Hand zerkratze ich ihm das Gesicht. Das stört ihn nicht. Denn er hat vor, mich zu töten. Er sitzt auf mir und drückt mir mit beiden Händen die Kehle zu. Sein Gesicht ist bis zur Unkenntlichkeit verzerrt in Wut und Hass.

Er presst erbarmungslos zu.

Mein Puls rast. Mein Herzschlag rauscht in meinen Ohren.

Ich will schreien, doch kein Wehklagen entringt sich meiner Kehle. Ich schaue ihm in die Augen und versuche, ihm zu verstehen zu geben, dass ich ihn verachte. Du Mörder, schreien meine Augen, während sie mir vor Luftmangel aus den Höhlen treten.

Er scheint es zu verstehen, denn er antwortet mir mit

einem schnellen und hart klingenden Schnauben. Sein typisches abschätziges Schnalzen.

Es ist… die Erinnerung überrollt mich. Dieses Geräusch… dieses Schnalzen… es ist das Geräusch aus meinem Traum.

Dieser Laut, den die Taube ausgestoßen hat. Genauso hörte es sich an. Ich habe es die ganze Zeit gewusst? Ich habe von meinem Mann geträumt? Oh, Leila, warum hast du das nicht begriffen? Jetzt ist es zu spät.

Mein Herz sprüht Funken. Dieses Schnalzen. Wie konnte ich das vergessen? Es beseitigt alle Zweifel und betoniert die Gewissheit. Es gibt nur eine Wahl: er oder ich. Wer wird überleben? Dabei ist die Frage schon beantwortet, denn mir schwindet das Bewusstsein.

»Du hast alles zerstört. Alles!«, brüllt er.

Ich kann nicht mehr klar denken. Panik greift mich an. Ich sterbe.

Getötet in meinem Wohnzimmer. Von meinem Ehemann! Das passt zu meinem verpatzten Leben. Kaum etwas gewagt, alles verloren.

Nicolai umklammert meine Kehle und drückt mit seinem ganzen Körpergewicht auf mich nieder.

Der Kampf ist entschieden.

So fühlt sich also sterben an. Gar nicht so schlimm.

Ich schließe die Augen und gebe mich der verführerischen Schwäche hin.

Und registriere im nächsten Moment vage, dass Nicolai schmerzgepeinigt aufschreit und mich loslässt.

Ich wälze mich erschöpft nach rechts, und er kippt zur Seite. Abby hat sich in seinem Arm verbissen. Nicolai schreit sie an, doch sie lässt nicht los. Wütend zerrt er an seinem Arm und schleudert dabei den tapferen Hund umher. Sie knurrt und hält seinen Arm im Maul. Sie verteidigt ihr Frauchen. Die gute Abby.

Ich pumpe verzweifelt nach Luft und kann nicht genug bekommen. Ich huste wie verrückt. Dann entlädt sich aus meinem gepeinigten Brustkorb ein grunzendes Geräusch. Mehr kommt nicht heraus.

Aber ich bin frei. Meine Hände sind frei.

Ich höre Marius. Wie er zu mir gesagt hat: *Wenn man die Münze nur halb in den Schlitz der Musikbox steckt, spielt die Musik nicht.*

Er nimmt mir die Entscheidung ab.

Ich schließe kurz die Augen. Zwinge sie auf.

Ich hebe die Pistole. Ziele. Und drücke ab.

48.

Der Rückstoß ist stärker als erwartet. Meine Hand fliegt hoch. Ich rutsche ein Stück nach hinten. Der Knall ist ohrenbetäubend.

Ich hechele. Dann halte ich die Luft an.

Totenstille.

In der Stille sind wir beide erstarrt und sitzen für einen Moment regungslos da. Auch Abby gibt keinen Laut von sich.

Ich schwitze. Mein Mund ist trocken.

Nicolai fängt sich als Erster. Er hat seinen Arm aus Abbys Maul befreien können.

»Oh Gott. Leila, scheiße. Bist du völlig irre! Du kannst nicht mit einer scharfen Waffe rumballern! Leg sie weg, bevor du mich verletzt.«

Ich höre seine Stimme seltsam dumpf.

Die Kugel ist in das Bücherregal eingeschlagen.

Nicolai blutet und hält sich schmerzverzerrt seinen Arm. Abby beginnt, uns knurrend zu umkreisen.

Noch immer nimmt er mich nicht ernst. Es dauert einen Schreckmoment, bis ich diesen Gedanken zu Ende gedacht habe. Mein Herz klopft so wild, dass er es sicher hört.

Erstaunlicherweise tritt Nicolai einen Schritt zurück, statt auf mich zu.

»Ich blute, Abby hat mich gebissen! Hör sofort auf!«

»Schweig!« Ich richte die Waffe erneut auf ihn. Aber

etwas bringt mich aus der Fassung. Im Gesicht meines Mannes sehe ich Angst. Nicht vor Abby. Nein. Nicolai hat Angst vor mir. Er glaubt, ich töte ihn. Alles, was wir einmal hatten, zerschellt in tausend Stücke. Wir wollen uns gegenseitig töten. Wir starren uns hasserfüllt an. In mir bricht etwas. Und aus dem Inneren drängt sich ein Gefühl, das ich nicht kenne. Ich will meinen Schmerz lindern, indem ich für Marius Vergeltung übe. Ich will meinen Mann töten. Warum sollte er leben dürfen, wenn Marius es nicht darf?

Es stimmt. Es ist einfach, eine Mörderin zu sein.

Er hat Marius erstochen. Und ich werde ihn dafür bestrafen. Für Marius. Für Luna. Für mich. Denn er darf mit diesem Mord nicht durchkommen. Das darf nicht passieren.

Ich reiße die Augen auf.

Hebe die Waffe.

Und drücke ab.

49.

Der Schuss hallt wie eine Flipperkugel durch meinen Kopf. Ich höre ihn von allen Seiten. Er donnert von oben nach unten und rauscht von links nach rechts. Ich habe es wahr gemacht. Ich habe die Pistole genommen und geschossen. Ich habe abgedrückt und gedacht: Eine Mörderin zu sein ist kinderleicht. Das war mir vorher nicht klar. Wenige Sekunden ändern ein ganzes Leben. Ein Schuss. Und nichts ist mehr, wie es war.

Der Regen hat eingesetzt, als ich davonlaufe. Und ich bin nicht sicher, ob es nur Regentropfen sind, die mir übers Gesicht laufen. Sind Tränen dabei? Um wen weine ich? Um ihn oder um mich?

Wie lang wird die Polizei brauchen, bis sie mich findet?

Wo soll ich hin?

Wer wird mir glauben?

Ich wollte nur ein paar Beweise und sein Geständnis.

Ich habe keinen Plan. Siedend heiß trifft mich die Erkenntnis.

Warum nicht? Warum habe ich nicht nachgedacht?

Ich fange an zu summen. Das beruhigt mich.

Das Summen wird lauter. Es wird zu einer Stimme.

»Hmm, hmm.«

Jemand brummt vor sich hin. Jemand streichelt über meine tränennasse Wange.

Ich reiße die Augen auf.

Hanne.

Sie sitzt in ihrem Nachthemd auf meinem Bett und streichelt mich. Wie bin ich hierhergekommen?

Ich richte mich auf. Verwirrt. Ich liege warm und trocken in meinem Bett. Ich laufe nicht durch den Regen? Nass sind nur die Tränen auf meinem Gesicht.

»Hanne, was ist passiert?«

»Du schreist immerzu vor Schmerzen. Ich weiß, dass es wehtut. Ich habe der Ärztin Bescheid gesagt, sie wird dir gleich etwas bringen.«

Ich schreie? Vor Schmerzen?

Ich schreie Nicolai an! Ich bin in unser Haus eingebrochen und habe ihn angegriffen! Das war kein Traum. Es war real. Ich habe die Essensreste im Haus gerochen. Das Bier. Abby bellen gehört. Seine Arme auf mir gespürt. Meine Wange brennt von seinen Schlägen. Ich schmecke das Blut in meinem Mund. Das soll nicht passiert sein? Unmöglich.

Ich lasse mich zurück in die Kissen fallen. Taste nach meiner Wange. Ich verstehe die Welt nicht mehr. Ich weiß nicht mehr, was real ist und was nicht.

Ich werfe einen kurzen Blick zum Wecker auf dem Nachttisch. Es ist bereits acht Uhr morgens. Wie bin ich zurück ins Bett gekommen? Oder war ich gar nicht weg?

In diesem Moment klopft es an der Tür.

»Dein Medikament kommt, gleich werden die Schmerzen nachlassen.« Hanne erhebt sich mühsam von der Bettkante und wackelt zur Tür.

Herein kommt keine Krankenschwester, sondern Valentina.

»Guten Morgen!« Sie strahlt uns an. »Ich hoffe, es ist

erlaubt, Sie kurz zu stören? Ich wollte Sie nur daran erinnern, Leila, dass in einer Stunde die richterliche Anhörung ist. Sind Sie bereit?«

Hanne zwinkert mir zu und verschwindet im Badezimmer. Sie hat schon vergessen, wen sie eigentlich erwartet hat.

»Kann ich Sie kurz sprechen?«, frage ich und richte mich auf. »Ich muss … also ich … in meinem Kopf ist alles durcheinander.«

Valentina schaut mich fragend an. Sie sagt erst nichts, zieht sich den Sessel an mein Bett. »Was ist los?«

»Ich erinnere mich an die Tatnacht.« Ich verschweige ihr, dass ihr das schon gestern hätte erzählen können. »Heute Nacht habe ich meinen Mann erschossen. Mir ist nur nicht klar, wie ich wieder in mein Bett gekommen bin. Ich war draußen. Ich war in unserem Haus.« Ich runzele die Stirn vor Anstrengung. »Das kann doch kein Traum gewesen sein? Ich war wach. Bestimmt.«

»Hab ich das richtig verstanden? Sie erinnern sich an die Tatnacht?«

Ich nicke. »Es war mein Mann Nicolai. Er hat Marius getötet. Ich habe ihn erkannt. Nicolai ist der Mörder.« Meine Stimme bricht. Ich bin so durcheinander. Ich dachte tagelang, ich sei die Täterin. Dann die Erinnerung, dass Nicolai der Schuldige ist. Und nun habe ich wiederum Nicolai getötet. Ich bin also doch noch eine Mörderin geworden. Oder nicht? Ich blicke nicht mehr durch.

Ich sehe Valentina an, dass sie an meinen Worten zweifelt, aber sie ist zu klug, um mich zu stoppen. »Erzählen Sie mir alles, woran Sie sich erinnern.«

Wir haben nicht die Zeit, dass ich ihr alles erkläre, aber

ich muss wissen, ob ich nur geträumt habe, oder … »Ich hatte wieder dieses Kino im Kopf. Ich kam in dem Moment auf den Parkplatz, als ein Mann auf Marius einstach. Ich habe seine Bewegungen sofort erkannt, deshalb bin ich wie in Schockstarre stehen geblieben. Schon in meinem Traum …«

Valentina hebt die Hand und gebietet mir Einhalt. »Sie haben Ihrem Mann ins Gesicht gesehen, während er die Tat verübte?«

»Ja. Nein. Also, der Mann hat den Kopf angehoben. Es war dunkel. Er war in Schwarz gekleidet. Aber die Bewegungen … Und in meinem Traum hat doch die Taube dieses Geräusch von sich gegeben. Erinnern Sie sich? Und als ich bei Nicolai heute Nacht in unserem Haus das gleiche Geräusch gehört habe, da wusste ich Bescheid. Ich meine, ich ahnte es wohl schon länger, aber mein Verstand wollte das nicht zugeben. Deshalb habe ich es vergessen.« Es fällt mir schwer, in meinem Zustand logische Erklärungen abzugeben.

»Heute Nacht in Ihrem Haus? Leila, wovon reden Sie?«

Es ist … die Erinnerung überrollt mich. Dieses Geräusch … dieses Schnalzen … es ist das Geräusch aus meinem Traum. Dieser Laut, den die Taube ausgestoßen hat. Genau so hörte es sich an. »Ich hatte einen Traum … die Medikamente … oder mein Verstand ist … ich habe Angst. Angst vor meinem Mann.«

Valentina runzelt die Stirn. »Leila, wenn Sie wirklich die Tat beobachtet haben, müssen wir mit der Polizei sprechen. Sie sollten Thomsen alles erzählen, und wenn Ihr Mann tatsächlich der Täter ist, wird die Polizei ihn festnehmen.« Sie hebt die Augenbrauen. »Aber jetzt müssen Sie erst mal die Anhörung überstehen. Schaffen Sie das?«

Theoretisch schon. Aber praktisch sprechen alle Beweise gegen mich, und nur weil die Hauptverdächtige sich angeblich wieder erinnert – und praktischerweise nicht die Täterin ist –, erklärt das noch lange nicht, warum jemand anderes der Mörder sein sollte. Alles Schutzbehauptungen, wird Thomsen sagen.

Valentina muss mir angesehen haben, was ich denke. Sie zögert. Kurz nur, aber ich habe gesehen, dass sie mit sich ringt. Soll sie ihrer verrückten Patientin glauben? Wie soll sie sich positionieren?

»Leila, wir wissen, dass Sie am Tatort waren. Ich hoffe, Sie sind eine Augenzeugin und keine Täterin. Wir müssen das aber in Ruhe besprechen. Jetzt müssen Sie sich fassen und konzentrieren. Sonst haben Sie in einer Stunde das nächste Problem. Das Gefängnis.«

Sie steht auf und schiebt den Sessel zurück an seinen Platz.

Sie hat mal wieder recht. Ich schwinge die Beine aus dem Bett und stehe auf. Ich schwanke etwas und stoße dabei an den Nachttisch. Der Wecker kippt herunter, und meine Hand schießt nach vorne, um ihn aufzufangen, bevor er auf dem Boden zerschellt.

»Sie sind Linkshänderin?«

Ich blicke auf den Wecker in meiner linken Hand. »Ja, und?«

»In Ihrem Traum führt der Täter die Schere mit der rechten Hand. Erinnern Sie sich? Sie sind nicht identisch mit der Figur aus Ihrem Traum. Das heißt noch lange nicht, dass Ihr Mann der Täter ist. Ein Traum ist kein Beweis.« Ihre Stimme mahnt. »Sie haben einen bestialischen Mord beobachtet. Das war ein Schock, und Sie haben Teile dieses Traumas abgespalten. Jetzt erinnern Sie sich und müssen mit der Polizei sprechen. Thomsen wird herausfinden, wer der Täter ist.«

»Nicolai war es!«

»Machen Sie nicht den gleichen Fehler wie Thomsen. Nur weil etwas gegen jemanden zu sprechen scheint, reicht das nicht aus, um sicher zu sein, dass derjenige auch der Täter ist. Ihre Wut auf den Täter – wer immer das sein mag – verdrängt die vorherige Abspaltung. Das ist hilfreich. Aber diese Wut darf nicht zu Vergeltungsmaßnahmen führen.«

»Ich habe die Tatnacht nicht vergessen, weil ich im Schock war. Schockiert über die Tat und über mich. Ich habe vergessen, weil ich schuld an Marius' Tod bin. Ich habe meinen Ehemann hintergangen. Ich habe ihn unterschätzt. Ich habe nicht erkannt, wie eifersüchtig er ist und wozu er fähig ist, um seine Familie zu erhalten.«

Ich schlage mir mit der Faust an die Brust. Kein Schmerz ist groß genug, um zu verdeutlich, was mein Anteil an diesem grauenhaften Tod ist. Meine Heimlichkeiten. Meine Lügen. Meine Schuld.

»Sie haben Schuldgefühle, die Sie glauben lassen, Sie müssten sofort handeln. Offenbar haben Sie Ihre Vergeltung heute Nacht geträumt. Aber bitte machen Sie sich kurz klar, wofür Schuldgefühle gut sind. Sie denken, Sie hätten die Ereignisse verursacht. Sie denken, Sie müssten jetzt alles wiedergutmachen. Sie fühlen sich traurig, verzweifelt, einsam und glauben, Sie müssten büßen.« Sie seufzt. »Aber wenn Sie Marius nicht getötet haben, dann geht es nicht um Schuld …«

Ich höre ihr nicht mehr zu. Es spielt keine Rolle mehr,

was Valentina denkt. Sie glaubt mir nicht. Und ich bin enttäuscht. Das lässt sich nicht leugnen. Aber das ist im Moment nicht mein Problem. »Mein Problem ist, dass mein Mann weiß, dass es eine Augenzeugin gibt, die ihn bei der Polizei verraten kann«, unterbreche ich sie. »So wie er weiß, dass ich mich an die Tatnacht erinnere, wird er mich mit Luna erpressen. Ich muss Luna in Sicherheit bringen. Verstehen Sie?«

Sie schüttelt den Kopf.

»Wenn ich morgen ins Gefängnis gehe, bin ich zur Handlungsunfähigkeit verdammt. Deshalb brauche ich ein letztes Mal Ihre Hilfe. Ich muss Luna zu mir holen. Wenn ich ein paar Tage länger auf freiem Fuß bleibe, finde ich eine Lösung. Ich kann nicht ins Gefängnis. Nicht bevor Luna…«

Sie hebt die Hand und unterbricht mich. »Glauben Sie wirklich, dass er seiner eigenen Tochter etwas antut?«

Das weiß ich nicht, aber ich spüre die Bedrohung körperlich. »Er wird sich eine List ausdenken.«

»Leila, Sie übertreiben. Jetzt tun Sie sich selbst einen Gefallen und beruhigen Sie sich. Wir sprechen nach der Anhörung miteinander. Jetzt gibt es für Sie nichts Wichtigeres als diese Anhörung.«

Ich soll mir selbst einen Gefallen tun. Wie oft ich das schon gehört habe. Es ist nur ein hübsch formulierter Satz, der meint: Ich muss dir sagen, was gut für dich ist, weil du es selbst nicht besser weißt.

Wie oft habe ich diesen Satz in meinem Leben schon gehört. Von meiner Mutter, Nicolai und Maya. Und nun von meiner Therapeutin.

Ich kann nicht mehr.

50.

Ich stehe kurz vor einem Nervenzusammenbruch. Als Valentina gegangen, Hanne aus dem Badezimmer gekommen ist und sich wieder in ihr Bett gelegt hat, sitze ich immer noch ratlos auf der Bettkante. Die Anspannung ist unerträglich und legt sich wie ein Schraubstock um meine Brust. Ich habe Probleme beim Atmen und befürchte einen Herzinfarkt. Wenn ich durch Stress meine Erinnerung verliere, warum sollte mein Körper nicht mit einem Herzinfarkt auf die Anspannung reagieren? Als ich in Hannes fragende Augen schaue, brechen alle Dämme. Ich stürze mich in ihre Arme. Sie hebt die Bettdecke an, und ich schlüpfe darunter und schmiege mich an ihren warmen Körper. Ich weine mir die Seele aus dem Leib.

Hanne summt wieder beruhigend auf mich ein und hält mich.

Und so erhole ich mich. Meine Tränen und mein Selbstmitleid versiegen, und mein Verstand setzt ein.

Ich setze mich auf. »Hanne, du bist ein gütiger Mensch. Danke!«

»Du bist schon als kleines Mädchen gern zu mir unter die Decke gekrochen. Manche Dinge ändern sich eben nie.«

Ich nicke. »Du bist die beste Mutter der Welt. Und ich gehe jetzt unter die Dusche und wasche mir die Tränen ab.«

»Es wird alles wieder gut. Glaube deiner alten Mutter.«

Ich möchte ihr so gerne Glauben schenken, doch mir kommen immer mehr Zweifel. Was kann ich gegen Nicolai ausrichten? Wie kann ich ihm den Mord beweisen? Und wenn ich Thomsen einweihe und hoffe, dass er mir diesmal glaubt? Aber was, wenn er mich auslacht?

Wie lange wird es dauern, bis Nicolai versucht, die einzige Augenzeugin seiner Freveltat aus dem Weg zu räumen? Welchen Kontakt hat er auf der Station? Wer ist es? Oder bin ich paranoid?

Wie kann ich wenigstens Valentina überzeugen?

Unter der Dusche überlege ich, was ich Maya am Telefon sage, damit sie ohne jede Nachfrage und Umwege mit Luna in die Klinik kommt. Sie darf vor allem Dorian nichts erzählen, bevor sie nicht hier ist, damit der keinen Kontakt zu Nicolai aufnimmt und verhindert, dass Maya mir Luna bringt. Ich breche die Dusche ab, trockne mich in Windeseile ab und schlüpfe in Jeans und Pullover.

Vor allem muss ich die Anhörung überstehen. Jetzt.

Als ich die Badezimmertür öffne, sitzt Benjamin auf meinem Bett und starrt mich an. Sein Gesichtsausdruck ist eine Mischung aus Müdigkeit, Angst und Neugier. In der Hand hält er einen Kaffeebecher. Seine übliche Morgendosis Koffein.

Noch jemand, den ich fast ins Verderben gestürzt hätte.

»Wie hast du geschlafen? Hanne sagt, du hattest schon Besuch von deiner Therapeutin?«, sprudelt er los. »Ist ein bisschen früh, oder?«

Ich setze mich neben ihn. Hanne liegt in ihrem Bett und hat sich zu uns gedreht. Sie schaut uns erwartungsvoll an.

»Ich erzähle dir alles, aber erst muss ich telefonieren.«

Ich stehe auf, gehe zu meinem Schrank und klaube Marius'
Handy aus der Reisetasche.

Maya nimmt das Telefon nach dem zweiten Klingeln ab.

»Ich bin es. Maya, hör zu, ich habe wenig Zeit, ich habe
gleich eine richterliche Anhörung. Du musst sofort mit
Luna in die Klinik kommen. Das ist sehr wichtig. Sofort.
Bitte. Nein, frag nicht, ich erkläre dir alles hier. Sag Dorian
nichts, komm mit Luna sofort her, okay? Danke!«

Puh, das ist geschafft. Ich stecke das Handy an das Lade-
kabel und drehe mich zu Benjamin und Hanne um.

»Ich muss das nicht verstehen, oder?«, fragt er und
schlürft einen Schluck Kaffee.

Nein, muss er nicht. »Ich habe wenig Zeit. Um neun Uhr
ist die Anhörung zu meiner Zwangseinweisung. Hast du
eine Idee, was ich schauspielern kann, um eingewiesen zu
bleiben? Am besten wegen hoher Selbstmordgefahr!« Ich
habe meine Verwirrung, meine Angst und meine Selbstzweifel unter der Dusche abgespült. Ich nehme Benjamin
den Becher aus der Hand und trinke einen langen Schluck.
Ich bin bereit, für meine Tochter zu kämpfen.

»Geht's noch? Was ist los mit dir?«

Ich erzähle ihm in aller Kürze von meinem Traum. Meinem Wachtraum? Wie hat Valentina es genannt? Ich habe
es schon wieder vergessen.

»Puh.« Benjamin fällt nichts Besseres ein. Er hat mich
nicht ein einziges Mal unterbrochen. Sich nur von Zeit zu
Zeit die Haare gerauft. Nun merke ich, wie uns die Schil-
derungen verzweifelt zurücklassen. Es ist alles so aussichts-
los.

»Das ist Wahnsinn, Leila. Hör auf! Du darfst nicht auf
einen Rachefeldzug gehen. Sprich mit diesem Thomsen.

Selbst wenn er dir nicht glaubt, wird er deinen Mann noch einmal überprüfen.«

Das sind fast die gleichen Worte wie die der Therapeutin. »Wer glaubt einer verrückten Patientin, die pausenlos lügt? Die ihr Leben träumt, statt es zu leben? Ich weiß doch gar nicht mehr, was real ist und was erdacht. Wer glaubt einer traumatisierten Geliebten, deren Ehemann ein rechtschaffener Geschäftsmann mit Alibi ist und von den außerehelichen Aktivitäten seiner Frau nichts wusste?«

Dazu fällt ihm wenig ein. »Wozu brauchst du eigentlich Tipps, wie man sich verzweifelt anhört? In einer mieseren Lage als du kann man nicht sein.«

»Das kann ich dem Richter nicht auftischen.«

»Dann halte den Mund und lasse deine negative Aura den Rest erledigen. Die schafft einen echt auch ohne Worte. Oder du gehst mit aufgeschnittenen Pulsadern in die Anhörung. Aber dann werden sie dich mit Medikamenten abschießen.«

»So ein Kladderadatsch!« Hanne setzt sich auf und schwingt erstaunlich behände ihre alten Beine über den Bettrand.

Bevor ich Hanne antworten kann, klopft es an der Zimmertür.

Ich erstarre. Nicolai? Schon bei dem Gedanken an ihn zittere ich.

Gott sei Dank ist es nur Pernille, die ihren blonden Schopf zur Tür hereinsteckt. »Brauchen die Herrschaften heute eine Extraeinladung, um sich die Morgenmedikamente abzuholen?«

Sie sieht uns der Reihe nach kritisch an. An mir bleibt ihr Blick hängen. Na klar, an wem sonst?

»Alles in Ordnung mit Ihnen, Leila? Ihre Anhörung ist in wenigen Minuten. Sowie Frau Doktor Freytag anruft, bringe ich Sie rüber.«

»Hmm.« Keiner von uns rührt sich.

»Und? Wird's bald?« Sie schwingt die Tür auf und bleibt mit beiden Armen in die Hüfte gestemmt im Türrahmen stehen.

»Jawoll, Frau Oberst!«, ruft Hanne und wird in ihrem Ruf noch übertroffen von Friederike, die ebenfalls im Türrahmen auftaucht.

»Hanne, bist du fertig?«, trällert Friederike in die Runde. »Wir frühstücken doch zusammen!«

Mir klappt die Kinnlade runter. Friederike und Hanne sind zum Frühstück verabredet?

Hanne greift nach ihrem verschlissenen Bademantel und angelt nach ihren Pantoffeln. Dann steht sie mit durchgedrücktem Rücken da, als träte sie zum Appell an.

»Jawohl. Jetzt ist Essen fassen, und wir beide sprechen mal in Ruhe über deinen Anton. In Sachen Männer musst du noch einiges lernen, Kindchen.«

Ich glaube nicht, was ich da höre. Was ist passiert?

»Friederike, waren Sie schon …« Selbst Pernille kommt ins Stottern, als die beiden Arm in Arm an ihr vorbei Richtung Aufenthaltsraum schlendern. »Das Gespräch mit Frau Doktor Freytag hat ja Wunder gewirkt«, murmelt sie und schließt wortlos die Tür.

Benjamin und ich schauen uns an – und brechen in hysterisches Kichern aus. Es ist eine Irrenanstalt.

51.

Nachdem wir uns beruhigt haben, wirkt Benjamin verlegen.

»Leila, hast du das ernst gemeint, dass du und dein Mann mir mit meinen Schulden helfen wollt?«

Ich bin mit einem Schlag ernüchtert von meinem Lachflash, als ich die Sorge in seiner Stimme höre. Ich lächle ihm beruhigend zu.

»Wenn Nicolai dir das Geld nicht gibt, werde ich Maya bitten, dir das Geld auf dein Konto zu überweisen.«

»Wie soll deine Schwägerin das bewerkstelligen? Kommt sie an die Konten deines Mannes heran?«

»Nein, das nicht, aber sie wird es mir hoffentlich auslegen. Auf meinem eigenen Konto ist nicht genug Geld.«

Ich seufze. Im Grunde bin ich nicht viel besser als Benjamin. Ich gebe Geld aus, das mir nicht gehört. Ich bin nicht besser als Marius. Ich gebe Geld aus, das ich nicht besitze.

Das bringt mich auf eine Idee.

»Benjamin, hilfst du mir ein letztes Mal?«

»Wenn es dich nicht in noch größere Schwierigkeiten bringt!«

»Wie erklärst du es dir, dass Marius mit mir nach London fährt und mir ein Haus zeigt, den Umbau mit mir plant, wo er angeblich pleite ist? Dafür muss es doch eine Erklärung geben.« Mir ist aufgefallen, dass nicht nur Thomsen, sondern auch Nicolai behauptet hatte, Marius habe kein Geld.

»Vielleicht hatte er geheime Geldquellen? Glaubte an deinen Charterfolg und den anschließenden Geldsegen? Oder er hat einen Kredit aufgenommen? Schwarzgeld in der Schweiz gebunkert? Was weiß ich, es gibt viele Möglichkeiten.«

Ich lasse mir die Alternativen durch den Kopf gehen. Schwarzgeld in der Schweiz. Oder in Luxemburg. Warum nicht? Auf der anderen Seite hat er nie erzählt, dass er in der Schweiz gewesen wäre und solange ich ihn kenne, ist er nie nach Luxemburg gereist.

»Wie grenzt man diese Möglichkeiten ein? Du bist ein Ass in der digitalen Welt. Schnüffelst du für mich herum?«

»Du meinst, ich google seinen Namen, und mir wird sein Schwarzgeldkonto in Luxemburg angezeigt?«

Ich bin gezwungen, deutlich zu werden.

»Ich habe sein Handy. Zugang zu seinen E-Mails. Bitte hacke für mich seine Bankkonten!«

Benjamin rollt mit den Augen, verzieht den Mund und würdigt mich keiner Antwort.

»Bitte! Bitte, bitte, bitte. Schau her, hier sind seine Mails.« Ich greife nach dem Handy, schalte es ein, gebe die PIN ein, öffne die Mails. Lese seine geschriebenen Worte. Bin ich so weit? Nein. Aber ich habe keine Zeit zu verlieren. Ich muss wissen, ob ich irgendeinen Hinweis finde, den ich Thomsen liefern kann, damit er mir glaubt.

Ich scrolle mich durch den Posteingang. Suche nach verdächtigen Unterordnern. Klicke mich durch die Ordner. Ich bin dabei so hektisch, dass ich nichts erkenne.

»Warte mal!«, flüstert Benjamin neben mir. Er nimmt mir das Handy aus der Hand. »Da ist was. Wer ist das?«

Er kippt das Display in meine Richtung. »Ist das dein Nicolai?«

Ich fühle mich wie vom Blitz getroffen. In dem Unterordner »Bank« findet sich eine Reihe von E-Mails. Zwei mit dem Absender *NicolaiG.Home*. Das ist die Adresse meines Mannes. Unmöglich. Die beiden kannten sich nicht, bis zur Tatnacht. Das hätte ich gewusst. Marius hätte mir erzählt ...

»Was steht drin?«, hauche ich. Ich bekomme kaum Luft.

Benjamin liest und öffnet weitere Mails.

»Puh.«

Sein Lieblingswort in schwierigen Lebenslagen.

»Also, wie ich das verstehe, kannten sich dein Mann und Marius. Sie tätigten zusammen ... na, sagen wir ... Geschäfte.«

Ich reiße Benjamin das Handy aus der Hand. »Das ist unmöglich! Ausgeschlossen! Marius hätte mir gesagt, wenn er Nicolai kennen würde. Niemals haben sie Geschäfte zusammen gemacht. Ich bin sicher, das ist ein Irrtum ...« Ich scrolle wahllos zwischen den E-Mails hin und her, ohne irgendetwas wahrzunehmen. Es stimmt nicht. Bitte nicht. Es darf nicht sein, dass mich beide Männer angelogen haben. Bitte nicht, Marius. Nein!

»Beruhige dich, Leila. Lass mich sehen, worum es ging.« Benjamin öffnet nacheinander meine Finger, die sich um das Telefon gekrallt haben und nicht loslassen wollen.

Er nimmt das Handy und liest eine Weile.

Was findet er heraus? Was steht in den E-Mails? Meine Augen brennen, aber ich habe keine Tränen mehr. Ich bin es leid zu weinen, es ändert nichts. »Und? Was ist?«

Benjamin murmelt Unverständliches vor sich hin. Das bringt mich in Rage. »Sag schon! KANNTEN SIE SICH?«

»Ja.«

Er sagt nur dieses eine Wort, aber es zerstört alle meine Hoffnungen, meine Träume, meine heile Welt. Marius hat mich angelogen!

»Dein Mann arbeitet in der Finanzbranche, hast du gesagt?«

Ich nicke entsetzt. Hat Nicolai versucht, Marius finanziell zu zerstören?

»So wie ich das sehe, aber unter allem Vorbehalt, hat dein Mann deinem Liebhaber geholfen, einen Kredit zu bekommen, den die Bank ihm nicht geben wollte. Macht das Sinn?«

Nein, das macht keinen Sinn. Nicolai hat Marius Geld gegeben für unser Haus in London? Das ist Irrsinn. Schwachsinn. Unsinn. Ich schreie gleich.

»Wenn ich das richtig verstehe, brauchte dein Marius einen Kredit für das Haus. Und er hatte keine Sicherheiten. Die Bank hat ihn an Nicolai verwiesen. Und dein Mann hat Kontakt aufgenommen, um die Papiere, sagen wir mal, zu optimieren. Marius hat ihm haufenweise Unterlagen besorgt. Puh. Ich brauch mehr Zeit und meinen Laptop.«

»Was meinst du mit *optimieren*? Wovon redest du?«, schreie ich den Mann an, der mir hilft. Gott sei Dank ist Benjamin keine Mimose und ignoriert meinen Tonfall.

»Das weiß ich nicht. Aber man braucht Sicherheiten, Bilanzen, wenn man einen Kredit haben will. Wenn die Zahlen nicht stimmen, streikt die Bank. Die Papiere müssen stimmen. Dabei hat dein Mann offenbar geholfen. Nur nutzt das nicht so richtig viel, weil die Bank das prüfen wird. Wenn die Kredite hinterher nicht bedient werden können, war die Schummelei ja ein Eigentor.«

Ich versuche, mich zu konzentrieren und mitzudenken. Es fällt mir unsäglich schwer.

»Und schau mal hier, die Konditionen, die die Bank an Nicolai übermittelt hat, sind top! Mit dem Kredit hätte Marius das Haus in London vielleicht doch erwerben können.«

»Das verstehe ich nicht. Warum tut die Bank das?«

»Nicht aus Nächstenliebe. Lass mich recherchieren. Nach deiner Anhörung weiß ich vielleicht mehr.«

Ich bin plötzlich kaltblütig. »Zeig mir die Konditionen. Bitte.« Meine Stimme klingt beherrscht. Die Ruhe vor dem Sturm.

Ich sehe auf die PDF-Datei. Der Briefkopf der Bank verschwimmt vor meinen Augen. Ich blinzle die Tränen weg. Verdammt.

Es klopft erneut. Fest und energisch. Ohne unsere Antwort abzuwarten, steckt Pernille ihren blonden Kopf zur Tür herein.

»Wir starten! Der Richter und Ihr Anwalt sind da. Bereit?«

Ich scrolle das Dokument hinunter.

Ein Blick auf die letzte Seite reicht mir.

Ich halte einen Kreditvertrag in Händen. Meine Ohren rauschen. Es summt und brummt.

Denn die Namen wollen partout keinen Sinn ergeben.

Ich habe die Namen sofort erkannt. Marius' und den Namen des Bankangestellten.

»Nein, ich bin nicht bereit«, sage ich zu Pernille.

Mein Leben ist soeben ein weiteres Mal pulverisiert worden.

Das Logo der Bank.

Die Bank, die die gefälschten Papiere für Marius' Kredit nicht so genau prüfen würde.

Die Bank, in der mein Schwager arbeitet.

Der Name des Bankangestellten in der Unterschriftenzeile.

Dorians Name.

52.

In Valentinas Büro sitzen zwei fremde Männer in grauen Anzügen. Ich kann allerdings nicht erkennen, wer der Richter ist und wer mein Anwalt sein soll.

Sie stehen auf, um mir die Hand zu geben. Ich bleibe bockig an der Tür stehen.

Es fällt mir schwer, so unhöflich zu sein, aber ich spiele eine Rolle. Die Figur der verstockten, uneinsichtigen, nicht zu erreichenden Selbstmordkandidatin. Ich weiche ihren Blicken aus. Ich habe Benjamins Bemerkung im Kopf: *Halte den Mund und lass deine negative Aura wirken.* Das scheint mir die beste Chance, nicht direkt ins Gefängnis zu wandern. Wo ist Thomsen? Nimmt er nicht an der Anhörung teil?

»Guten Tag, mein Name ist Höss«, sagt der eine Anzugträger. »Ich bin der zuständige Richter für Ihre Anhörung. Frau Galayan, nehme ich an?«

Ich nicke.

»Ihren Anwalt, Herrn Kleinschmidt, kennen Sie ja. Er wird als Verfahrenspfleger Ihre Interessen vertreten.«

Ich habe diesen Rechtsanwalt nie gesehen oder gesprochen, aber das sage ich nicht. Es spielt auch keine Rolle, denn die Tatsachen, die ich gerade mit Benjamin über mein Leben herausgefunden habe, übersteigen alles.

Valentina bedeutet mir, dass ich mich auf den freien Sessel setzen soll.

»Frau Galayan, ich habe hier eine schriftliche Stellungnahme Ihrer behandelnden Ärztin, Frau Dr. Freytag, auf die ich gleich zu sprechen komme. Vorher möchte ich wissen, ob Ihnen der Grund Ihrer Anhörung klar ist?«

Sobald Maya auf der Station eintrifft, frage ich sie, ob sie wusste, dass Dorians Bank Marius einen Kredit geben wollte.

»Wissen Sie, warum Sie hier sind?« Er räuspert sich.

Maya kann sich nicht rausreden. Sie teilt alles mit Dorian, und spätestens nach Marius' Tod haben die drei hinter meinem Rücken agiert. Warum hat sie mir nichts gesagt?

»Sie sind vor einer Woche in diese Station eingewiesen worden, nachdem Sie versucht haben, sich mit einem Brieföffner das Leben zu nehmen. Sie waren bei der Aufnahme in der Chirurgie nicht distanziert von der Absicht, sich selbst zu töten. Und Sie weigerten sich, freiwillig hierzubleiben. Die Ärzte und ich entschieden, Sie für sieben Tage gegen Ihren Willen, aber zu Ihrer eigenen Sicherheit in die geschlossene Station aufzunehmen.«

Maya ist meine beste Freundin. Hat sie mich hintergangen? Es tut mir körperlich weh, diesen letzten Halt zu verlieren. Ich krümme mich regelrecht vor Schmerzen.

»Die einstweilige Anordnung von sieben Tagen ist heute rum, und ich möchte gemeinsam mit Ihnen besprechen, wie es weitergehen soll. Sie wirken ... haben Sie Schmerzen?«

Ich glaube, mein Schweigen geht ihm langsam auf die Nerven.

»Erzählen Sie mal, wie Sie sich hier eingelebt haben.«

Jetzt kommt dein Auftritt, Leila. »Ich will hier raus. Man

versucht, mich zu töten. Das darf ich aber nur selbst tun, nicht wahr?« Der Wahnwitz kommt ganz leicht aus meinem Mund.

Der Richter schreibt etwas auf seinen Notizblock. »Wer hat versucht, Sie zu töten?«, fragt er wie geplant.

Ich gebe keinen Mucks von mir. Er schreibt noch mehr auf und vermeidet den Blickkontakt zu mir. »Denken Sie, dass Sie noch eine Gefahr für sich sind?«

Ich blicke ihn stoisch an. Ich brauche eine bessere Frage.

»Sie haben einen Spiegel in Ihrem Zimmer zerschlagen?«

Ein hervorragendes Stichwort. »Ich war wütend.«

»Und dann schlagen Sie um sich?«

Ich zucke bestätigend mit den Schultern. Ich darf es nicht übertreiben.

»Wenn ich etwas fragen dürfte?«, mischt sich der Anwalt ein. Mein Anwalt. Nein, Nicolais Anwalt.

»Wie verarbeiten Sie den Tod Ihres Musikproduzenten in der Therapie? Sind Sie weitergekommen?«

Ah, daher weht der Wind. Er soll herausbekommen, ob ich mich an die Tatnacht erinnere.

»Ich lerne zu trauern, damit ich loslassen kann«, lüge ich unverblümt und werfe Valentina ein schmales Lächeln zu. Sie starrt verständnislos zurück und kräuselt die Stirn. Übertreibe ich? Ich schalte einen Gang zurück.

»Denken Sie manchmal daran, sich das Leben zu nehmen?«, fragt der Richter.

Ich schweige, denn die Frage ist ja wohl rhetorisch gemeint. Wer in der geschlossenen Psychiatrie denkt nicht mal darüber nach, ob der Selbstmord eine Option ist? Nein zu sagen wäre eine glatte Lüge. Ich hoffe, Valentina regelt das.

Die wirft sich gleich in die Bresche und doziert, dass sie mich nach wie vor für suizidal hält. Sie zeigt auf meinen geschorenen Kopf. Leider sei es mir gelungen, an eine Nagelschere heranzukommen, mit der ich mir die Haare abgeschnitten habe. Eine präsuizidale Handlung.

Das kränkt mich ein bisschen, aber ich schaffe es, mir nichts anmerken zu lassen. Jeder kämpft mit seinen Waffen. Und ich werde herausfinden, welche Waffen Nicolai, Dorian und Maya angewandt haben. Diese Heuchler.

Valentina legt nach. Sie plädiert dafür, mich länger hierzubehalten. Das sei medizinisch dringend indiziert. Der Richter blickt uns nacheinander an.

Der Anwalt nutzt die Gelegenheit. »Ich finde, die Suizidalität hält sich in einem Rahmen, der auch in Untersuchungshaft aufgefangen werden kann. Dies ist keine Umgebung mehr für eine im Grundsatz gesunde Frau.«

Was redet dieser Mann? Im Grundsatz gesunde Frau? Und der geht es im Frauengefängnis besser?

»Gibt es Alternativen zum Gefängnis, Frau Dr. Freytag?«

Valentina schüttelt den Kopf und legt richtig los. Sie lässt sich nicht mehr unterbrechen und endet nach ein paar Minuten mit den Worten: »Ich kann für die Patientin sorgen. Wir kommen in der Therapie voran. Niemand hat etwas davon, wenn die Patientin sich in U-Haft das Leben nimmt, nicht wahr? Wollen Sie dafür verantwortlich sein?«

Sie zieht alle Register und induziert Schuldgefühle und schürt Angst. Krass. Ich würde mich selbst einweisen, wenn ich sie so höre.

Das sieht auch der Richter so. Er verlängert meine Zwangseinweisung um fünf Wochen.

Ich stehe an einem Punkt in meinem Leben, an dem die Zwangseinweisung in die geschlossene Psychiatrie für fünf weitere Wochen eine gute Nachricht ist. Na Bravo.

53.

Pernille und der Justizbeamte begleiten mich zurück auf die Station. Ich habe sie einsilbig über den Ausgang der Anhörung informiert. In meinem Kopf wirbeln andere Überlegungen.

Die Namen unter dem Kreditvertrag.

Marius und Dorian.

Wie ist Marius an Dorian geraten? Empfehlung? Zufall? Karma?

War Marius überhaupt klar, wen er da vor sich hatte? Dorian und Nicolai sind Halbbrüder. Dorian trägt einen anderen Nachnamen. Aber warum hat Nicolai Marius geholfen? Er hat ihn sicher irgendwann als meinen Musikproduzenten identifiziert, obwohl sie sich nie begegnet sind. Was treiben die Brüder? Was haben sie als Gegenleistung erhalten? Umsonst macht Nicolai nichts. Gar nichts. Womit hatte er Marius in der Hand? Oder war es umgekehrt, und Marius musste sterben, weil er etwas gegen Nicolai in der Hand hatte?

»Ich denke, Frau Dr. Freytag wird später noch mit Ihnen sprechen. Sie hatte heute Morgen schon eine längere Unterhaltung mit Friederike, die ...«

Ich höre ihr nur mit einem Ohr zu. »Wie bitte?«

»Wir wissen ... interessiert Sie das nicht?«

Wir sind auf der Station angekommen, und Benjamin steht vor meinem Zimmer und winkt. Er hat offenbar meine Rückkehr sehnlichst erwartet. Ich strebe schnurstracks auf mein Zimmer zu.

»Wir besprechen das später, ja?«

Was hat Benjamin herausgefunden? Alles andere ist unwichtig. Warum hat Marius mich angelogen? Warum hat er geschwiegen? Haben wir die E-Mails richtig interpretiert? Selbst wenn, korrigiere ich mich, sie *haben* sich E-Mails geschrieben. Marius hätte mir sagen müssen, dass er Kontakt zu meinem Ehemann hat.

Hoffentlich ist Maya eingetroffen und hat Luna in Sicherheit gebracht. Hoffentlich hat Dorian nichts mitbekommen. Seine Hilfe brauche ich nicht mehr, denn er und Nicolai konspirieren offensichtlich.

Hoffentlich, hoffentlich. An diesem Ort Hoffnung zu haben ist so sinnlos, wie Schmuck im Nachthemd zu tragen.

Benjamin schiebt mich ins Zimmer und schließt die Tür. Auf meinem Nachttisch steht sein Rechner. Es ist keine Medienstunde, und er hat bestimmt einige Klimmzüge gedrückt, um an seinen Laptop zu kommen.

»Ist Maya schon da?«

Er schüttelt den Kopf. »Gott sei Dank. Hör zu, ich fasse mich kurz.«

Oh Gott, wovon redet er? Mehr Horrormeldungen vertrage ich nicht.

»Marius hat sich auf der Suche nach einem Kredit an die Bank deines Schwagers gewandt. Der erkennt die Löcher in Marius' Finanzierung und bittet seinen Halbbruder Nicolai, deinen Ehemann, dem Musikproduzenten unter die Arme zu greifen. Dein Ehemann, tut mir leid, wenn ich das so ungeschickt formuliere, aber er ist der Mann fürs Grobe. Er fälscht Unterlagen, die dein Schwager nicht so akribisch prüft, und die Bank vergibt den Kredit. Beide lassen sich fürstlich dafür entlohnen. Solange Marius den Kredit bedient, haben alle gewonnen. Verstehst du? Es ist illegal, aber niemand nimmt Schaden. Auch die Bank nicht.« Er schüttelt ungläubig den Kopf. »Es ist sensationell, was sich manche Leute einfallen lassen. Ich habe nicht herausbekommen, wie die beiden ihre *Kunden* akquirieren, ohne das Risiko einzugehen aufzufliegen.« Er kratzt sich den Kopf.

»Hast du Hinweise in den Mails gefunden, dass Nicolai Marius bedroht hat?«, frage ich.

Benjamin schüttelt kaum merklich den Kopf. Er brütet still vor sich hin.

Was, wenn Marius geahnt hat, dass Nicolai ihm nicht helfen wollte, an das Geld zu kommen, sondern Böses plante?

»Hast du die Anruferliste auf dem Handy durchgesehen?«, frage ich und werde erneut mit einem missmutigen Kopfschütteln bedacht. Seine Finger fliegen über die Tastatur und sind auf der Suche nach Antworten im Netz. Immerhin schiebt er mir das Handy rüber.

Ich zögere.

Will ich überhaupt wissen, wen Marius in den letzten Tagen und Stunden vor seinem Tod angerufen hat? Nein.

»Oh Gott! Leila!«, Benjamin schreit mich plötzlich an. »Die Polizei. Das Telefon. Mach sofort das Telefon aus! Die haben bestimmt eine Handyortung laufen. Oh Mist, daran habe ich nicht gedacht. Wahrscheinlich ist dein Kommissar Thomsen bereits auf dem Weg hierher.«

Mir wird schlecht. Benjamin hat recht. Eine Handyortung. Wann habe ich das Handy angehabt? Wie lange? Ich schalte das Handy ab, so schnell ich kann. Viel zu spät.

»Okay, bleiben wir ruhig. Ist nicht schlimm, wenn Thomsen auftaucht. Ich muss ihm eh alles erzählen. Alleine schaffe ich es nicht. Hauptsache, Maya bringt Luna. Alles andere ...«

»Alleine. Ich zähle nicht?«, zickt Benjamin.

»So war das nicht gemeint. Du bist mir die größte Hilfe, die mir je in meinem Leben widerfahren ist. Und dabei kennst du mich erst kurze Zeit. Das kann ich nie wieder gutmachen.« Ich lehne mich erschöpft an ihn.

Wütend zu sein erschöpft mich. Das ist eine neue Erkenntnis. Bisher dachte ich, Wut setze Energien frei. Offenbar sind meine Reserven begrenzt. Was kann ich ausrichten? Was ist der nächste mögliche Schritt?

Benjamin ist nicht mehr sauer, er hat seinen Laptop zugeklappt und streicht mir über den Rücken.

»Jedenfalls wissen wir, wie dein Ehemann an sein Alibi gekommen ist. Wenn dein Schwager in der ganzen Sache mit drin steckt, war es clever von ihm zu behaupten, dass Nicolai die ganze Nacht mit ihm zusammen Fußball geguckt hat. Sie haben sich gegenseitig ein falsches Alibi gegeben.«

Es klopft an der Tür, und ich schrecke auf. Maya!

Benjamin ist ebenso erschrocken und greift nach seinem Laptop.

Pernille schon wieder. »Leila, Sie haben Besuch. Ihre Schwägerin wartet im Aufenthaltsraum auf Sie.«

Ich nicke. Mehr schaffe ich nicht.

»Puh, das war knapp«, sagt Benjamin, als Pernille die Tür zugemacht hat. »Hör zu, du darfst deiner Schwägerin

nicht vertrauen. Du brauchst Zeugen für euer Gespräch.
Bring sie hier in dein Zimmer. Ich verstecke mich im Bad
und bin zur Stelle, wenn du mich brauchst, okay?«

»Im Bad verstecken? Du spinnst!«

Benjamin zuckt mit den Schultern.

Da mir nichts Besseres einfällt, nicke ich schicksalser-
geben.

54.

Ich lasse mir meine Aufregung nicht anmerken. Ich beabsichtige, Luna in Sicherheit zu bringen und mich anschließend auf Maya zu stürzen. Sie muss reden, und ich werde keine Ruhe geben, bevor ich nicht alles verstanden habe.

Als ich in den Aufenthaltsraum einbiege, höre ich, wie jemand meinen Namen tuschelt, und ich bleibe instinktiv stehen.

Ich lausche. Atme flach, um alles aufzuschnappen.

Dann bin ich sicher. Es ist Valentinas Stimme, die meinen Namen nennt. Sie steht hinter dem Raumteiler in der Ecke, in der die Wasserkisten gestapelt sind. Spricht sie mit Maya über mich? *Über* mich, statt *mit* mir?

»Auf Leilas Bett. Wir haben drüber gesprochen, und Sie wollten sich überlegen, welche Antwort Sie mir geben.«

Valentinas Tonfall ist klar, aber nahezu einschmeichelnd. Mit wem spricht sie?

»Und Sie sind wirklich Ärztin, ja? Ich habe das Gefühl, dass diese Medikamente mich verändern, und deshalb muss ich sicher sein, dass Sie Ärztin sind.«

Ich erkenne die Stimme sofort.

»Was hat sich verändert?«

Valentina fragt, statt zu antworten. Alter Psychiater-Trick.

»Na ja, die Briefe … ich bin mir nicht mehr ganz sicher, wegen der Briefe. Sie wissen schon«, flüstert Friederike.

»Sie fangen an zu zweifeln, dass Leila Ihnen und Ihrem Mann die Briefe geschrieben hat?«

»Die Leila, die ist wegen Anton hier, oder?«

»Nein. Leila ist nicht wegen Anton hier. Und nicht wegen der Briefe, die jemand geschrieben hat. Leila und Anton sind sich nie begegnet. Und ich glaube, Sie realisieren das allmählich.«

Jetzt höre ich nichts mehr. Was geht da vor sich? Was um alles in der Welt habe ich mit Friederikes Ehemann zu schaffen? Die Briefe, die sie bekommt, sind angeblich von seiner Geliebten. Glaubt Friederike, ich sei die heimliche Affäre ihres Antons? Eigenartig.

Friederike schluchzt. »Das glaube ich nicht. Alle haben gesagt, dass Leila ihren Liebhaber ermordet hat. Das haben alle gesagt. Und dass sie auf die Station gekommen ist, um mir meinen Anton wegzunehmen. Ich lasse nicht zu, dass sie ihn umbringt.«

»Leila bringt niemanden um. Haben Sie deshalb den Zettel mit der Drohung auf Leilas Bett gelegt?«

»Na ja, einer musste ihr doch sagen, dass es falsch ist, was sie tut. Anton liebt mich, er hat keine Affäre. Leila will uns nur auseinanderbringen, weil sie eifersüchtig auf mein Glück ist. Ich dachte ... Leila. Wenn es nicht Leila ist, wer ...«

»Leila war es nicht! Pernille hat die Handschrift von Leilas Zettel mit dem letzten Brief verglichen, den angeblich Ihr Mann Anton bekommen hat. Die Handschrift ist dieselbe. Es ist nicht Leilas Handschrift. Es ist Ihre Handschrift, Friederike. Sie haben diese Briefe selbst geschrieben, nicht wahr?« Valentinas Stimme voller Mitgefühl.

Friederike jammert: »Ich?«

Valentina antwortet nicht. Mir ist elend zumute. Friederike quält sich mit ihrer tückischen Erkrankung. Offenbar hat sie gerade verstanden, dass ihr Anton keine Geliebte hat. Wie furchtbar.

Ich stutze, als mir siedend heiß klar wird, was das für mich bedeutet. Ich bin so beschäftigt mit Friederike, dass es mir erst nach und nach dämmert: Nicolai hat mir niemanden auf den Hals gehetzt. Der Zettel auf meinem Bett. *Ich weiß, was du getan hast. Ich werde dich bestrafen.* Die Drohung war von Friederike und nicht von Nicolai.

Aber warum hat mir Friederike die Haare abgeschnitten? Was für ein furchtbares Durcheinander!

Während Friederikes Schluchzer hinter der Trennwand nicht abebben, fühle ich mich wie der Lauscher an der Wand, der seine eigne Schand hört. Ich halte es nicht mehr aus und gehe mit einem Schwung, den ich nicht fühle, in den Aufenthaltsraum. Aus den Augenwinkeln sehe ich, dass Valentina der weinenden Friederike über den Rücken streicht.

Mein Blick sucht Luna.

Maya steht vor dem Fenster in der hintersten Ecke und sieht hinaus. Wo ist mein Mäuschen?

»Maya!«

Sie schnellt herum, und ihr Gesichtsausdruck ist hart und undurchdringlich.

»Wo ist Luna? Bist du ohne sie hier? Wo ist sie?« Ich schreie sie an. Ich bin in Panik. Wo ist Luna? Hat Nicolai sie geholt?

»Warum schreist du so? Mein Gott, die Kleine hat Angst vor den ganzen Verrückten hier. Was ist denn los?«

»Wo ist sie? Wo?«

»Bei unserer Haushälterin. Die beiden frühstücken. Reg dich ab! Was ist denn so wichtig daran, die Kleine noch mehr zu verunsichern? Mein Gott, Leila, sie hat inzwischen Angst vor dir. Jedes Mal, wenn wir kommen, ist irgendetwas passiert. Denk auch mal daran, wie Luna all das hier wahrnimmt.«

Ich fasse es nicht. Luna ist noch bei Maya und Dorian zu Hause. In dem Moment, in dem Nicolai es will, wird Dorian Luna zu ihm bringen. Es ist alles zu spät.

Ich drehe mich auf dem Absatz um und renne aus dem Raum.

55.

»Hey, Leila!«, schreit Maya hinter mir her. »Bleib stehen! Wo rennst du hin? Himmel noch mal.«

Ich weiß mir nicht anders zu helfen, als zurück in mein Zimmer zu laufen. Ich muss einen Weg finden, Luna zu holen. Nur wie?

Ich reiße die Tür auf und erschrecke Hanne. Sie steht mit der Haarbürste in der Hand in der Tür zum Badezimmer und erstarrt. Benjamin sitzt im Sessel, wie ich ihn zurückgelassen habe. Offenbar erzählt ihm mein Gesichtsausdruck alles, was er wissen muss. Er legt den Zeigefinger auf die Lippen, zieht Hanne hinter sich her ins Badezimmer und lehnt die Tür an. Dann ist Stille.

Sekunden später steht Maya im Zimmer.

»Was veranstaltest du für ein Theater? Beruhige dich und erzähl, was passiert ist.«

Maya stellt ihre Handtasche auf Hannes Bett und will mich in den Arm nehmen. Ich drehe mich abrupt weg. Das Letzte, was ich jetzt brauche, ist eine Umarmung. Ich benötige Antworten, keine Streicheleinheiten.

»Okay.« Maya hebt demonstrativ die Hände in die Luft. »Ich setze mich in den Sessel und höre dir zu.« Sie gibt sich weltmännisch, schlägt ihre Beine übereinander und zupft sich einen imaginären Fussel von der schwarzen Hose. »Kannst du bitte das Fenster aufmachen? Ich möchte eine rauchen!« Sie greift nach ihrer Handtasche.

Meine hochgezogene Augenbraue ist Antwort genug. Dass Maya raucht, ist mir neu. Wenn sie jetzt eine Zigarette braucht, ist sie nervös und nicht halb so abgeklärt, wie sie vorgibt. Das muss ich nutzen. Ich brauche Antworten.

»Ich habe herausgefunden, dass Marius und Nicolai sich kannten. Es ging um ein Kreditgeschäft.« Ich tigere, wie sonst Hanne, durch das Zimmer. Immer im Kreis herum, so baue ich das Adrenalin ab. Maya bleibt starr im Sessel sitzen, die Hände im Schoß gefaltet. Ein Bollwerk der gespielten Contenance. Ich nehme ihr diese Ruhe keine Sekunde ab, denn sie hat keine Regung gezeigt, als ich sagte, dass Marius und Nicolai Geschäfte miteinander getätigt haben. Die Information ist ihr nicht neu. Sie weiß Bescheid. Meine Freundin Maya hat mir nicht die Wahrheit gesagt.

»Du wusstest das? Erkläre es mir. Was lief da zwischen den Männern?«

Ihre verschlossene Miene soll mir signalisieren, dass sie nichts sagen wird. Und doch ist da etwas in ihrem Ausdruck, in der Art, wie sie an ihren Ohrringen nestelt, die mir sagt, dass sie mehr weiß. Viel mehr. Ich bekomme Angst.

»Wie kommst du zu der Annahme, dass die beiden sich kannten?«, fragt sie zögernd.

»Maya, hilf mir. Weich mir nicht aus. Es ist egal, wie ich es herausgefunden habe. Sag mir, was du weißt. In welche Geschäfte ist Nicolai verwickelt?«

»Warum interessiert dich das? Du hast nie gefragt, womit dein Mann sein Geld verdient. Dir reicht es, wenn immer genug da ist. Und Marius ist tot, für den spielt es keine Rolle mehr.«

Diesen Schlag muss ich erst mal einstecken. Das war ein

Volltreffer mitten ins Gesicht, der Potential hat, mich auszuknocken. Bin ich die Frau, die Maya mit wenigen Strichen gezeichnet hat? Eine geldgierige Schnepfe, die nicht fragt, in welche Machenschaften ihr Ehemann verwickelt ist, solange die Kohle fließt? Eine kalte Schnauze, die darüber hinwegblickt, dass ihr Freund getötet wurde, weil es sowieso nicht mehr zu ändern ist?

Ich brauche ein paar Schrecksekunden, bis ich mich berappelt habe.

Und plötzlich weiß ich, dass Maya mich nicht wird abschütteln können. Ich giere danach zu wissen, was sie weiß, und ich werde keine Ruhe geben.

Und mit der Frage, was für eine Art Frau ich bin, beschäftige ich mich später.

»Mag sein, dass es so war.« Meine Stimme klingt selbst für meine Ohren schmerzlich kühl. »Aber jetzt verlange ich Antworten von dir. Wenn du weißt, in welche Geschäfte Nicolai verwickelt ist, sag es mir.« Sie muss meine innere Distanz spüren, denn sie antwortet reserviert und kurz.

»Frag ihn.«

»Das werde ich«, zische ich. »Ich habe einiges mit ihm zu besprechen. Deshalb brauche ich Luna bei mir.« Ich zögere. Soll ich Maya offenbaren, dass ich weiß, wer der Täter ist? Öffnet das ihr Herz? »Ich erinnere mich endlich wieder an die Tatnacht.« So, jetzt ist es raus. »Die Therapie hat mir geholfen, die Ereignisse wieder in mein Bewusstsein zu holen. Ich weiß, was abgelaufen ist.«

Treffer. Versenkt. Maya erbleicht und rutscht auf dem Stuhl nach vorn. »Sprich«, flüstert sie.

»Nur, wenn du mir im Gegenzug erklärst, wie unsere Männer geschäftlich miteinander verwickelt sind.«

Sie nickt.

Und ich will ihr glauben. Denn es ist Maya. Wenn ich ihr nicht vertraue, wem dann?

»Die Therapie hilft mir. Ich weiß wieder, wie ich an dem Abend zu Marius gefahren bin. Ich habe ihm nichts getan.« Als ich den kurzen Satz ausspreche, fällt mir zum ersten Mal auf, welche Tragweite er hat. Welchen Druck er von meiner Brust nimmt. »Ich habe seine Wohnung blutbesudelt vorgefunden. Ich bin dem Blut durch das Treppenhaus gefolgt und auf den Parkplatz gekommen, als der Täter über Marius gekniet hat.« Es kostet mich Kraft, die Worte hintereinander auszusprechen, Sätze zu formulieren. Ich darf mich nicht in die Nacht hineinversetzen, sonst ertrinke ich in Verzweiflung. Ich muss in sicherem Abstand bleiben.

Ich bleibe direkt vor Maya stehen. »Ich habe den Täter gesehen. Habe ihn flüchten lassen. Ich habe Marius sterbend in den Armen gehalten. Verstehst du?« Durch den Kloß in meinem Hals krächze ich heiser. »Ich war in der Hölle, und ich habe es nicht ausgehalten. Ich bin verbrannt.« So hat es sich angefühlt. Niedergebrannt von Schuldgefühlen. »Ich war geschockt. Mich überkam das gesegnete Vergessen. Nur so konnte ich überleben. Aber nun habe ich mich erinnert.«

Maya ist noch bleicher geworden. Sie atmet flach. Ihr stehen Tränen in den Augen. Sie fühlt mit mir.

»Grauenhaft«, flüstert sie und streckt eine Hand nach mir aus.

Ich gehe ein paar Schritte rückwärts. Ich mag nicht angefasst werden. Nicht jetzt.

»Ich habe Nicolai erkannt. Er hat Marius getötet!«

»Nicolai!« Sie schnappt ungläubig nach Luft. »Unser Nicolai, dein Nicolai? Du ... also wirklich ... du bist ja total durchgeknallt! Das ist unmöglich. Nicolai würde niemals jemandem etwas antun. Er ist ruppig, aber im Grunde ...«

»Ja, ich weiß schon. Harte Schale, weicher Kern.« Sie glaubt mir nicht. Valentina glaubt mir nicht. Selbst Benjamin hat sich schwergetan. Wenn niemand mir glaubt, wie soll ich jemals die Polizei überzeugen? »Er war es, ich habe ihn an seinen Bewegungen erkannt. Du musst mir glauben. Er ist mit der blutigen Schere in der Hand vom Tatort geflüchtet. Er hat mich gesehen. Er weiß, dass ich eine Augenzeugin bin. Und nun zähle bitte eins und eins zusammen.«

Als Maya schweigend zu Boden guckt, lege ich nach. »Er wird mich aus dem Weg schaffen oder mich auf Linie bringen. Er befürchtet, dass ich gegen ihn aussage. Aber das wird er sich nicht bieten lassen. Verstehst du? Er wird mich mit Luna erpressen. Deshalb muss ich Luna hier bei mir haben. Nur hier kann ich ihre Sicherheit gewährleisten, bis er verhaftet ist.« Es fällt mir schwer, den nächsten Satz zu sagen, aber es muss ein, sonst versteht sie den Ernst der Lage nicht. »Maya, ich weiß nicht, wie weit er geht, um seine Tat zu vertuschen. Ich bin nicht mal sicher, ob er davor zurückschreckt, seine eigene Tochter als Pfand zu missbrauchen. Wenn er Luna schadet, tue ich alles, das weiß er.«

Maya hat sich gefangen. Sie hat den Sessel kratzend zurückgeschoben, ist aufgestanden und steht am Fenster. Sie sieht mich nicht an. Dann dreht sie sich um. Ihr Ausdruck ist missbilligend.

»Leila, warum übertreibst du immer so schrecklich? Das

würde er niemals tun. Wirklich, das ist … Luna ist bei uns. Ihr passiert nichts. Dorian schützt sie mit seinem Leben. Wenn du möchtest, verreise ich eine Zeitlang mit ihr.« Sie hebt ihre Hände wie zum Gebet. »Aber ich flehe dich inständig an, du darfst Nicolai nicht an die Polizei verraten! Du hast nicht das Recht dazu. Er ist dein Ehemann. Du hast ihm Treue und Loyalität gelobt. Ich bitte dich, denk nach.«

»Wie bitte?« Ich höre wohl nicht richtig? »Ich habe kein Recht? Was für ein beschissenes Recht brauche ich? Er hat Marius getötet! Er ist ein Mörder!«

»Wie kannst du sicher sein? Es war Nacht. Es war dunkel. Vielleicht irrst du dich, wie so oft. Und dann bringst du Unglück über deine Familie, das du nie wieder heilen kannst.« Sie lässt die Hände sinken, die sie die ganze Zeit gefaltet vor sich gehalten hat. »Und selbst wenn es so war. Womöglich hatten die beiden Streit. Wenn du ihn der Polizei auslieferst, hat Luna einen Mörder zum Papa, willst du das? Lass Gras über die Sache wachsen, meinetwegen trenne dich von Nicolai, aber denunziere ihn nicht.«

»Ach so, ein Mörder-Papa ist schlimm, ja? Aber eine Mörder-Mama geht in Ordnung? Ich verstehe dich nicht. Siehst du nicht, was das für mich bedeutet? Ich bin nicht länger verdächtig. Ich muss der Polizei beweisen, dass ich nicht die Täterin bin.«

56.

»Wir finden eine Lösung. Ich verspreche es dir! Bleib ruhig!«, fleht Maya mich an.

Sie hat recht. Ich möchte das Fenster öffnen. Aber ich habe keine Nerven, mir den Schlüssel von Pernille zu holen, um es kippen zu können. Ich lasse mich erschöpft in den zweiten Sessel plumpsen und gehe den nächsten Schritt.

»Was betreiben Nicolai und Dorian für Geschäfte?«

»Dorian arbeitet in der Bank. Und Nicolai arbeitet selbstständig. Manchmal haben sie dieselben Kunden, aber ...«

»Maya, hör auf! Das weiß ich alles. Ich will hören, warum Nicolai Marius Papiere beschafft hat. Was sind das für Papiere? Warum wollte Marius von Dorian einen Kredit? Was ist da zwischen den Männern gelaufen?«

Maya seufzt, aber redet endlich.

»Nicolai hilft Leuten, bei Dorian einen Kredit zu bekommen, die nicht genug Bürgschaften aufweisen. Du weißt schon, nicht jeder bekommt einen Kredit in der Höhe, in der er ihn haben will. Das ist alles nicht schlimm.«

»Wie hilft er? Warum macht das Dorian nicht selbst?«

»Nicolai fälscht ein paar Papiere für Leute, die den Kredit abzahlen könnten, die nur eine kleine Hilfestellung brauchen, um ihn zu bekommen.«

Sie sieht mich mit einem Augenaufschlag an, der mir

sagen soll, dass ich es nicht anders gewollt habe. Nun bin ich Mitwisserin. Selbst schuld.

»Dafür schaut Dorian bei der Prüfung der Papiere nicht so genau hin, und der Kunde bekommt sein Geld. Alle profitieren, und der Bank wird keinen Schaden zugefügt.«

»Nicolai fälscht keine Dokumente aus Nächstenliebe! Was springt für ihn dabei raus? Und was für euch?«

Mayas Augen verengen sich zu Schlitzen, und ihr ganzer Körper ist plötzlich angespannt, als ob sie mich anspringen will. »Was für *uns* dabei rausspringt? Du profitierst genauso. Sie lassen sich diesen Service bezahlen. Daher kommt das ganze Geld, das du mit beiden Händen ausgibst.«

Ich ignoriere ihre Vorwürfe, um den Faden nicht zu verlieren, versuche, mich zu konzentrieren. Ich lasse es nicht zu, dass sie mich aus dem Konzept bringt.

»Marius hat einen Kredit gebraucht … für das Haus in London.«

Maya nickt. »Es war Zufall, dass er eines Tages bei Dorian in der Bank auftauchte. Dorian hat nicht begriffen, wer vor ihm sitzt. Er hat das Anliegen deines Produzenten normal bearbeitet. Erst, als ihm dämmerte, dass Marius den Kredit nicht bekommt, kam Nicolai ins Spiel. Der hat sofort geschaltet. Und Marius seinerseits hat euren Nachnamen an Nicolai erkannt. Jedenfalls hat Nicolai alles Weitere übernommen. So haben wir von deinen unsäglichen London-Plänen erfahren.«

»Seit wann wusstest du Bescheid?«

»Ich habe erst erfahren, was los ist, als Nicolai Dorian um Rat gefragt hat, wie er dich daran hindern soll, mit Marius nach London zu gehen. Er ist durchgedreht vor Angst, dich zu verlieren. Du warst drauf und dran, alles kaputt zu machen. Alles zu zerstören. Deine Ehe...«

»Und Nicolai hat beschlossen, der Sache ein Ende zu bereiten, indem er Marius aus dem Weg schafft? Das ist nicht euer Ernst! Habt ihr drei euch das zusammen überlegt? Steckst du da mit drin?«

»Du spinnst. Hör auf! Ich hätte niemals gedacht, dass er... vielleicht war es eine Kurzschlussreaktion? Versteh ihn...«

Bei mir ist von einer Sekunde auf die andere die Luft raus. Mein Mann hat meinen Freund getötet, damit ich nicht mit unserer Tochter nach London gehe. Aus seiner Perspektive hört es sich sogar logisch an. Eine kranke Logik.

»Warum hat er nicht mit mir geredet? Er hat nie einen Ton gesagt!«

»Reden? Was gab es denn da zu reden? Er hatte Angst, verdammt noch mal. Und du hast ihm alles verheimlicht. Mit Worten wäre er bei dir niemals weitergekommen. Du weißt, wie impulsiv du bist.«

Meine Freundin wusste Bescheid. Die ganze Familie wusste von Nicolais Tat. Sie haben nichts unternommen, um mich zu schützen. Die Erkenntnis frisst sich durch meine Eingeweide.

»Versetze dich in seine Lage«, insistiert Maya. »Er hatte Panik, dass der Kerl ihm seine Frau und Tochter wegnimmt. Er hat um seinen Lebenstraum gekämpft! Er konnte doch nicht wissen...«

Plötzlich fliegt die Tür auf, und Friederike rauscht ins Zimmer.

»Wo ist Hanne?«

»Oh nein, jetzt nicht. Friederike, bitte. Das kann ich nicht gebrauchen. Geh bitte.« Ich springe aus dem Sessel auf und gehe die zwei Schritte auf Friederike zu. Ich nehme ihren Arm und versuche, sie sanft aus dem Zimmer zu bugsieren.

»Ich will zu Hanne!« Sie reißt empört ihren Arm los.

»Die ist nicht hier. Siehst du doch!« Am liebsten würde ich grob werden, damit sie verschwindet.

»Sie muss aber hier sein. Sie hat das Zimmer nicht verlassen. Ich hab die Tür beobachtet.«

Maya mischt sich ein. »Im Ernst, wir sind alleine. Wir sagen Hanne Bescheid, dass du sie suchst, ja?«

»Ach, liebe Maya, ich muss dringend mit Hanne wegen der Nagelschere sprechen«, flötet Friederike. »Weißt du, ich brauche sie wieder. Ich hab dir doch von der Schere erzählt.«

Ich unterbreche Friederike, weil ich keinen Kopf für ihre Probleme habe.

»Hanne ist nicht da. Komm später, du störst!«

»Sie ist hier, und ich brauche meine Nagelschere zurück! Frau Dr. Freytag reißt mir den Kopf ab, wenn ich sie nicht heute Vormittag abgebe. Sie hat alles herausgefunden ...«

Wovon redet sie, verdammt noch mal?

»Wenn Hanne sie mir nicht zurückgibt, dann sage ich das Frau Dr. Freytag, und dann bekommt Hanne gewaltigen Ärger. Das ist mal klar.«

»Okay, so machen wir es.« Auch Maya will Friederike dringend loswerden.

In diesem Moment schwingt die Badezimmertür quietschend auf, und Hanne stolpert zwischen uns.

Maya und Friederike zucken erschrocken zurück, als sei Godzilla höchstpersönlich durch die Wand gebrochen.

Es ist zum Heulen. Kann nicht einmal etwas glattgehen? Warum kommt Hanne jetzt aus dem verdammten Badezimmer gestrauchelt? Warum hat Benjamin sie nicht aufgehalten? Ich hatte die beiden schon fast vergessen.

»Deine verfluchte Schere kannst du gleich haben. Ich will sie nicht mehr.« Hanne ist für ihre Verhältnisse ganz außer sich. »Meiner Tochter hat der neue Haarschnitt nicht halb so gut gefallen, wie du es mir prophezeit hast. Sie wollte gar keine Hilfe von mir. Das war eine saublöde Idee von dir!«

In meiner Magengrube beginnt es zu kribbeln.

»Eine Idee von mir?«, schreit Friederike zurück. »Von mir? Das war doch Mayas Idee!« Sie schnellt herum und zeigt mit dem Finger auf Maya. »Maya, sag ihr, dass das nicht meine Idee war. Wir haben doch darüber gesprochen. Du hast gesagt, du würdest mir helfen herauszufinden, wann Leila und Anton sich treffen ...« Sie kräuselt irritiert ihre Stirn. »Dabei trifft mein Anton gar keine anderen Frauen. Das weiß ich jetzt.«

Maya sitzt totenbleich in ihrem Sessel. Ich komme nur langsam hinterher, während mir Magensäure in der Speiseröhre hinaufkriecht. Ich glaube, ich muss mich übergeben.

»Friederike, du und Maya ... ihr habt gesprochen?«

Friederike nickt verwirrt. »Warum nicht?«

Ich wusste nicht, dass Maya den Kontakt zu Friederike gesucht hat. Zeit mit ihr verbracht hat. Und noch während mich die eine Erkenntnis an meiner Wahrnehmung zweifeln lässt, bahnt sich die nächste Gewissheit in mein Bewusstsein.

»Hanne, du hast mir die Haare in der Nacht abgeschnitten?«

»Liebes, du hast selbst gesagt, dass dir bei der Chemotherapie alle Haare ausfallen werden und du sie lieber vorher abschneidest. Ich habe dir nur geholfen.« Hanne schüttelt resigniert den Kopf. »Manchmal verstehe ich meine eigene Tochter nicht mehr.«

57.

Ich gehe auf die alte Dame zu, die mir so sehr ans Herz gewachsen ist. »Hanne, du hast deiner Tochter die Haare abgeschnitten?«

Sie rührt sich nicht. Ihre Augen blicken mich nicht an, sondern scheinen nach innen gerichtet. In ihrer Miene spiegelt sich nichts. Ich streiche ihr über die Wange. Es ist im Grunde auch egal. Meine Haare wachsen nach. Hannes Gedächtnis nicht. Marius' Leben nicht. »Ist nicht tragisch«, murmele ich und hoffe, dass sie es hört. »Es ist alles in Ordnung, Hanne.«

Hanne liegt wie erstarrt in meinen Armen, und wir klammern uns aneinander. Ich weiß nicht, ob sie überhaupt begreift, was passiert. Die anderen tun es jedenfalls. Friederike wartet ungeduldig ab, ob Hanne ihr die Nagelschere zurückgibt und hat offensichtlich kein Verständnis für unsere lange Umarmung. Maya sitzt regungslos und paralysiert im Sessel. Von Zeit zu Zeit schüttelt sie ungläubig den Kopf. Ich schiebe Hanne langsam von mir. »Gib Friederike die Schere zurück, Hanne, wir brauchen sie nicht mehr. Es ist alles in Ordnung.«

Friederikes Gesicht hellt sich augenblicklich auf, und sie hält Hanne ihre geöffnete Hand hin. Hanne geht zu ihrem Nachttischchen, zieht die oberste Schublade heraus und händigt Friederike kommentarlos die Nagelschere aus.

Für einen Moment bleiben mir dann doch die Worte

im Hals stecken. Da lag das Corpus Delicti die ganze Zeit in meiner Reichweite, und ich habe nichts geahnt. Symbolisch für die ganze unsägliche Situation, in der ich mich befinde. Alles hat sich direkt vor meiner Nase abgespielt, und ich habe nichts gesehen, gehört, begriffen. Ich schüttele fassungslos den Kopf.

In diesem Moment geht erneut die Zimmertür auf, und Dorian schiebt Nicolai vor sich her.

Was macht *er* hier?

Nur aus den Augenwinkeln nehme ich wahr, dass hinter den beiden Pernille im Türrahmen steht.

»Frau Galayan, das ist jetzt wirklich ein bisschen viel Besuch auf einmal. Bitte gehen Sie in den Aufenthaltsraum und halten Sie es kurz, ja?« Pernille sieht mich streng an, dreht sich aber um und geht, als ich ihr zunicke. Die Tür lässt sie offen. Und das ist gut so, denn es wird eng in meinem Zimmer.

Was will Nicolai hier? Warum hat Dorian ihn mitgebracht? Der steht neben Maya und spricht leise auf sie ein, offenbar ist ihm sofort aufgefallen, wie schlecht Maya aussieht. Ich vermeide den Blickkontakt zu meinem Mann. Das letzte Mal, als wir uns gegenüberstanden, habe ich auf ihn geschossen. Zumindest in meinem Traum, der mir allerdings so real vorkommt, dass mir mein schlechtes Gewissen Verspannungen am ganzen Körper verursacht. Tatsächlich ist Nicolais Arm unverletzt. Auch sein Gesicht weist keine Blessuren auf. Er betrachtet mich verständnislos, denn ich habe ihn nicht begrüßt.

Friederike fängt sich als Erste und wendet sich an Nicolai.

»Es tut mir leid, dass ich Ihre Frau verdächtigt habe. Ich

befürchte, Leila hat die Briefe an meinen Mann gar nicht geschrieben. Maya hat sich geirrt, als sie mir das bestätigt hat, daher konnte ich es nicht besser wissen, nicht wahr, Maya? Es ist nicht meine Schuld.«

Sie wendet sich Maya zu, deren Gesicht ich nicht sehe, weil Dorian vor ihr steht. Deutet Friederike an, dass Maya sie darin bestärkt hat, mich als ihre Feindin zu betrachten? Mir wird schwindelig. Wer ist jetzt verrückt? Friederike, Maya oder ich?

»Maya, kannst du auch mal was sagen?«, versuche ich, Licht ins Dunkel zu bringen. »Was hast du mit Friederike zu tun?«

Maya schweigt.

Ich verstehe. »Maya, warum?«, flüstere ich. »Warum hast du Friederike auf mich gehetzt?«

»Wer ist Friederike?«, fragt Dorian und stellt sich schützend vor seine Frau. »Was geht hier vor?«

Friederike schiebt sich zwischen die beiden. »Friederike bin ich, ja? Sie können direkt mit mir reden. Ich dachte, Ihre Frau hilft mir, als sie mich vor Leila gewarnt hat. Aber sie hat mir nicht die Wahrheit gesagt.«

»Warum?«, giftet Maya mich plötzlich an. »Damit du endlich Ruhe gibst und die Familie nicht auseinanderreißt. Du Zerstörerin! Du solltest dich mit anderen Dingen beschäftigen als mit deinen dämlichen Zukunftsplänen und deinem ewigen Selbstmitleid. Du hast doch selbst schuld.«

»Du und Friederike?« Meine Stimme taumelt. »Aber wann habt ihr ... ihr kennt euch doch gar nicht.«

»Du musst ja nicht immer alles mitbekommen. Geht dich doch gar nichts an, mit wem ich plaudere«, bockt Friederike.

Dorian nimmt Mayas Hand und mahnt sie, ruhig zu bleiben. »Reg dich nicht auf, Maya, Liebes. Wir verschwinden.«

»Aufhören!«, befiehlt Nicolai. »Wir sind immer noch eine Familie. Wir werden sofort aufhören, uns gegenseitig anzukeifen, und zusammenhalten.«

Maya unterbricht ihn. »Zu spät. Leila erinnert sich an die Tatnacht. Sie hat dich auf dem Parkplatz gesehen und will das aussagen.«

Nicolai starrt Maya an. Sprachlos. Atemlos. Er braucht einige Sekunden, um die Tragweite ihrer Worte zu erfassen.

Und dann fängt er sich. Fast bewundere ich ihn dafür.

»Hier wird niemand gegen irgendjemanden irgendetwas aussagen! Hier spricht die Familie geschlossen mit einer Stimme! Habe ich mich klar und deutlich ausgedrückt?« Er reckt seine geballte Faust. »Wir sind eine Familie. Egal, was passiert. Wir gehören zusammen. Wir halten zusammen. Vergesst das nie. Keiner von euch!«

Maya nickt ergeben, und Dorian schnalzt zustimmend. »Selbstverständlich, Bruder, du hast recht.«

Und plötzlich höre ich die Wahrheit.

Sie flirrt durch den Raum.

Mein Gehör hat endlich beschlossen, wieder zu mir zu halten. Es überschreibt die Stille in meinem Inneren.

Ich erkenne endlich, viel zu spät, was mir das Herz zerreißt: Da ist es wieder. Das verdächtige Schnalzen. Das Schnalzen der Taube.

Doch diesmal ist es nicht mein Mann, der schnalzt, sondern Dorian.

Mein Gehör beobachtet die beiden.

Die Brüder. Halbbrüder mit einer identischen Marotte.

Ich bringe meinen Verstand nicht dazu zu akzeptieren, was das bedeutet.

Die Familie ist das Wichtigste.

Habe ich meinem Mann Unrecht getan?

Dorian?

Habe ich Dorian in der Tatnacht gesehen und gehört?

Ist Dorian der Mörder von Marius?

58.

Es kann unmöglich Dorian gewesen sein, denn ich habe die Bewegungen meines Mannes erkannt.

Nicolais Bewegungen! Dorians Bewegungen?

Habe ich meinen Ehemann fälschlicherweise verdächtigt? Mir ist flau im Magen, und ich habe das Gefühl, mein Kreislauf sackt weg. Ich kann keinen klaren Gedanken fassen. Ich kann nicht mehr zwischen den beiden Brüdern unterscheiden. Ich fühle mich, als ob ich mich auflöse. Hört das nie auf?

»Dorian, du? Habe ich dich gesehen?«, flüstere ich. »Habe ich dich gehört?«

Als ich die Worte ausspreche, ist es, als wiche mit einem Schlag aller Sauerstoff aus dem Zimmer. Wir halten die Luft an.

Dorian steht da wie vom Blitz getroffen. Sein Augenlid zuckt unkontrolliert, und ich erkenne Schweißperlen auf seiner Stirn.

»Wie?« Er lächelt schief, als ob er sich nicht entscheiden kann, ob er alles abstreiten und mich auslachen oder in Tränen ausbrechen soll.

»Hört auch mal jemand auf das, was ich sage?« Pernilles Stimme schneidet in die belastende Stille. »Hanne, die Ergotherapeutin wartet auf Sie. Und Friederike, Sie können gleich mitgehen, Sie haben heute Küchendienst, oder?« Sie schüttelt missbilligend den Kopf. »Diese Versammlung

313

ist beendet. Leila, Ihr Besuch muss sich jetzt verabschieden.«

Friederike hakt Hanne ein und führt sie zu ihrem Rollator. Pernille wirft mir noch einen kühlen Blick zu, während Hanne murmelt, dass sie wirklich nicht verstehe, warum sie hier sei. Langsam schieben sie aus dem Zimmer. Trotzdem wird es nicht leerer. Dorian. Zu schwer wiegt meine Erkenntnis. Sie füllt den ganzen Raum und nimmt mir die Luft zum Atmen.

Mayas und Nicolais Mienen sind undurchdringlich.

»Ich habe die Bewegungen ... aber ihr seid euch so ähnlich. Warum ist mir das nicht vorher klar geworden? Nicolai, du warst gar nicht auf dem Parkplatz. In der Nacht. Du hast mich nicht angelogen. Du hast in der Bar Fußball geguckt. Aber Dorian nicht. Er hat die Bar verlassen und ist zu Marius gefahren. Und du hast ihn gedeckt!«

Mein Ton ist eine flehende Bitte, mir endlich die Wahrheit zu sagen. Schluss zu machen mit den ewigen Lügen. »Warum? Das ergibt doch alles keinen Sinn!« In mir toben die verschiedensten Gefühle miteinander. Angst, Fassungslosigkeit, Schuld, Wut und Scham. Ich war so blind.

Dorians Schweigen ist erdrückend. Er blickt seinen Bruder an. Maya. Dann mich. Dann wieder seinen Bruder. Und wenn ich es nicht besser wüsste, würde ich denken, dass er Nicolai anlächelt.

»Bist du zu ihm gefahren?« Ich muss es wissen. »Wie bist du an den Schlüssel gekommen?«

Dorians Miene ist festgefroren. Er hält steif die Hand von Maya, bewegt sich keinen Millimeter von seiner Frau weg.

»Der Schlüssel aus dem Klavier?« Ich wende mich wieder an Nicolai. Inzwischen rollen Tränen über meine Wangen. Tränen des Schocks, der Verblüffung. Mein Körper reagiert ohne mein Zutun. »Hast du ihn hingeschickt? Hast du deinen Bruder zum Auftragskiller bestellt? Ist das deine Vorstellung von Familienbande?« Nur so kann es gewesen sein. Dorian als Handlanger für meinen Mann. So unschuldig ist er also doch nicht, oder? Es ist zu mühsam, einen Gedanken zu Ende zu denken.

»Hör auf! Lass Nicolai in Ruhe. Luna hat mir das Versteck gezeigt.« Mayas Stimme ist tonlos. Sie steht auf, geht zum Bett und greift nach ihrer Handtasche. Damit bricht sie den Bann.

Langsam fangen die Männer an, sich zu bewegen, zu atmen. Maya klaubt ein Päckchen Zigaretten heraus. Langsam schüttelt sie ein Feuerzeug aus der fast leeren Packung. Sie steckt sich eine Zigarette an.

Hier ist Rauchverbot, denke ich und weiß im gleichen Atemzug, wie egal das ist. Nichts spielt mehr eine Rolle, außer der Wahrheit.

»Sie ist so stolz darauf, mit dir ein Geheimnis zu teilen. Ich habe mir den Schlüssel an dem Morgen genommen. Ich weiß nicht mal, warum. Nur so.«

Mein ganzes Leben zerfällt vor meinen Augen. »Wir sind die Frauen in der Familie, die zusammenhalten sollen. Hast du das nicht gesagt? Wie kannst du mir in den Rücken fallen?« Ich drehe mich zu Nicolai. »Das ist deine Vorstellung von Familie?«

Er funkelt mich an. »Leila, hör auf. Hör endlich auf, alles zu zerstören!« Er geht bedrohlich zwei Schritte auf mich zu, und ich habe Sorge, dass er mich schlägt.

Tatsächlich baut er sich nur vor mir auf. Versucht mich einzuschüchtern. Was mir aber noch viel wichtiger ist, ist die Antwort auf die Frage, wem Maya den Schlüssel gegeben hat.

»Was hast du mit dem Schlüssel gemacht? Wem hast du ihn gegeben?«

»Ach Scheiße, was für eine verquere Sicht du hast.« Maya speit ihre Antwort in meine Richtung und zieht zwischendurch begierig an ihrer Zigarette. »Wir Frauen sollen zusammenhalten. Du hast unsere Familie doch verraten. Du wolltest uns verlassen. Luna mitnehmen nach London. Hast du geglaubt, dass wir das zulassen?«

»Zulassen? Was geht es euch an? Das ist eine Sache zwischen mir und Nicolai.« Ich drehe mich wieder zu ihm um. »Was hast du getan, Nicolai? Erst gebt ihr Marius einen Kredit, und dann bringt ihr ihn um? Um die Familienehre zu retten? Mein Gott!«

»Woher weißt du von den Kreditverhandlungen?«, fragt er irritiert. Er setzt sich auf den Sessel an meinem Bett. Dieser starke Mann wirkt, als trügen ihn seine Beine nicht länger. Ist er doch aus Fleisch und Blut und kein Übermensch? Es gibt niemanden in diesem Raum, der nicht seine letzten Kräfte in der Familienauseinandersetzung lässt.

»Sie hat es herausgefunden«, sagt Maya und stößt den Zigarettenrauch an die Decke. »Ich habe es ihr bestätigt. Das spielt eh keine Rolle mehr. Leila, gib Ruhe. Lass uns überlegen, wie wir die Zukunft gestalten.«

Ich schüttele den Kopf. Sie will nicht über die Tat sprechen, sie will die Zukunft planen? Wie kann sie den Mord ausblenden? Und sie wirft mir vor, ich verschließe die Augen vor der Realität? Mir bleibt die Spucke weg. Fast bin ich dankbar, dass mein Ärger sich langsam an die Oberfläche kämpft.

»Bist du in seine Wohnung spaziert und hast ihm den Kredit verweigert? Mitten in der Nacht? Was wolltest du bei ihm?« Ich stelle meine Fragen in schneidendem Ton an Dorian. Ich brauche Antworten, um leben zu können. Und er wird sie mir geben. Und wenn ich sie aus ihm herausprügele. »Was hat er gesagt? Was ist passiert?«

Noch immer schweigt er. Ich halte es nicht aus.

»Warum?«, schreie ich die Frage in den Raum.

Beide Männer blicken sich erschrocken an. Ein Blick in meine Richtung. Genervt von meinen Fragen. Aber sich ihrer Loyalität sicher. Für immer verbunden.

Endlich schafft es meine Wut, sich durch den Panzer der Verblüffung zu fressen.

»Was wolltet ihr von ihm?«, schreie ich.

»Mein Gott, reden. Jemand musste ihm klarmachen, dass er dich und Luna nicht mit nach London nehmen kann.« Maya übernimmt das Sprechen für Dorian. Dass es ihr nicht leichtfällt, sehe ich daran, wie tief sie an der Zigarette inhaliert.

»War es so?«, wende ich mich an Dorian. »Du tötest einen Mann wegen eines lausigen Kredits? Wie kannst du so ...«

»So ... was?« Maya spuckt mir die Worte regelrecht entgegen. »So besorgt um die Familie sein? Mit so viel Liebe und Weitblick?« Sie wedelt mit der Hand vor ihrem Gesicht, als ob sie ein lästiges Insekt loswerden wolle. »Ach, du hast keine Ahnung. Das hast du nie verstanden, was Familie bedeutet. Was Liebe ist.«

»Hört beide sofort auf. Da kommt nichts Gutes dabei heraus«, schreit Nicolai uns an. »Ihr geht jetzt bitte, und ich spreche mit Leila. Wir klären das untereinander.«

Ich bemühe mich, alle Informationen zu verarbeiten, die in den letzten Minuten auf mich eingeprasselt sind. Es ist alles so unvorstellbar. Ich sehe Dorian in die Augen und versuche zu lesen, was er empfindet. Jetzt, wo er weiß, dass ich ihn erkannt habe. Scham? Schuld? Angst? Trauer? Verzweiflung?

Ich zucke zurück vor dem, was ich erkenne.

Ich sehe in seinem Blick nur Liebe.

59.

Liebe zu seinem Bruder? Zu Maya? Zu mir? Zu Luna?

Wen sieht er vor seinem geistigen Auge? Wem gilt diese Liebe, die seine Schuldgefühle vertreibt?

»Dorian?«, wispere ich und bekomme keine Antwort. »Dorian, erleichtere dein Gewissen. Was ist in der Wohnung passiert?«

»Leila!« Nicolais Stimme ist schneidend. »Halt den Mund. Marius ist tot. Es spielt keine Rolle, was geschehen ist, weil es nichts mehr ändert. Es ist viel wichtiger für uns alle, dass wir überlegen, wie es jetzt für die ganze Familie weitergeht.«

»Es spielt keine Rolle?«, schreie ich zurück und springe vom Bett auf. »Ich werde verdächtigt, ihn getötet zu haben. Stattdessen hat Dorian zugestochen. Er muss sich dafür verantworten. *Er* geht ins Gefängnis. Nicht *ich*. Wieso hört deine Familienliebe bei mir auf?« Ich hole Luft, balle meine Fäuste und halte sie ihm drohend hin. Es ist fast albern, wenn es mir nicht so bitterernst wäre. Die kleine Leila hebt die Hand gegen Nicolai. In dem winzigen Zimmer einer geschlossenen Psychiatrie. Lachhaft. »Du kannst ihn nicht immer in Schutz nehmen. Deinen geliebten großen Bruder, auf den du nichts kommen lässt. Du kannst ihm ein falsches Alibi geben, aber es gibt eine Augenzeugin, und ich werde der Polizei sagen, was ich weiß. Dorian muss sich verantworten.«

Ich kann meinem Mann ansehen, wie seine Welt langsam zerfällt. Hat er wirklich gedacht, wenn Marius *weg* ist, wird zwischen uns alles wieder gut? Wenn er und sein Bruder Stillschweigen bewahren, renkt sich alles wieder ein? Die arme Leila bleibt ein paar Monate oder Jahre in der Psychiatrie, und danach geht es weiter wie vorher?

»Ich will nur, dass alles bleibt, wie es war«, sagt er.

»Es wird nie wieder so sein, wie es war. Schon bevor ihr Marius getötet habt, war es vorbei. Siehst du das nicht? Ich war zu feige, es mir einzugestehen, aber du, du musst es doch bemerkt haben?«

Meine Körperspannung sinkt in sich zusammen. Wie konnten wir so aneinander vorbeileben? Ich kann auch nicht mehr. Mir geht es wie Nicolai. Ich setze mich zurück auf das Bett.

»Nein, ich habe es wohl nicht wahrhaben wollen.« Nicolais Stimme klingt resigniert.

»Ich sage dir, Nicolai, ich gehe. Ich verlasse dich. Auch ohne Marius.« Das sage ich aus tiefstem Herzen, obwohl ich mir das nicht überlegt habe, aber die Worte sprudeln von alleine. »Ich gehe nach London und mache Karriere. Jetzt erst recht!« Damit will ich einen Schlusspunkt setzen.

»Nein! Nein!« Maya schreit plötzlich auf, als ob ihr jemand ein Messer in die Brust gestoßen hätte. »Nein, das darfst du nicht. Dann war alles umsonst!«

60.

Nachdem in dem kleinen Zimmer in den letzten Minuten so viel gesprochen wurde, pocht die Stille nach Mayas Worten. Ohrenbetäubend.

Alle Blicke richten sich auf Maya. Sie zittert wie Espenlaub. Dorian guckt so erschrocken, als wären ihm ihre Worte direkt ins Gesicht gesprungen.

Maya schüttelt seine Hand ab, springt aus dem Sessel auf und wirft ihre Zigarette auf den Boden. Tritt sie aus.

»Du bist doch an allem schuld. Wenn du nicht diese verdammte Idee mit London gehabt hättest.« Mayas Arm rudert in der Luft, und sie zieht einen Schmollmund. »Ich hab es für dich getan. Für unsere Familie. Er war nicht gut für dich. Er war nicht gut für uns.«

»Maya, Liebes, hör auf!« Dorian fleht sie an.

Er sieht aus wie der wandelnde Tod. Bleich und eingefallen. Er liebt seine Frau, das kann man greifbar spüren. Aber er kann sie nicht stoppen.

»Ich hatte den Schlüssel. Und die Lösung war plötzlich ganz einfach. In seine Wohnung gehen, nachts, wenn er schläft, und ein Ende machen. So.« Maya zieht mit der Handkante einmal ihren Hals entlang. Diese Geste ist brutaler als ihre vergifteten Worte. »Keine Spuren hinterlassen, umdrehen und gehen.«

Meine Welt steht still. Mayas Töne klingen nicht in meinem Ohr. Ich sehe sie nur noch sprechen.

Maya ist beinahe gelassen. Als ob ihre Worte ihr eine Zentnerlast genommen haben. Und sie entlastet sich weiter.

»Ich habe ihm die blöde Schere in den Oberkörper gestoßen. Habe auf ihn eingestochen. Bis... bis... dann bin ich weggelaufen.« Sie spuckt die Worte in meine Richtung. »Na und? Du hast es provoziert. Geht es dir nun besser, wo du alles weißt? Ist dir jetzt wohler? Es wird nichts ändern, Leila. Du bist verrückt, und niemand glaubt dir. Alle wissen, dass du die Schuldige bist.«

»Oh, Maya, mein Herz, bitte...« Dorian schluchzt.

In meiner Erstarrung beschäftigt mich nicht Mayas Geständnis, sondern die Tatsache, dass ich Dorian noch nie habe weinen sehen. Nun rinnen seine Tränen die Wangen herab. Er weint. Selbst Nicolai habe ich noch nie weinen sehen. Warum ist mir das nie aufgefallen?

»Ich habe Dorian gesehen...«, flüstere ich.

»So ist mein Mann...«, beschimpft Maya mich. »Er ist gekommen, als ich ihn angerufen habe. Weil er mich liebt. Weil er loyal ist, weil er mich niemals im Stich lassen würde. Weil ich seine Familie bin und er niemals ohne mich sein will.«

So fühlt sich sterben an. Maya, meine Freundin, hat den Mord an Marius gestanden. Mein Schwager wusste es. Und Nicolai? In seinen Augen schimmern Tränen. Er wusste es ebenfalls. Meine Familie hat mich geopfert.

»Als Dorian ankam, wollten wir sofort nach Hause fahren, aber da hörten wir Marius' Rufe auf dem Parkplatz. Ich war wie betäubt. Er war nicht tot. Er durfte nicht überleben, er hätte alles der Polizei gesagt. Dorian hatte den Mut, zu deinem Scheißkerl zurückzugehen. Er hat... in Marius'

Schulter steckte die Schere. Und Marius... Dorian hat dafür gesorgt, dass er nicht überlebt. Und er hat die Schere mitgenommen. Wir haben sie auf dem Weg nach Hause weggeworfen. Verstehst du? Dorian hat alles in Ordnung gebracht. Alles war gut. Wenn du nicht...«

»Gut?«, unterbreche ich sie wispernd. Ich bin ganz ruhig. Keine Wut. Keine Angst. Keine Schuld. Kein gar nichts. Leere. Depressive Leere. Ich empfinde gar nichts.

»Wenn du in diesem Moment nicht aufgetaucht wärst auf diesem beschissenen Parkplatz, dann... konntest du nicht zwei Minuten später kommen?«

»Leila«, flüstert Dorian. »Es tut mir so leid. Ich hatte gehofft, du würdest dich nie an die Nacht erinnern.« Seine Augen sind entsetzt aufgerissen.

»Und was sollte aus mir werden?«, flüstere ich. Ich stehe auf. Ich muss raus hier. Nur weg von meiner Familie.

»Wir sind davon ausgegangen, dass du Dorian nicht bei der Polizei verrätst. Er ist dein Schwager. Mein Bruder!« Nicolai spricht mit leiser Stimme, als wolle er mich hypnotisieren. »Dass du dich an nichts erinnern konntest, war erst mal hilfreich. Wir haben überlegt, wie... aber dass du dachtest, du seist die Täterin, dafür können wir doch nichts.«

»Ab wann wusstest du Bescheid?« Ich starre meinen Mann an. Seine Gesichtszüge ähneln nicht mehr dem Mann, den ich kenne. Ich sehe nur ein Monster mit einer grässlich entstellten Fratze.

»Dorian hat mir noch in der gleichen Nacht alles gestanden... als du geschlafen hast.« Seine Stimme bricht. »Ich wusste nicht, was ich tun soll. Er ist mein Bruder!«

»Und ich bin die Mutter deiner Tochter. Hast du mir

deshalb die Therapie verboten? Du wolltest mich hier drinnen verrotten lassen? Du hättest mit angesehen, wie ich vielleicht für immer denke, dass ich eine Mörderin bin?«

»Nein, Leila, bitte, so war das nicht!« Er bettelt. Mein Mann bettelt um Verständnis. Nie hätte ich gedacht, dass das möglich ist. »Wenn du schweigst, hat der Anwalt gute Chancen, auf eine kurze Haftstrafe zu plädieren. Schuldunfähig. Du wärst nur einige Monate hier, und dann wäre alles überstanden. Ich hole dich hier raus!«

»Maya?«, krächze ich. Es ergibt keinen Sinn. »Maya? Warum?«

Maya schweigt. Sie kramt wieder in ihrer Zigarettenschachtel und holt eine neue Zigarette heraus, steckt sie sich an.

Meine Gedanken rasen.

»Maya?«, wiederhole ich.

»Ich habe seit Jahren nicht mehr geraucht. Seit Dorian und ich versuchen, Kinder zu bekommen.« Sie nimmt einen langen Zug. »Mein Gott, hab ich das vermisst.«

Ich erkenne auch sie nicht wieder. Was ist aus meiner Familie geworden? Es ist doch Maya, beharrt mein Gehirn. Meine beste Freundin. Meine Schwägerin. Weltbeste Patentante. Mir wird heiß.

Und dann, inmitten der wirren Anschuldigungen in meinem Kopf, begreife ich.

Ich weiß, was passiert ist.

Und ich weiß, warum Marius sterben musste.

Es war nicht Nicolais Eifersucht.

Und es war nicht Dorians Liebe.

Es war noch viel schlimmer.

61.

Wir waren Freundinnen. Zwei junge Frauen, die in einen schwierigen Familienclan einheirateten. In eine unverständliche Männerwelt. Die zwei unzertrennlichen Brüder, die uns nie wirklich in ihre Welt gelassen haben.

Maya hingegen hat mich mit offenen Armen aufgenommen. Sie hat mir immer das Gefühl gegeben, ich sei ein wertvoller Familienzuwachs.

Sie war froh, jemanden zu haben, der mit ihr Zeit verbrachte, lachte, kochte. Reiste. Das Haus einrichtete.

Als Luna zur Welt kam, war unser aller Glück perfekt.

Maya half mir mit dem Baby.

Sie war die beste Patentante, die man sich vorstellen kann. Und Dorian der beste Patenonkel. Es war so schade, dass sie keine eigenen Kinder hatten.

Maya half mir mit meinen Zweifeln, ob ich eine gute Mutter bin.

Meinen Zweifeln, ob mein Mann mich wirklich liebt. Meinem Unverständnis, dass er an meinen Ideen und Plänen keinen Anteil haben will.

»So sind die beiden«, hat Maya lachend gesagt. »Sie lieben uns.«

Zu sehr, wie ich jetzt verstehe.

Und wir Freundinnen?

Wann entwickelten wir uns zu Konkurrentinnen?

62.

»Luna?«, frage ich mit letzter Kraft. Ich stehe mitten im Raum und fühle die Welt schwarz werden.

»Du hast das wunderbarste Geschenk dieser Erde: ein Kind. Ein wundervolles, bezauberndes Kind. Luna. Aber das war dir nicht genug. Du bekommst den Hals niemals voll!« Sie stößt mit der brennenden Zigarette in meine Richtung, und wir stehen inzwischen so dicht voreinander, dass sie sie mir fast ins Gesicht drückt.

Ich weiche keinen Millimeter zurück.

»Willst mehr und mehr und fragst nie, wo es herkommt oder was deine Familie tut, um dich glücklich zu machen. Nie hast du dich gefragt, wie es mir geht!«

Meine Familie soll mich glücklich machen? Ist das so? Habe ich mich darauf verlassen, dass andere für mein Glück sorgen? Vielleicht hat sie recht. Erst Marius hat mir gezeigt, dass ich für mich selbst sorgen muss. Dass andere mich nicht glücklich machen können, wenn ich es nicht selbst tue. Hat Maya verstanden, was ich nie kapiert habe?

Jetzt raufe ich mir doch mit der Hand den Kopf. Aufhören. Ich will nichts mehr hören. Und doch zerrt mich ein innerer Dämon, der weiter Richtung Maya giftet.

»Wie weit bist du gegangen, um dich glücklich zu machen?«, wende ich ein. »Du hast einen Menschen getötet, deinen Mann zum Mittäter und deinen Schwager zum Mitwisser gemacht. Du wolltest deine Freundin ins

Gefängnis bringen, um ihr das Kind zu stehlen. Sieht so dein Traum vom Glück aus?«

Maya wedelt meinen Einwand mit der Hand weg.

»Du hast kein Kind verdient. Du kümmerst dich nicht mal richtig um Luna. Du hast nur an dein Singen gedacht. Wenn du sie mir gegeben hättest ... Wir wollten so gern für sie sorgen. Du hättest singen können. Aber nein, London ...«

»*Ich* liebe mein Kind nicht? Du weißt gar nicht, was Liebe ist. Du willst besitzen.« Ich keife genauso erbost zurück. Wir spucken uns unsere Verzweiflung ins Gesicht.

»Meine Träume sind unerfüllt geblieben, obwohl ich weiß Gott alles dafür getan habe, sie wahr werden zu lassen. Alles! Aber du, du wolltest mehr und hast nichts dafür getan. Jazzsängerin, Plattenvertrag. Dir ist immer alles zugeflogen.« Sie schluckt schwer. »Du und dein Marius, ihr wolltet mir das Einzige wegnehmen, was mein Leben lebenswert macht. Er hat mich verhöhnt, dein toller Freund. Er war ein Riesenarschloch und hat sich über mich lustig gemacht. Ich habe einmal versucht, mit ihm zu reden, aber er war so überheblich. Da bin ich wiedergekommen. Mit einem Schlüssel und einer Schere. Er hatte selbst schuld.«

Sie dreht sich um. Sie hat alles gesagt. Nun soll ich sie in Ruhe lassen. Unvorstellbar. Die Wucht ihrer Offenbarung nimmt mir die Luft zum Atmen. Auch die Männer haben sich während unseres Schlagabtauschs nicht gerührt. Ratlos und ohne Kontrolle darüber, mit welchen Worten die Frauen sich gegenseitig fertigmachen.

Marius, du hättest es mir sagen müssen. Ein abwegiger Gedanke streift mich in diesem Moment des größten Horrors: Es dreht sich alles um unsere Träume. Lebensträume.

Der Traum vom Glück. Seltsame Träume. Alpträume. Wie nah alles beieinanderliegt.

»Ich weiß, was geschehen ist«, sage ich und meine es. »Ich werde es nicht für mich behalten. Mein Gott, Maya! Du musst zur Polizei... du kommst hier ohnehin nicht mehr raus. Lass uns alles der Polizei erzählen.«

»Du meinst, *ich* soll ins Gefängnis? Was für ein absurder Gedanke.«

Sie wirbelt herum, und für eine Sekunde befürchte ich, dass sie sich nun doch auf mich stürzt, doch Dorian hatte offenbar denselben Gedanken. Er hält sie von hinten umfangen. Klammert sich verzweifelt an sie.

Ich schüttele den Kopf. Es ist egal. Es spielt keine Rolle, wie weit jede von uns gegangen ist, um den eigenen Traum vom Leben zu verwirklichen. Es hat sich ausgeträumt.

Ich möchte mich auf sie stürzen. Sie packen und gegen die Wand schleudern. Ihr den Hals zudrücken und... nicht mehr loslassen. Aber das werde ich nicht tun. Dann bin ich nicht besser als sie. Ich werde stattdessen bei der Polizei aussagen. Das muss ihr doch klar sein? Oder glauben die drei immer noch, die *Familie* hält zusammen? Ich soll die Konsequenzen tragen?

Wie aufs Stichwort öffnet sich schon wieder die Zimmertür. Ich wirbele herum, um den ungebetenen Besucher anzuschreien, als ich erkenne, wer in der Tür seht.

Hauptkommissar Thomsen ist von den vielen Erwachsenen sichtlich irritiert. »Familienrat?«, fragt er.

»Gott sei Dank!« Ich bin unendlich erleichtert. Ich werde Maya nicht anfassen. Ich werde mir nicht die Hände schmutzig machen. Nicht an ihr. Jetzt wird sich alles klären. *Er* wird mir helfen, reinen Tisch zu machen.

Thomsen lehnt sich von innen gegen die Zimmertür.

Nicolai unterbricht, bevor ich weitersprechen kann. »Wir haben Ihnen nichts zu sagen. Wir gehen gerade. Wenn Sie mit meiner Frau sprechen wollen, müssen Sie auf unseren Anwalt warten. Ohne den spricht Leila kein Wort mit Ihnen. Soll ich ihn anrufen?« Er greift in seine Jackentasche und zieht sein Handy hervor.

Thomsen nickt. »Anwalt. In Ordnung. Rufen Sie ihn an und fragen Sie ihn, wie Sie sich verhalten sollen, jetzt wo die Polizei das Handy des Opfers in der Klinik geortet hat. Und wir haben da auch noch ein paar Fragen zu Ihren Bankgeschäften.«

Nicolai guckt betreten hoch. Sein kurzer Energieschub ist durch diesen Satz im Keim erstickt. Ratlos hält er das Handy in der Hand und weiß nicht, was er tun soll.

»Mein Gott, das ist die Schneckenpolizei von heute! Wie lange brauchen Sie für eine beschissene Handyortung?«

»Wie bitte?« Thomsen zuckt zurück bei Mayas harter Attacke.

Und mir wird in diesem Moment noch etwas klar. Wieder komme ich einem Irrtum auf die Spur. Wieder war ich vernebelt von meiner Wut auf Nicolai. Meinen Schuldgefühlen ihm gegenüber, die mich blind und taub zurückgelassen haben.

Denn ich verstehe, dass Maya mir das Handy zugespielt hat. Wann hatte sie die Gelegenheit? An dem Abend, als wir die Pizzen bestellt haben? Sie hat an alles gedacht. Sie hat mir Friederike auf den Hals gehetzt, nachdem ich ihr von dem Brief erzählt habe, und sie hat dafür gesorgt, dass Thomsen weitere Indizien bei mir findet. Sie hat alle Höllenhunde auf mich gejagt, die sie finden konnte.

Ich schließe die Augen. Ich bin nur noch müde. Ich bringe keinen Ton mehr heraus. Erschüttert bis auf die Knochen. Der falsche Verdacht gegen Nicolai. Die Erkenntnis, dass ich Dorian am Tatort über Marius hockend gesehen habe. Und nun Maya. Meine Freundin, die meine ärgste Feindin ist.

Seit Marius tot ist, wollte ich die Wahrheit herausfinden. Die Wahrheit über die Tatnacht, über mich, über den Täter, über die Gründe, einfach über alles. Nun habe ich genug von der Wahrheit. Ich ertrage sie nicht länger. Sie ist zu grausam.

Ein Mensch getötet, zwei Familien zerstört, eine Freundin geopfert, um einen Lebenstraum zu erfüllen. Die Wahrheit ist erbarmungslos.

»Ich weiß, Sie glauben, ich sei die Täterin, aber das stimmt nicht«, wende ich mich an Thomsen. »Es ist eine lange Geschichte, aber ich erinnere mich an die Tatnacht. Ich kann Ihnen alles erzählen.«

Thomsen nickt. »Das sind ja ganz neue Töne. Dann werde ich Sie offiziell vernehmen, sobald Ihr Anwalt eingetroffen ist.« Er blickt in die Runde. »Und den Rest der Mannschaft ebenso.«

»Glauben Sie der Verrückten am besten nicht zu viel.« Maya windet sich aus Dorians Armen. »Ich muss aufs Klo.«

Maya geht ins Badezimmer, bevor ich sie zurückhalten kann. Und tatsächlich folgt sofort ein Schrei, der uns durch Mark und Bein geht. In der nächsten Sekunde schubst sie Benjamin vor sich her.

»Der Kerl hat sich im Badezimmer versteckt! Die sind hier doch alle total irre!«, zetert sie.

Benjamin steht ratlos mitten im Zimmer und klammert sich an seinen Laptop.

»Und Sie sind?«, fragt Thomsen. Er greift Benjamin am Arm, um ihn auf das Bett zu bugsieren. »Setzen Sie sich hin. Sie sind Patient?«

Benjamin nickt ratlos. »Sieht man mir das an?«

Thomsen schüttelt den Kopf und zeigt auf Benjamins Hausschuhe.

»Ich habe ihr Geständnis auf dem Laptop. Es hat eine Diktierfunktion. Ich meine das Geständnis von Leilas Schwägerin, nicht von Leila.«

Benjamin verhaspelt sich vor Aufregung. Ich habe vollkommen vergessen, dass er die ganze Zeit im Badezimmer war, während sich die Ereignisse überschlugen. Er hat Mayas Geständnis aufgenommen? Das wäre meine Rettung!

Thomsen zieht fragend eine Augenbraue hoch und sieht mich an. »Was genau geht hier vor sich?«

In diesem Moment tritt Maya aus dem Bad heraus. Sie hält Hannes Haarspray in der Hand.

In der Sekunde, in der ich mich frage, was sie damit will, sprüht sie im Raum umher und hält ihr Feuerzeug dagegen.

Eine Stichflamme explodiert.

Ich schreie und halte instinktiv meine Hände vor den Kopf, um mich zu schützen.

Maya lacht, sprüht und wirft die brennende Flasche auf mein Bett. Mein Seidentuch auf dem Kopfkissen fängt sofort Feuer.

Aus den Augenwinkeln sehe ich die helle Flamme, es riecht nach verbranntem Haar.

Es brennt.

Schreie.

Alle wollen aus dem Zimmer.

Meine Gedanken rasen durcheinander.

Maya hat als Erste die Tür aufgerissen und drängelt sich aus dem Zimmer.

Durch den Luftstoß bekommt das Feuer Nahrung und breitet sich rasch aus. Das Bettzeug brennt.

Ich kann keinen klaren Gedanken fassen und fange an zu schreien.

63.

Der Qualm ist überall. Ich halte die Hand vors Gesicht in der irrigen Hoffnung, mich schützen zu können.

Hannes Kissen brennt ebenfalls lichterloh. Der Qualm nimmt mir die Sicht.

Hektische Rufe, Husten, Thomsen schreit, dass wir aus dem Zimmer sollen. Ich stoße an den Sessel, denke an Benjamins Laptop, ich brauche ihn. Ich muss hier raus.

Hände tasten nach mir, ich werde gezogen, geschubst.

Dichter Brandrauch erfüllt das Zimmer.

Ich halte die Luft an. Der Gestank ist nicht auszuhalten.

Nach wenigen Sekunden hat sich eine Hitze entwickelt, dass auch ich Todesangst bekomme! Gelbe, züngelnde Flammen.

Nicht atmen. Ich darf nicht atmen. Schreie ich das, oder denke ich es nur? Ich darf nicht atmen. Kohlenmonoxid und Zyanid bringen mich um.

Raus hier.

Männergebrüll. Frauenschreie.

Meine Beine tragen mich irgendwohin.

Meine Augen brennen und kneifen. Ich erkenne nichts mehr.

Rauchmelder piepen.

Sinnlose Befehle.

Angstschreie.

Ich stolpere vorwärts.

Weg von der Hitze.

Mir läuft der Schweiß am ganzen Körper herunter.

Ein Knall. Es kracht.

Bersten Fensterscheiben?

Panik.

Ich war noch nie so dicht an einem unkontrollierten Feuer.

Es ist viel schlimmer, als ich mir je hätte vorstellen können.

Ich taste mich an der Wand entlang.

»Raus. Die Türen sind offen. Raus. Laufen Sie!« Das ist Pernille. Auch ihre Stimme ist verzerrt vor Angst.

Es ist unvorstellbar furchtbar.

Ich höre Geräusche, die ich nicht kenne. Knistern. Prasseln. Ich wusste nicht, wie Feuer sich anhört. Es tobt. Warum ist Feuer so laut?

Ich verliere die Orientierung.

Es ist so heiß. Mörderisch.

Patienten laufen schreiend an mir vorbei. Richtung Ausgang?

Offenbar sind die Türen offen. Automatisch geöffnet durch den Feueralarm. Sie kommen nicht zurück. Sind sie in Sicherheit?

Nicolais eiserne Arme reißen mich vorwärts.

Ich will nicht.

Er soll mich nicht retten.

64.

»Leila, geht es los? Koffer gepackt? Ich hefte gerade die Beendigung Ihres Unterbringungsbeschlusses in die Akte.«

Valentina strahlt mich an.

Fünf Wochen sind vergangen, und ich sitze ein letztes Mal in Valentinas bequemem Sessel. Ich schaue mich in dem Therapiezimmer um, das mir inzwischen so vertraut ist wie mein eigenes Haus. In diesem Zimmer hat sich mein Leben verändert. Hätte mir das jemand vor einigen Wochen prophezeit, hätte ich ihn ausgelacht. Seit ich hier in meiner ersten Sitzung saß, hat Valentina mehr Bücher verstaut, mehr Akten angehäuft und zwei Orchideen ins Fenster gestellt. Private Fotos gibt es immer noch nicht.

»Ich finde, Ihnen stehen die kurzen Haare ausgesprochen gut!«

Ich muss schmunzeln. Ja, Valentina versteht es, im richtigen Moment die richtigen Dinge wahrzunehmen. Denn ich beginne, mich mit meinem Haarschnitt wohlzufühlen. Sie sind schon ein wenig nachgewachsen und symbolisieren inzwischen meinen Neuanfang.

Ich habe mich dem Unterbringungsbeschluss gefügt und die Zeit der Isolation auf der Station für mich genutzt. Es ist so viel passiert, dass ich Jahre brauchen werde, um alles zu verarbeiten. Ich habe begonnen, meine Sicht der Ereignisse aufzuschreiben. Eine Art rückwirkendes Tagebuch, denn ich weiß, früher oder später werde ich aus den

Gefühlen, die mich hierhergebracht und überschwemmt haben, Liedtexte komponieren. Ein erstes Lied ist bereits entstanden. Ich werde diesen Song Maya widmen, denn es geht darin um Lebensträume.

»Mir ist klar geworden, dass Maya für ihren Traum vom Leben gekämpft hat. Und auf eine seltsame Art bewundere ich sie. Erst hat sie alles dafür getan, ein Kind zu bekommen – und dann Luna zu behalten.«

Meine Stimme bricht. Ich kann nicht darüber sprechen.

Ich habe Tage gebraucht, bis ich das alles realisiert hatte. Maya, die ich liebte. Meine Freundin, die mich bitter enttäuscht hat. Die Marius getötet hat. Ich kann sie nicht nur hassen. Meine Gefühle sind ambivalent und vielschichtig.

Genauso geht es mir mit Dorian. Mein Schwager, der Maya so abgöttisch liebt. Beide sitzen in Untersuchungshaft. Hat sie das Feuer gelegt, um zu flüchten? Oder um zu sterben? So oder so hat es nicht geklappt. Wir sind alle gerettet worden.

Nicolai hält zu ihnen und versucht, ihnen Lebensmut zu geben. Die Brüder. Die nichts und niemand entzweien kann. Auch wenn Nicolai entsetzt war, wie weit Dorian gegangen ist, um Maya zu schützen, versteht er ihn.

Ich habe weder Maya noch Dorian seit dem Feuer wiedergesehen. Ich kann mir nicht vorstellen, sie im Gefängnis zu besuchen. Über was sollten wir reden? Aber ich werde mich damit auseinandersetzen müssen. Denn sie sind meine Familie.

Eine Familie, deren Zusammenhalt uns in tiefes Unglück gestürzt hat. Eine Familie, zu der ich nicht mehr gehören möchte, es aber doch muss, denn sie ist Lunas

Familie. Noch habe ich keine konkrete Vorstellung davon, wie es für uns weitergeht.

Ich bin nur froh, dass die meisten Schäden, die Maya und das Feuer angerichtet haben, sich heilen lassen. Die Patienten sind durch die sich automatisch öffnende Stationstür beziehungsweise die Gartentür rechtzeitig ins Freie gekommen. Nicolai, Benjamin und ich haben eine leichte Rauchgasvergiftung davongetragen.

Benjamin hat gezögert. Er hat mir gestanden, einen winzigen Moment mit dem Gedanken gespielt zu haben, ins Feuer zu laufen und den sicheren Tod zu finden. Gott sei Dank hat er sich dagegen entschieden. Und mit dieser Entscheidung hat sich ein Schalter bei ihm umgelegt. Er ist von der Station entlassen worden, und wir schreiben uns häufig E-Mails. Nicolai hat tatsächlich einen beträchtlichen Teil von Benjamins Schulden bezahlt. Er hat mit ihm eine Art kostenloses Darlehen vereinbart. Ganz legal. Ich bin wahnsinnig froh darüber, auch wenn ich weiß, dass Nicolai das nur getan hat, um mich zurückzugewinnen. Es ist unglaublich großzügig von ihm, und ich bin ihm dankbar. Doch ändert es nichts für mich.

Für Benjamin hat sich alles geändert. Er hat seine Frau um Verzeihung gebeten. Zwar hat sie ihn nicht zurückgenommen, doch darf er seinen Sohn regelmäßig sehen und Zeit mit ihm verbringen. Und er geht jede Woche zu den anonymen Glücksspielern. Dass Benjamin sich sein Leben zurückerobert, macht mich froh und ist mir Motivation, es mit meinem Leben genauso zu tun. Er hat mir versprochen, zu seinem Kind zurückzufinden, egal wie seine Frau sich entscheidet. Puh, würde er jetzt sagen. Puh.

Hanne ist, im Gegensatz zu mir, nach der Renovierung

der Station nicht in die geschlossene Psychiatrie zurückgekehrt. Sie haben sie direkt in die Gerontopsychiatrie verlegt. Dahin, wo ältere Menschen und Demenzkranke besser betreut werden können. Ich durfte sie besuchen, und Schwester Pernille hat mich begleitet.

Hanne hat mich nicht erkannt. Sie hat uns beide nicht einmal zur Kenntnis genommen. Diese starke Frau, die mir so viel mütterliche Liebe entgegengebracht hat, ist unserer Welt entrückt. Die Krankenschwestern haben uns erzählt, dass Hanne auch ihren Ehemann nicht mehr erkennt. Der Stress und die Aufregung waren zu viel für sie. Das Feuer hat seinen Tribut gefordert. Hanne ist auf der Lebensleiter eine weitere Stufe herabgerutscht.

Das stimmt mich unendlich traurig. Es ist eine andere Art der Traurigkeit. Ich habe in den letzten Wochen so viele verschiedene Empfindungen der Traurigkeit erfahren, dass ich es kaum fassen kann.

Nach wochenlanger Therapie glaube ich, dass die Trauer um Marius mich erreicht hat. Ich stehle mich nicht mehr vor ihr davon, sondern konfrontiere mich mit dem Schmerz. Bin wütend, fassungslos, resigniert, verzweifelt, hoffnungsvoll und voller Tatendrang. Immer abwechselnd und häufig durcheinander.

Das ist normal, sagt Valentina.

Ich habe keine Flashbacks mehr. Ich dissoziiere nicht mehr. Ich habe die Eindrücke der letzten Wochen, die Tat, die Konfrontation mit Nicolai, das Feuer, all das habe ich nicht verarbeitet – nein, das wäre zu viel verlangt. Aber ich habe begriffen, dass ich Geduld mit mir brauche.

Und das verändert mich.

Ich versuche, meine Entscheidungen zu überdenken

und nicht aus einer Laune heraus zu handeln. Das ist für mich ein gewaltiger Schritt. So habe ich mir Zeit gelassen zu entscheiden, was aus dem Plattenvertrag werden soll.

Nächste Woche gibt es ein weiteres Gespräch mit den Verantwortlichen. Zwei Mal haben wir schon gesprochen, und es klingt alles optimistisch. Sie wollen mich aufbauen. Mir Zeit geben.

Nur mein Selbstbewusstsein muckt. Schaffe ich das alles ohne Marius? Ich möchte es. Aber ich will mich nicht überfordern. Ich trete ein wenig auf die Bremse und lasse mir Zeit.

Mein Gott, wenn Valentina meine Gedanken lesen könnte, wäre sie stolz auf mich. Oder sie würde lachen und sagen: Leila, Sie bescheißen sich schon wieder selbst.

Stimmt. Ich werde den Vertrag unterschreiben.

Ich habe in diesen schwarzen Tagen eines verstanden: Musik ist meine Leidenschaft. Mein Lebenstraum. Ohne die Musik kann ich nicht mehr existieren. Und so will ich meinen Traum leben. Zusammen mit Luna.

Luna spricht darüber, dass sie Tante Maya vermisst. Und auch wenn das ein Stich in mein Herz ist, spreche ich liebevoll über Tante Maya, denn ihr Verlust ist real und spürbar.

Nicolai versucht, Luna ein hingebungsvoller Vater zu sein, während ich nicht bei ihr bin. Luna braucht jetzt vor allem Sicherheit, und die versucht Nicolai ihr in unserem Haus zu geben. Für ihre Besuche habe ich die Erlaubnis bekommen, spazieren zu gehen, ein Café oder den Spielplatz aufzusuchen. Die Station hat sie nie wieder betreten.

Ich plane mit ihr zusammen, ein neues Leben zu beginnen. Nicolai und ich werden uns trennen. Er überlässt uns das Haus. Für Luna ist das Haus im Moment ihr sicherer Hafen, und daher habe ich das Angebot angenommen.

Er hat versucht, sich zu entschuldigen. Hat sich mit meiner Musik beschäftigt und zugegeben, dass er nicht wusste, wie gut ich bin. Dass er sich nicht darum geschert hat, wie wichtig mir die Musik ist. Dass er ein Idiot war und sich bessern will. Tja, große Worte, und natürlich hat jeder eine zweite Chance verdient. Aber es ist so viel Porzellan zwischen uns zerschlagen, was lange vor den Ereignissen schon zu Bruch gegangen war, dass seine Veränderungen zwischen uns nichts mehr heilen. Es ist zu spät. Wir werden getrennte Wege gehen. Zu tief ist der Riss in unserer Beziehung. Zu weit sind wir in unserer Respektlosigkeit gesunken. Es gibt keinen Weg mehr zueinander.

Das bekümmert mich. Ich habe meinen Teil dazu beigetragen, dass unsere Ehe gescheitert ist. Wieder eine andere Form der Traurigkeit.

Erst als Valentina sich räuspert, fällt mir auf, dass ich schon seit geraumer Zeit meinen eigenen Gedanken nachhänge.

»Wie viele Arten Traurigkeit gibt es?«, frage ich.

Valentina zuckt mit den Schultern. Das weiß sie nicht. Traurigkeit ist subjektiv und individuell. Tausende?

»Ich bin unglücklich«, sage ich. »Über viele Dinge, die passiert sind. Ich frage mich zum Beispiel, wie es mir passieren konnte, dass ich Nicolai zu Unrecht beschuldigt habe. Ich habe in meinen Gedanken auf ihn geschossen. Das ist grauenhaft. Wie konnte mir das passieren?«

»Ich bin sicher, dass das mit Ihren Schuldgefühlen zu tun hat.«

»Schuldgefühle?«

»Ihrem Ehemann gegenüber, Leila. Sie haben sich in einen anderen Mann verliebt und sich Nicolai nicht offenbart. Das hat zu Schuldgefühlen geführt. Und die haben Sie auf Nicolai projiziert.« Valentina holt tief Luft und fährt fort.

Sie erklärt mir, dass mein Gedächtnis unabsichtlich einen falschen Schluss gezogen hat. Es sei in meinem neuronalen Verarbeitungsprozess ein Fehler aufgetreten. Da hat sie allerdings recht. Es sind sogar haufenweise Fehler aufgetreten. »Habe ich deswegen das Geräusch nicht erkannt? Ausgerechnet mir passiert das? Ich habe ein trainiertes Gehör!«

»In der Hochstress-Situation auf dem Parkplatz haben Sie den Mörder gesehen und gehört und durch die vielen Stresshormone leider nur bestimmte Eindrücke und Reize aufgenommen«, sagt sie. »Angstgefühle führen dazu, dass wir uns auf das Zentrum des Geschehens konzentrieren und die Peripherie anfällig für Erinnerungsfehler wird. Sie haben sich auf Marius konzentriert und den Täter nur sekundär wahrgenommen. Sie waren in einem Tunnel. Das kommt bei starken negativen Emotionen durchaus vor. Sie haben Bewegungen und Geräusche wahrgenommen, die Ihnen so vertraut waren, dass Sie Teile davon gar nicht eingeordnet haben. Sie sind im weißen Rauschen untergegangen. Später haben Sie das Geräusch dann vorschnell Ihrem Mann zugeordnet. Wenn die Situation weniger gefährlich und emotional gewesen wäre, dann wäre Ihnen dieser Fehler nicht unterlaufen. Ihr Gehirn hätte den subtilen Unterschied zwischen den Brüdern sofort wahrgenommen. Aber so hat Ihre Wahrnehmung ohnehin gelitten und sich dann Ihrem Gefühl angepasst. Nicolai war's. Weil er es sein musste.«

Vielleicht war es so. Ich bin keine Wissenschaftlerin. Ich bin eher fasziniert davon, dass ich das meiste in meinen Träumen schon vorhergesagt hatte. Hätte ich nur richtig hingehört. »Ich habe im Grunde alles geträumt. Es die ganze Zeit gewusst?«, frage ich Valentina. Lohnt es sich, künftig mehr auf die eigenen Träume zu achten?

»Sie haben in Ihren Träumen reale Begebenheiten erinnert, weitergesponnen und mit unbewussten Wünschen, Gefühlen und Fantasien vermischt. So gab es die Verarbeitung dessen, was Sie auf dem Hinterhof gesehen haben. Und es gab die Ahnung, dass Sie mit der Tötung in einem Zusammenhang stehen.«

Puh, das klingt kompliziert. Ich glaube, die Traumdeutung wird nicht mein tägliches Geschäft. Aber ich habe noch mehr Fragen, die mir in den letzten Tagen hochgekommen sind. Ich habe sie aufgeschrieben. Ich schlage mein kleines Notizbuch auf. Ja, ich bin eine neugierige Patientin geworden.

»In der Therapiestunde, als Thomsen hereingeplatzt ist und das Video der Tankstelle präsentiert hat, haben Sie mich gefragt, was die Taube in meinem Traum zu mir gesagt hat. Warum wollten Sie das wissen?«

»Daran erinnere ich mich nicht.« Das Schmunzeln in ihrer Stimme ist unverkennbar.

»Erwischt!« Ich lache. Frei und ungezwungen. »Ich glaube, Sie waren auf der richtigen Spur. Ich habe nämlich versucht, die Worte der Taube zu rekonstruieren. Sie lauteten *Ginseng Abu Lasemir.*« Ich halte kurz inne und schaue in mein Buch.

»Was bedeutet das?«, fragt sie.

»Ich glaube, ich habe mich verhört. Die Taube hat nicht *Ginseng* gesagt, sondern *Geh! Sing!*«

»Oh«, erwidert Valentina. »Eine Selbsttäuschung?« Sie strahlt über das ganze Gesicht. Meine Hausaufgaben machen ihr offensichtlich Spaß.

Ich grinse zurück. »Ich habe mich in meinem eigenen Traum verhört! Krass, oder?«

»Und *Abu Lasemir?*«

»Dazu ist mir nichts eingefallen.«

Wir brüten eine Weile vor uns hin. Plötzlich fällt es mir wie Schuppen von den Augen: »*Aber lass sie mir. Geh! Sing! Aber lass sie mir.* Luna! Maya wollte Luna.« Mein Gott, sie hat es mir gesagt, und ich habe es nicht gehört! So oft hat sie über die egoistischen Mütter geschimpft, die arbeiten gehen oder ihre Hobbys übertreiben, statt sich um ihre Kinder zu kümmern, während sie ihr Leben lang versucht hat, schwanger zu werden, um für ein Kind sorgen zu dürfen. Ich habe es nicht hören wollen. Denn ich wollte singen. Wie viele Chancen braucht man, bis man sich versteht?

»Bravo! Das ist es. *Geh! Sing! Aber lass sie mir!*« Valentina klatscht in die Hände. »Und es zeigt noch etwas: Sie haben schon in der Nacht begonnen, das Geschehen zu verarbeiten. Sie haben reale Reste geträumt. Gleichzeitig standen Sie in einem Konflikt. Sie ahnten, dass Maya etwas damit zu tun haben könnte. Die beste Freundin, die doch selbst keine Kinder bekommen konnte. Die stets so eifersüchtig auf Sie und Luna war. Die Sie auf perfide Art und Weise kleingemacht hat. Sie wollten auf keinen Fall, dass es Ihre beste Freundin Maya war, die Ihnen und Marius das antut. Die Wahrheit auf dem Hinterhof und der Konflikt in Ihnen war so furchtbar, dass Sie beides in Ihr Unbewusstes verbannt haben.«

»Das ist so bizarr.«

Wieder kann sich Valentina ein Lächeln nicht verkneifen. »Unser Gehirn ist ein Wunderwerk. Großartig, oder? Sie haben Dorian am Tatort erkannt, haben eins und eins zusammengezählt und diese Erkenntnis auf keinen Fall in Ihr Bewusstsein lassen wollen. Stattdessen haben Sie es geträumt. Verzerrt und entartet, andererseits glasklar. Wahnsinnig schön!«

»Puh«, sage ich und fühle, was Benjamin damit ausgedrückt hat, denn als *wahnsinnig schön* würde ich meinen Traum nicht bezeichnen. »In einem lag mein Traum völlig falsch!«

Valentina zieht fragend eine Augenbraue hoch.

»In meinem Traum war es kinderleicht, einen Menschen zu töten. Ich dachte, man braucht nur einen guten Grund, und schon fällt es einem leicht zuzustechen. Als ich mich erinnert habe, Nicolai am Tatort gesehen zu haben, dachte ich, ich hätte genug Grund, Vergeltung zu üben. Ich habe geträumt, ich hätte genug Grund, auf ihn zu schießen. Ich dachte, ich hätte kein Problem damit, zur Mörderin zu werden, wenn ich nur Marius räche.« Ich halte kurz inne, um zu spüren, ob das, was ich sage, auch meiner inneren Überzeugung entspricht. »Das stimmt nicht. Es ist unendlich schwer, jemanden zu töten, und es gibt keinen einzigen Grund, es zu tun. Ich weiß nicht, wie Maya es fertiggebracht hat, Marius zu töten.«

Valentina antwortet nicht. Vielleicht gibt es dazu nichts zu sagen.

Wir schweigen zusammen.

Nach einer Weile antwortet Valentina doch noch. »Ihre Schwägerin hat sich an einen unrealistischen Traum geklammert. Sie wollte Luna für immer und ewig an sich binden. Sie hat es verpasst, sich von der Idee, Mutter zu sein, zu lösen. So hat sie auch keine Alternativen entwickelt. Sie hätte sich vielleicht um andere Kinder kümmern oder Tagesmutter werden können. Keine Ahnung. Ihr Traum hätte seine Gestalt verändert. Das Leben ist nicht perfekt.«

»Nein, perfekt ist es nicht. Es fällt mir jedoch schwer, mir einzugestehen, dass es verkehrt ist, Lebensträume zu haben und nach deren Erfüllung zu streben.«

»Verstehen Sie mich nicht falsch. Es ist nicht verkehrt, Pläne zu haben. Doch wir müssen unsere Lebensträume unseren Möglichkeiten, Fähigkeiten und Lebensumständen anpassen. Sonst bleiben sie bloße Illusionen. Manchmal platzen Träume auch, und man muss sich von ihnen verabschieden. Das ist ein schmerzlicher Prozess, aber nur so leben wir zufrieden mit uns selbst.«

»Maya wollte nur Mutter sein. Es ist wahnsinnig traurig, dass ihr das nicht vergönnt war.«

Valentina nickt. Sie sieht bedrückt aus. Auch ich bin traurig und erschüttert über das Ende, das Mayas Traum genommen hat. Sie wird verurteilt werden und lange Zeit im Gefängnis verbringen.

Ich seufze und schaue in mein Buch. Eine letzte Frage steht dort.

»Ich habe mich im Internet ein wenig schlaugemacht. Die Schere. Die Schere in meinem Badezimmerschrank...«

»Eine illusionäre Verkennung.«

»Genau. Woher wussten Sie, dass die Schere nicht wirklich in dem Schrank lag?« Heute weiß ich, dass Nicolai nicht der Täter war und die Tatwaffe zu keinem Zeitpunkt gesehen und besessen hat. Maya und Dorian haben sie auf dem Weg vom Tatort nach Hause irgendwo entsorgt. Aber woher wusste Valentina das?

»Mit dem Wissen ist das so eine Sache«, wieder lacht sie mich an, als ob es eine Riesengaudi für sie ist. »Ich war mir nicht sicher. Aber weshalb sollte eine blutige Schere in Ihrem Schrank liegen? Das war doch ziemlich unwahrscheinlich. Ich mag Statistik. Ich habe einfach mal angenommen, dass Sie *etwas* gesehen haben und es missinterpretiert haben. Sie waren so beeindruckt von Ihrem Traum, dass aus dem *Etwas* eine Schere geworden ist.« Sie zuckt mit den Schultern.

Ich wünschte, ich hätte ihre Unbekümmertheit. Aber gut, was nicht ist, kann ja noch werden. »Eines noch.« Ich klappe mein Notizbuch zu und greife in meine Jackentasche. »Ich schäme mich, aber ich wollte nicht abreisen, ohne es Ihnen zurückgegeben zu haben.« Ich lege das Diktiergerät, das ich ihr gestohlen habe, vorsichtig vor mich auf den Tisch.

Für einen Moment ist sie irritiert. Dann lacht sie, greift hinter sich auf den Schreibtisch und hält ein identisches Gerät in den Händen. Offenbar hat sie sich schon ein neues besorgt.

»Trotzdem.«

Wir verabschieden uns mit einer Umarmung. Ausnahmsweise.

Nachdem ich die Tür geschlossen habe, bleibe ich dahinter im Flur stehen. Ich bin frei und will meine Passion leben.

Valentina hat mich verstanden, denn ich höre meine eigene Stimme durch die Tür.

Auf dem Diktiergerät.

Meine Lieder.

DANK

Liebe Leser,

meistens schreibt das Leben die Geschichten, und wir Autoren versuchen, sie weiterzudenken, abzuwandeln und spannender zu gestalten. Mir ist es umgekehrt passiert.

»Trauma« lag Anfang 2019 als fertiges Manuskript bei meiner Lektorin, und ich wartete auf ihre Rückmeldung, als mich ein KIT-Einsatz in eine Psychiatrie rief. Ein Patient hatte in der geschlossenen Akutstation Feuer gelegt. Den Pflegekräften gelang es, die Patienten der Station in den Garten zu evakuieren. Es gab, Gott sei Dank, nur Leichtverletzte. Nach der psychosozialen Notfallbetreuung herrschte noch immer große Anspannung unter den Patienten und Personal. Und als ob sie alle »Trauma« schon gelesen hätten, orderten wir Pizza für alle. Denn Pizza kann ein wenig trösten.

Ich möchte all jenen lieben Menschen um mich herum danken, die mich unterstützt haben, dieses Buch zu schreiben und die verschiedenen Versionen mit mir zu diskutieren:

Andreas Kästner, Romy Fölck, Lars Schulze-Kossack, Nadja Kossack, Madlen Reimer, Maren Bellon, Klaus Junghanns, Volker Quast, Sabine Cassel-Bähr, Andreas Izquierdo, Nicole Münchau, Kai Rassek & Tanja Klindworth.

Eure Freundschaft, euer fachlicher Rat, eure Expertise, eure Geduld, eure Motivation – ohne euch gäbe es dieses Buch nicht: HERZLICHEN DANK!

ANGÉLIQUE MUNDT

Nacht ohne Angst
Kriminalroman, 320 Seiten, btb 74626

Tatort Psychiatrie: In der Hamburger
Universitätspsychiatrie wird eine Patientin
erhängt aufgefunden. Ein tragischer Selbstmord?

Denn es wird kein Morgen geben
Kriminalroman, 320 Seiten, btb 74631

Ein beliebter Feuerwehrmann und treu sorgender
Familienvater verschwindet spurlos.
Schnell wird klar: Jeder hat Geheimnisse –
seine Ehefrau, die Feuerwehr-Kollegen und
der Vermisste selbst …

Stille Wasser
Kriminalroman, 352 Seiten, btb 71578

Eine schöne Unbekannte wird tot auf einem Schiff
gefunden, ein junger Mann kämpft verzweifelt um
die Liebe seines Lebens, und im Hamburger Hafen
droht eine Bombe zu explodieren. Wie weit geht
ein Mensch, um seine Liebe zu retten?

btb

Angélique Mundt

Erste Hilfe für die Seele

Einsatz im Kriseninterventionsteam

288 Seiten, btb 71474

Aus dem Alltag eines Kriseninterventionsteams

Wer hilft, wenn das Leben plötzlich auseinanderbricht? Wenn
man gerade den liebsten Menschen verloren hat? Oder bei
einem Unfall Schreckliches mitansehen musste?
Angélique Mundt ist Psychologin und arbeitete 12 Jahre für
das Kriseninterventionsteam Hamburg. Sie stand Menschen
unmittelbar nach einer Katastrophe zur Seite, spendete
Ruhe, Kraft und Orientierung. Sie leistete erste Hilfe für die
Seele. In diesem Buch erzählt sie von tragischen Unglücken,
erschütternden Erfahrungen und Menschen, die größtes Leid
erfahren haben. Und vor allem macht sie vor, wie Hilfe in den
schlimmsten Momenten unseres Lebens möglich ist. Sie zeigt,
wie man sich Trauer und den eigenen Ängsten stellen und wie
man schöne und besondere Momente intensiv erleben kann.

»Es sind Menschen wie Angélique Mundt, die nicht nur ihren
Job machen - sondern mehr geben. Menschlichkeit. Mitgefühl.
Ein Stück von sich selbst.«
Hamburger Abendblatt

btb